集异成谭

——民俗·神仙·志怪故事精编

陈晓晖 编著

气象出版社
China Meteorological Press

内容简介

故事是大众喜闻乐见的一种文学样式，我国古代经由民间传说和文人创作留下了浩如烟海的传统故事，本书从中选取了一些短小精炼又不乏生动情节与人物的小故事，主要有美丽曲折的民俗传说、想象奇特的神话故事、古代文人创作的志怪小说和传奇等，用现代人的视角做了精心改编，其中一部分故事为人们耳熟能详，而大多数故事都是被淹没在数以万计的古代笔记小说中并不广为人所知。本书配有大量精美插画，图文并茂，愿读者从阅读中体会古人的丰富情感、思维逻辑和是非观念，感受传统故事经久不衰的魅力。

图书在版编目（CIP）数据

集异成谭：民俗·神仙·志怪故事精编 / 陈晓晖编著. -- 北京：气象出版社，2020.1

ISBN 978-7-5029-5640-0

Ⅰ.①集… Ⅱ.①陈… Ⅲ.①民间故事—作品集—中国 Ⅳ.①I277.3

中国版本图书馆 CIP 数据核字（2012）第 293232 号

Jiyi Chengtan——Minsu Shenxian Zhiguai Gushi Jingbian

集异成谭——民俗·神仙·志怪故事精编

陈晓晖　编著

出版发行：气象出版社

地　　址：北京市海淀区中关村南大街 46 号　　邮政编码：100081

电　　话：010-68407112（总编室）　010-68408042（发行部）

网　　址：http://www.qxcbs.com　　E-mail：qxcbs@cma.gov.cn

责任编辑：周　露　杨　辉　　终　　审：张　斌

责任校对：王丽梅　　责任技编：赵相宁

封面设计：博雅思企划　　插　　图：天露霖　钟燕川

印　　刷：三河市百盛印装有限公司

开　　本：710 mm×1000 mm　1/16　　印　　张：20

字　　数：220 千字

版　　次：2020 年 1 月第 1 版　　印　　次：2020 年 1 月第 1 次印刷

定　　价：58.00 元

前　言

人类口述的第一个故事是什么样的，现在已经无法知道，但存世的故事中，最早出现的是神话故事。这是远古人类对自然进行探索和思考的时候，依靠稚嫩的逻辑思维能力和相对更为成熟的想象力而获得的灵感，而且，它至今仍在影响着我们的文学，人类几乎所有的叙事文学，根源都在古老的神话中。

中国的神话故事包括创世神话、大灾难神话和英雄神话。创世神话有《盘古开天地》和《女娲造人》，大灾难神话有《女娲补天》《大禹治水》《后羿射日》，英雄神话有《共工撞山》《夸父追日》《精卫填海》。这些神话主要描写人与神的关系，人类是神的造物，而最终开始反抗神。这个矛盾贯穿了所有的远古神话。

当神话色彩渐渐褪去，人类成为故事的主角，便有了离奇优美的民间故事和文人创作故事。在这些故事中，仙女与凡人相爱，妖精游荡在人间，善良的人获得神灵的褒奖，作恶的人遭到幽冥报应……情感和经验逐渐代替了想象力，成为人类创作故事的源泉。人们不但在故事中描绘爱与恨的冲突，而且让故事承载起道德教化、是非观念。故事成了一种教育的手段，通过人物命运，讲故事的人试图传播自己的价值观。为了达到目的，故事的情节变得更加曲折复杂，人们更加注重讲述时的节奏，也学会了刻意设置悬念，吸引听众和读者，就这样，故事经过数千年的发展，成为越来越接近现代小说的文学形式。于是，唐代出现了传奇，这是一种在艺术价值上比肩于唐诗宋词的文学创作种类，大家熟悉的《西厢记》，就脱胎于唐传奇《莺莺传》。《莺莺传》是唐代著名诗人元稹的作品，也是唐传奇中影响最大的一篇，它讲述了一个悲伤的故事：贵族少女崔莺莺勇敢追求爱情，与张生私定终身，结局却是所爱非人，遭始乱终弃。有趣的是，自古都有人认为，这篇传奇有自叙的意味，故事的男主角、那个薄幸的“张生”，就是元稹本人。本书中的《月老牵红线》《秦女弄玉》《猴幻少年》等，都改编自唐代传奇。而《承云府君》《蛇悼母》《一双美腿换臭脚》《女鬼赠罽》《陈庆孙不信鬼》等，则是改编自唐传奇的前身——魏晋南北朝时期的志怪小说。

清代是传统虚构故事（短篇小说）的巅峰时代，代表作品就是《聊斋志异》。《聊斋志异》的作者蒲松龄是一个老秀才，终生科举不利，至死也没有考上举人。但他凭兴趣写的《聊斋志异》，为他在古典文学的殿堂里奠定了一席之地。《聊斋志异》说妖道鬼，归根结底说的却是人的故事，充分体现了“人性是文学永恒主题”的写作规律。本书中的《崂山道士》《瞳人语》《雨钱》，便是改编自《聊斋志异》。

除了神话和民间故事、文人创作故事之外，故事还有另一个来源，那就是历史。我国的历史故事始自“三皇五帝”时期，虽然与神话有不少重叠之处，但依然有着鲜明的现实主义色彩。比如古代君王舜的故事，他是长子，生母早亡，而他父亲昏聩固执，因受到后妻和小儿子蛊惑，几次三番要谋杀舜，这样的故事，想必在原始的氏族部落中经常发生，也是最为典型的伦理故事的框架。后来，历史内容不断扩充，帝王将相的争斗、智谋，王朝的兴衰更替，草莽英雄的崛起和失败，都成了人们述说的故事，这些故事集结起来，形成了一种新的文艺类别——评话。在评话的基础上，《东周列国志》《三国演义》《水浒传》等古典文学的经典之作诞生了，这些文学作品也给后世提供了更多的讲历史故事的素材。本书中的《寒食节的传说》《端午节的传说》《女婿为什么叫“东床”》《耳坠子是谁发明的》《盐水女神的故事》等，都是来源于历朝历代史实的历史故事。

故事的魅力巨大，人人爱听，人人爱说。每个人从小就与故事结缘，童稚时听长辈们讲故事，长大了自己从书中读故事。我们在故事里学习天文地理、人情世故的常识，培育感情，锻炼逻辑，判断基本的是非善恶，故事可以说是文化最有效的启蒙。

我们从浩如烟海的中国传统故事中，选取了一些短小精炼又不乏生动情节与人物的小故事，用现代人的视角做了改编，有一些是人们耳熟能详的，也许小时候就听妈妈讲过；也有不少被淹没在数以万计的古代志怪笔记小说中，不那么为人所知。

希望这本小小的传统故事书，能带给读者们一些乐趣和思考。

目 录

春节的传说·神秘老人驱年兽

在众多的传统节日中，中国人最看重的莫过于春节。过春节又叫“过年”。“一年之计在于春”，这新年伊始能否开出个好彩头，关乎一整年的运程。

腊月三十是大年除夕夜，全家老小甭管是怎样分散在天涯海角，于这天是必要欢聚一堂的，贴上大红的春联和福字，一家人热热闹闹包饺子，吃顿和美丰盛的年夜饭，燃放喜气喧天的鞭炮烟火，然后整晚地唠嗑“守岁”，这“年”才算是过得有滋味儿。当然在所有的娱乐项目中，最让孩子们感到刺激和兴奋的，莫过于放鞭炮了。

那么，过春节为什么叫“过年”呢？放鞭炮贴春联的习俗又是怎么来的呢？

原来，“过年”的“年”，是一种传说中的怪兽。它形似狮子，头上长一独角，眼若铜铃，全身披毛，阔嘴利齿，样子凶狠，并且只要它出现的地方，就会发大水，淹死生灵无数。此外，年兽还是一个特别贪吃的家伙，从人类到鸟兽虫鱼，没有它不吃的。每过一段时间，年兽就会跑到人们生活的村落里，抓住牲口吃牲口，抓住人就吃人，饱餐一顿，等到天亮鸡叫，它才带着吃得饱饱的肚子，大摇大摆地离去。

年兽总是出来祸害人间，人们对此一筹莫展。不过日久天长，人们也摸清了它出没的规律。原来，年兽住在深深的海底，它很爱睡觉，一睡就是365天，到了第365天的晚上，它就醒过来，从海底窜上岸。过了一晚上，天亮的时候，它就又返回海底睡觉去了。

于是，人们计算好时间，估计年兽快要来了，就扶老携幼，赶在天黑前逃出村子，爬到高高的山上去，以躲避年的伤害。就这样过了很久很久，人类一直忍受着年兽的骚扰，过着胆战心惊的生活。

有一年冬天，眼瞅着又到了年兽该上岸作恶的日子了，人们心慌意乱地做着逃难的各种准备。正在这时候，一个衣衫褴褛的老乞丐出现在村外的荒野上，他银发银须，肤色黝黑，满脸皱纹，可一双眼睛却像年轻人一样清亮有神。老乞丐手上拄了根竹拐棍儿，颤巍巍地走进村里，向村民讨要吃的。

可大伙儿这会儿都忙着收拾东西，没有心思搭理他。只有一个善良的老太太给老乞丐拿了两个馒头，还关照他说："老人家，你吃饱了就赶紧走吧！我们全村都要上山去避灾了，等明天天亮才能回来呢。你可千万不要留在村里呀。"

"你们要避什么灾？"老乞丐问。老太太就把年兽要来的事告诉了他。老乞丐摇摇头："你们这样躲，要躲到哪一天？年兽来一次，你们就要抛家别舍逃一次，什么时候是个头啊？"

"那有什么办法呢？总不能在这里等着被那怪物吃掉吧？"老太

太也很无奈。

“会有办法的，让我想想。老姐姐，你和大伙儿逃吧，今晚上，就让我在你家住，我会想出办法来对付那个年兽的。”

“那可不行！”老太太急忙摆手，“老祖宗留下了话，想活命，就得在年兽出海的那天逃得远远的，自古以来都是这样，哪有人敢留下来，还对付它！老人家，你这是说胡话呢。”

老乞丐笑眯眯地，一副胸有成竹的样子说：“一物降一物，我就不信这年兽没东西能降得住。老姐姐你放心，我是真的有办法，年兽再凶，也奈何不了我。”

老太太劝了老乞丐好半天，他就是执意要留在村里，老太太见实在劝不动，只好随他去了。她自己跟着全村人在傍晚时匆忙离开了村庄。

慢慢地，天全黑了，海水哗哗地往上涨，身形庞大的年兽劈开海水，张着血盆大口，嘶吼着闯进村子。它一年没吃东西，饿得眼都红了，急着找食物充饥。可这村庄好像跟往年有点不一样。往年这时候，整个村子黑咕隆咚的，连个人影都不见，可今年，它远远就看见村东头的一户人家门口挂着两个红彤彤的大红灯笼，屋子里烛火通明，这一团团的光亮老远就晃得年兽头晕目眩。

年兽实在太饿，顾不了许多，只想着尽快找些吃的来填饱肚皮，它想那家里既然点着灯，肯定有人在，人肉多美味啊！年兽馋得顾不上自己怕光的毛病，一路咆哮着冲向那户亮灯的人家。

刚到门口，大门上贴着的两张通红通红的大红纸被灯笼一照，反射出刺眼的红光，像一支支利箭射向年兽的眼睛，年兽顿时觉得两眼都火辣辣的痛，四肢也没力气了，想冲进去却动不了。年兽哪见过这阵势，不知道发生了什么，心里害怕起来，刚想转身走掉，就听到院子里传来“噼噼啪啪”的炸响声，那声音巨大无比，好像要把年兽的耳膜都炸穿了，伴着爆炸声的还有冲天的火星和滚滚的浓烟。这时，老妈妈家的院门突然打开，院里站着一位身材高大的银发老人，穿着一身大红衣裳，对惊恐的年兽厉声喝道：“畜生，不准你再为害人间，伤害百姓！快滚回你的老窝去吧，不然，我让你尝尝大火烧身的滋味！”

年兽被他这么一呵斥，又看到周围全是红色，那亮堂堂的火光似乎随时会烧到自己身上来，不由得肝胆俱裂，赶紧转过头去，连滚带爬往海边逃窜，一到岸边就扎进大海，再也不敢出来了。

第二天早晨，避难的人们纷纷下山返家。心里惴惴不安，不知道家里又被年兽祸害成了什么样。

老太太回到自己家，看到门上还贴着红纸，院子里有一堆被火烧过的竹子，余火尚存，仍在“啪啪”作响，屋内残留着好几根大红蜡烛烧尽后的烛泪，看来这红蜡烛整整点了一夜。“这是在干什么啊？”老太太奇怪地自言自语道。

她突然想起来，临走的时候，那个老乞丐说要在她家里住，“哎呀，这老人家不会是被年兽吃了吧？”她连忙屋里屋外地找，没见到那个老乞丐。她又在村子里到处找，还是没找到。

这时，村民们都从家里跑了出来，互相问：“你家怎么样？”“年去你家了吗？”“我家没事，圈里的鸡鸭牛羊都好好的呢！”“我家也没事，房子也没被撞塌，看来年没来过我家。”“年走了！它没吃我们的牲口，也没弄坏我们的家！”“太好了！接下来能过上太平日子了！”大家都庆贺起来。

老太太看到这情景，联想到老乞丐，突然明白了："我知道了，那老人家是来搭救咱们的神仙哪！他贴了红纸，烧了竹子，挂了灯笼，年兽就不敢为非作歹了，这就是他说的对付年兽的办法！"

人们从此学会了如何驱赶恐怖的年兽。每到年兽要从海底出来的这一天，他们都会按照那老乞丐留下的法子，在家里烧竹子、贴红纸、挂灯笼，年兽远远一听一看，根本不敢靠近。等第二天天亮了，大家确定年兽已经逃走，便高兴地互相道贺说："年过了，年过了，新的好日子又来了！"后来，人们干脆用红纸裹上竹子来烧，做出了最早的红色鞭炮。

这就是中国人过春节，也就是"过年"的传说。

（本故事改编自相关民间故事）

元宵节的传说·东方朔点灯避火神

元宵节是中国的传统节日，早在两千多年前的西汉就有了。元宵张灯则开始于东汉明帝时期。汉明帝在位时，传说他做了一个梦，梦见一个身高数丈的金色大人，他问群臣哪里的神仙长这般模样，有人告诉他，西方有神曰佛，于是汉明帝派人到西域去，将佛教引入了中国。同时引入的，还有佛教正月十五日点灯敬佛的做法。后来，这种佛教礼仪渐渐演变成民俗活动——元宵观灯。

而在民间故事里，元宵节点灯习俗和西汉著名的文人东方朔分不开。

话说有一年的正月里，西汉都城长安的街头突然出现了一个占卜摊。摊子上坐着一个斯文儒雅、仙风道骨的儒生，面前摆着一个插满了卦签的竹筒，一语不发，轻摇羽扇，闭目养神。

儒生摆摊没多久，围观的人中就有几个窃窃私语道："这不是皇上跟前的大红人东方朔吗？""东方朔？那位上知天文下知地理的半仙东方朔？”“就是他呀！”“哎呀，东方大人可是鼎鼎大名啊！”

他们这么一议论，百姓们都挤上前，争着求东方朔给算一卦。

东方朔稳坐在摊子上，微笑说道：“别急别急，一个一个来。我这卦签与别处的不同，上面已经写好了你们未来的吉凶祸福，你们自己摇，摇出哪个，就是哪个。”

人们排好队，挨个到东方朔面前去摇卦签。第一个求签的是个中年男人。他拿起卦签筒摇了几下，一根卦签跳了出来。求签人一看，上面写的是“正月十六火焚身”。求签人紧张起来：“东方大人，这是什么意思啊？什么叫正月十六火焚身？”

“火焚身，就是被火烧死的意思。正月十六，就是正月的第十六天嘛。”东方朔摇着羽扇面带微笑地说道。

求签人的脸唰地白了：“这这这……现在已经是正月里了，难道我祸在眼前？东方大人，您算得准吗？”

东方朔不紧不慢地说：“卦签是你自己摇出来的，你怎么问我算得准不准啊？”

求签的男子吓得腿一软坐在地上：“天哪，我上有八十老母，下有年幼的孩子，我要是死了，全家可怎么活啊！”

东方朔看了他一眼，语调平和地招呼道：“下一个。”

第二个求签人迟迟疑疑地走到摊子前，这是个妇人，她也同样拿起卦签筒摇了摇，掉出一根卦签，东方朔拿给她看，她就哇哇大哭起来。原来，她摇出来的也是那根写着“正月十六火焚身”的签。

接下来，离奇的事情出现了。排队求签的每个人去摇卦签筒，摇中的都是那根“正月十六火焚身”。

人们百思不解，便问东方朔这到底是怎么回事。东方朔面露难色："这个嘛……天机不可泄露啊。"

百姓们都跪了下来，一个人说道："东方大人，您是个有学问的人，想必知道仁者爱人的道理，您就告诉我这'正月十六火焚身'究竟是什么意思吧！"大家都附和道："是啊是啊，您就告诉我们吧！"

东方朔叹了口气："也罢，其实我在这里摆摊，本来就是为了给你们通风报信的，我也不忍心看着大家被火烧死啊。昨夜我观看天象，发现火德星君已经临近了长安城，我就算了一卦，这一算，可把我吓坏了，原来，今年是火德星君发威的年份，星君已经发下了旨令：正月十六，火烧长安！各位长安的百姓，你们说，天降大火于斯城，你们住在城中的人，有谁能逃得掉！那可不就是个个都'正月十六火焚身'嘛！"

东方朔说完这番话，可了不得了，只听哭声震天，百姓们纷纷叩头，求他给个禳灾解难的方法。

东方朔思索了一下，用手势示意大家先别哭，然后说道："我知道得再多，也只是一个凡人，你们求我是没有用的。不过，正月十三酉时，火德星君会派一位仙女下凡，在长安城里巡察民情，她就是奉旨烧长安的使者。这位仙女穿一身红衣，骑一匹红马，举着一个火把，你们一看见她，就跪在她马前苦苦哀求，或许她能帮你们出个主意。"说完，东方朔就走了。

百姓们牢牢记住东方朔说的话，到了正月十三，男女老少都来到街上，翘首等待。果然，酉时一到，长安的大街上，从西往东走来一匹红色的骏马，马上端坐着一个红衣女子，女子手中还举着一支火把。大家一看，这不就是东方朔先生说的那个仙女吗？于是蜂拥过来，齐齐跪在马前拦住去路，大哭着求仙女救命。

那女子看了看他们，朗声说道："肯定又是东方朔那个小子口无遮拦。好吧，看你们也是可怜，我就教你们一个躲避天火的办法吧。"

红衣女子高声诵念："长安在劫，火焚帝阙，十五天火，焰红宵夜。"念罢，拨转马头，绝尘而去。

百姓们谁也不懂这四句话的意思，只得到处询问，口口相传，很快就传进了皇宫。汉武帝也不懂这四句话，便把东方朔叫来。东方朔对汉武帝说道："陛下，这四句话说的是，正月十五的半夜里，天火要烧长安，若想禳解，只能在长安城内布置一片灯火，彻夜不熄，装作天火焚城，骗过火德星君。"

"原来如此！"汉武帝恍然大悟，"那好办，来人，传旨下去，正月十五全城每家每户必须张挂彩灯，至天明时分方可熄灭。"

"是。"官员们领了圣旨下去准备了。东方朔又说道："陛下，只是每家每户张灯，恐怕火光不够亮，让火德星君看出破绽啊。"

"哦？那怎么办呢？"

"应该要求城中的人们都尽可能提灯出门，在街上游走，这样，大街小巷就都是火光了。"

汉武帝一拍大腿："有道理！就这么办！"

到了正月十五日晚上，长安城里家家户户都张灯结彩，满城的人们人手一灯，熙来攘往，非常热闹。

在东方朔的提议下，连久居深宫的宫女们都被放了出来，每个人提着花灯，到街头走动。一个宫女提灯出宫之后，快步走向一户人家，这户人家挂的灯特别多，每盏灯上都写着"元宵"二字。宫女看到这些灯，步伐更快了，不一会儿，她就看到了这家的家门，还看到门前站着一群人，有老人，有壮年男女，还有年幼的孩子，他们都踮着脚尖朝她这里望来呢。

宫女扔下灯飞跑过去，一把抱住站在人群前面的一位妇人，哭喊道："娘！娘！"

那妇人也哭着抱住她："我的女儿啊！娘可想死你啦！"

其他人也围了上来，大家抱头痛哭。

宫女哭了一会，连忙拿出一个食盒，说道："爹娘，妹妹，这是我做的一种吃食，用糯米粉裹着甜甜的馅儿做成的圆子，可好吃了，我们去煮来全家一起吃吧！我可以在宫外待一整夜呢，我们好好地团聚团聚！"于是，他们一家人说说笑笑进屋去了。

远处，东方朔藏身在墙角后面，看着这一幕，仰头望了望天上的圆月，不住地点头："好，好，一家团圆，月圆人圆啊。"

原来，这个宫女名叫元宵，她入宫好几年了，和外界断了联系。就在正月初的一天，她太思念自己的家人，特别是双亲和妹妹，想到出宫无望，便来到井边，打算投井自尽。正好东方朔这天在御花园里等着汉武帝宣召，看见她在井栏边哭泣，正要往里跳，赶紧上前搭救。听了她的遭遇，东方朔十分同情，答应想办法让她和家人团聚。

东方朔回到家，想来想去，想出了一条妙计。也就是开头说的，在长安街头演了一出戏，告诉老百姓天火要焚城，让他们到处传扬此事，直到传进汉武帝耳朵里。东方朔很了解汉武帝，知道这位皇帝特别迷信，只要让他相信火德星君要烧长安的事是真的，就能说动他把宫女们都放出宫来，这样一来，也就能让元宵和家人见上

面了。

有人要问了，那为什么每个人都自己摇出了“正月十六火焚身”那根卦签呢？很简单，因为那卦签筒里所有卦签上写的都是这句话，有字的一头朝下插在筒里，就谁也看不出来了。至于那位骑红马举火把的红衣女子，她也不是什么火德星君派来的仙女，她和那几个在求签队伍里不断发言制造舆论的人一样，都是东方朔找来的帮手。

正月十六天亮之后，大家都为躲过了天火之劫而松了一口气。汉武帝也很高兴，他觉得这满城灯火灿烂的景色，挺壮观挺好玩的，便下令以后每到正月十五，长安百姓都要点一夜花灯，这就成了一个习俗。而宫女元宵在正月十五这天晚上做的糯米圆子，也逐渐传到了民间，因为是元宵姑娘做的，所以这种食物就被叫作“元宵”了，又因为元宵是在正月十五吃的，所以正月十五就叫“元宵节”。

（本故事改编自相关民间故事）

花朝节的传说·崔玄微护花立朱幡

花朝节，俗称百花生日，各地时间不尽相同，有的在农历二月十二，有的在农历二月初二，有的则在农历二月十五。庆祝百花生日的民俗由来已久，春秋时期《陶朱公书》是史籍中最早记载花朝节的。

在这个节日里，女性们会用彩色的丝织品或彩纸装饰花枝，成群结队地赏花扑蝶，欢庆美丽春天的到来。

关于这个节日的由来，还有一个浪漫的传说呢。

唐代天宝年间，洛阳城有个书生，名叫崔玄微。他家里有座宅邸，内有一个花园。平时他也好莳花弄草，把花园打理得整整齐齐，桃柳鲜明，花果俨然，景物优美。崔玄微对入仕当官没有兴趣，偏偏喜欢研究草药，自己平时也习惯吃灵芝、茯苓这些珍贵的药材，作为养生之道。正好某年的冬天，家中存的这些药都吃完了，他就带着书童到深山采药，一去就是好几个月。等回来的时候，花园因为没人照管，又逢春天来临，长满了杂草，还开了好多叫不出名字来的野花，乱蓬蓬的，不过看着也是别有风情。崔玄微暂时忙着整理药材，也就没顾得上去修剪，让那些草和花继续在园子里生长。

一天晚上，清风徐徐，明月朗朗，万籁俱寂，唯有春虫在草间呢喃。崔玄微睡不着，在屋子里坐着看书，不知不觉就到了三更时分。忽然，有人叩打他的房门。崔玄微的家人都在别处居住，没什么事不会来找他。他不知道是谁，疑惑地把门打开，门外竟站着一个年轻的姑娘，身穿青色的衣衫，容貌清秀可爱。崔玄微尚未娶妻，也从未接触过亲姐妹之外的其他女子，看到眼前这姑娘，慌乱得手足无措。姑娘倒是落落大方，施了一礼说道："我家主人就住在附近的洛阳苑，今夜要招待一位亲戚，想借用您这园子，可以吗？"

原来，唐代有两个皇都，长安是西都，洛阳是东都。因此洛阳这个地方也有一处皇家园林，叫"洛阳苑"，也叫"芳华苑"。崔玄微家的宅子就在洛阳苑的东墙外。崔玄微想，这女子所说的主人，大概是住在宫苑旁边的民家吧，看她也不像坏人，想借用园子那就借用好了，于是说道："姑娘请自便。"

青衣女子听了这话，连忙又施了一礼："多谢公子了！"然后一回身招了招手："崔公子答应了，姐姐们快来呀！"

瞬间一群衣着五彩的妙龄女子便嬉笑着出现在园子里，崔玄微大略地数了数，有十几个那么多。她们声如银铃，笑语盈盈，衣袖裙裾间还散发着一阵阵清香，沁人心脾。

一个穿绿色裙衫的女子抢先上前。这女子身材袅娜，顾盼生姿，行走时轻扭腰肢，还没说话，迷人的眼神便飘了过来。她自我介绍道："崔公子好，小女杨氏。"接着，回头指着身后一个粉白衣裳的女子："这位是李氏。"又指着一个绛红衣裳的女子："那位是陶氏。"

这时，一个浅红衣裳的女子自己走过来说道："我姓石，名叫阿措。"她的声音清甜悦耳，崔玄微不由得特别看了看，这个石阿措年纪比其他人都要小一些，五官尚带稚气，眼神却格外倔强，颇为与众不同。

其他的女子，都是杨氏、李氏、陶氏和阿措这四人所携的侍女。大家寒暄已毕，便各自在花园里坐下，趁着月色闲聊。崔玄微问道："各位姑娘为何要借用我这园子？"杨氏答道："说来惭愧，公子家的花园，前一阵空闲无人，所以我们经常过来游戏消遣，对这里很熟悉了。""原来是这样。不知各位姑娘约见的是什么亲戚？""是一位姨母，我们叫她封十八姨。她说过好几回要来找我们，都没有空，所以今晚我们就要见她。"

正说着，那个青衣女子跑来说道："姐姐们，十八姨来了！"

大家连忙站起身，脸上堆起笑容，往花园的门口处跑过去迎接。崔玄微也跟着站起来。不久，一位中年妇人便走了进来。崔玄微一看，这位妇人容貌绝美，不输给在座的这些年轻姑娘，神情清清淡淡的，头还略微扬起，显得很傲慢。那些女子们热情地围着她，十八姨长十八姨短，叫个不住，这个帮她拿斗篷，那个帮她整理衣裳，可崔玄微注意到，阿措和其他人有点不一样，她虽然也站在十八姨身边，却没说话，也没有动手。

女子们向这位封十八姨礼让再三，所有人才又坐了下来。崔玄微想起自己屋里还有几坛好酒，就拿出来款待她们。

众人推杯换盏，饮酒行令，玩了几轮之后，封十八姨的脸色渐渐缓和，有了点笑模样了。这时，女子们又开始作送酒诗助兴，陶氏向李氏赠诗道："皎洁玉颜胜白雪，况乃当年对芳月。沈吟不敢怨春风，自叹容华暗消歇。"李氏则回赠了一首："绛衣披拂露盈盈，淡染胭脂一朵轻。自恨红颜留不住，莫怨春风道薄情。"大家听了哄堂大笑。

轮到封十八姨作送酒诗时，她已经醉了，拿着酒杯站都站不稳，还故意晃来晃去，一不小心就把酒洒在坐她旁边的阿措身上。阿措脸色一变，站起身来，对封十八姨说道："别的姐妹任你欺负，我可不任你欺负。"说着，一甩袖子起身走了。杨氏等人慌了神，有人去追阿措，有人忙不迭向封十八姨道歉。封十八姨这时醉态全无，冷笑道："好啊，你们几个丫头给我弄的这个鸿门宴，我算是记住了。都给我等着，我会好好还礼的。"她拿过自己的斗篷，往身上一披，厉声说道："不送！"随即快步出了园子，往南边去了。

留在园子里的女子们心情一下子都变得很低落，唉声叹气地向崔玄微告别。崔玄微也不敢问，客客气气地将她们送出门去，看着她们的身影走向洛阳苑的方向。他只道是阿措年纪小，不懂事，随意发脾气，导致一场聚会不欢而散，也没觉得有什么奇怪，关了园门便回房睡觉去了。

没想到，第二天的晚上，那些姑娘们又来到崔家的花园。这次，她们是来讨论如何挽救与封十八姨的关系的。崔玄微坐在一边旁听。杨氏、李氏和陶氏都责怪昨晚阿措不该对封十八姨那样讲话，阿措却恨恨地说："都是你们，就知道一味忍让，才让她越发地嚣张。"杨氏说道："你这话说得，我们不忍让有什么办法？"阿措一指崔玄微："我们可以找崔公子帮忙啊！"

崔玄微一愣："我？"

李氏看看杨氏，又看看阿措，小声说："我觉得阿措妹妹说的有道理。长久以来，我们一直竭尽全力讨好十八姨，可也不见她对我们网开一面，每年春天，不还是被她任意欺凌摧折。如果有人肯帮忙……"

杨氏怒道："难道我愿意拿热脸去贴十八姨的冷屁股！可这是我们花草树木的事，求一个凡人，有用吗？"

阿措说："怎么没用，崔公子是个热心肠的人，他一定肯帮我们的！"

听阿措这么说，几个女子都站起来，走到崔玄微面前跪下。崔玄微吓得连忙去搀扶她们："姑娘们快快请起，有什么事尽管说。"

阿措说道："我们有个请求，如果崔公子不答应，我们就不起来。"

"好好，我答应，你们起来说。"

女子们这才站起来。阿措说道："其实，我们都是洛阳苑里花草树木之精。杨姐姐是杨树精，李姐姐是李树精，陶姐姐是桃树精，我是石榴树精。"

崔玄微点点头："怪不得，你们穿的衣服，就是花叶的颜色。那，封十八姨是谁？"

"她就是风神。"

"啊！"崔玄微回想了一下，果然那个封十八姨身上有股寒气，近之便觉得有风吹拂。

"我们姐妹长居在洛阳苑，每年都遭受大风吹袭，特别是开花的时候。每每花朵初绽、新叶初萌，就被狂风吹落，十分痛苦。为此，我们不得不时常去求封十八姨高抬贵手。可是她架子大，自以为是神仙，身份高贵，从不把我们这些草木精灵放在眼里，也不把我们的祈求当回事。”李氏说道。

“要我说，就是因为阿措，她怎么都不肯对封十八姨低眉顺目，每次她给封十八姨脸色看，我们就要遭一次风灾。”杨氏噘着嘴说。

阿措瞪了她一眼。杨氏扭了扭身子：“本来就是这样嘛。”

“哦……那你们要我做什么？”崔玄微忙问道。

阿措说：“只要每年的大年初一，将一面绘有日月五星图案的红色布幡立在洛阳苑东边，就能免去我们的风吹之苦。”

“可是现在都已经是二月了，今年就来不及了吗？”崔玄微说。

“虽说大年初一早就过去了，但如果在二月十五日早晨，等有些许东风吹来时，将这布幡立起，也是能消除掉大部分恶风的。”

崔玄微点点头：“好，我一定照办。”

阿措等几人齐声说道：“多谢公子！”

等到二月十五那天，崔玄微一大早就扛着做好的红布幡来到洛阳苑的东墙外，按照阿措所说的方法，把布幡插立在泥土里。这天刮了很大的东风，洛阳苑外的树都被折断了好几棵，可是苑内却一丝风都没有，繁花静立，照常盛开。

几天后，阿措等人又来了。她们带来了一包桃李花瓣，送给崔玄微，说是感谢他相救之恩。阿措笑道：“公子将这些花瓣吃下，必可延年益寿。希望公子活得长长久久，一直住在这里，每年都能在开花的时节保护我们。”杨氏、李氏和陶氏都笑着说道：“是啊是啊，崔公子，你可要长命百岁啊！”这样说说笑笑之后，她们各自施礼，留下一片幽香而去。

崔玄微吃下了这些花瓣，果然从此身轻体健，面容不老，到了五十多年后的元和初年，他仍活在人世，看起来就像三十几岁的人。他也再没有离开洛阳苑边上的这座宅子。每年二月十五，他都如约在东墙外立上红布幡，为苑中的花草树木抵御狂风的侵袭。世人看他几十年这样做，也逐渐开始效仿，由此，便形成了一个庆贺春季百花开放的“花朝节”。

（本故事改编自唐代段成式《酉阳杂俎》）

寒食节的传说·晋文公误杀介子推

“寒食节”是我国最古老的节日之一。它从春秋时期的晋国开始兴起，时在夏历（中国古代曾使用过的一种历法）冬至后的第105天，一般在清明节的前一两天。后来，它逐渐被清明节融合。

寒食节的历史有两千多年，其最重要的节俗就是严禁烟火。因为不准生火，连灶火都要灭掉，所以就不能做饭，人们在这个节日中只能吃生冷的食物。

那么，这个节日是怎么来的呢？为什么不能生火呢？这与春秋时期一位著名的国君——晋文公有关系。

春秋时期的晋国是一个比较强大的国家。公元前675年，晋国国君晋献公征服了一个叫骊戎的小国。骊戎国君为了求和，就把自己的两个女儿，骊戎国的两位公主——骊姬和少姬送给了晋献公。

晋献公把这两姐妹都纳入自己的后宫。骊姬因为有着绝色的容颜，得到了晋献公的专宠。所谓专宠，就是只爱她一个。后来，更是立了她为正式的国君夫人。骊姬为晋献公生了一个儿子，取名奚齐。

有了儿子之后，骊姬就动起了歪脑筋。晋献公儿子很多，其中有三个，格外贤明有德，深得大臣们的拥戴。他们是太子申生、公子重耳和公子夷吾。骊姬想让自己的儿子奚齐当太子，便想出了毒辣的计策，陷害太子申生，污蔑他调戏自己，还想暗害晋献公。申生听说之后，想到父亲对骊姬的宠信过甚，根本不可能听自己辩解，便什么都没有说，逃到了自己的封地曲沃，在那里绝望自杀了。

重耳和夷吾都知道，申生一死，下面就轮到他们，为了避祸，两人只好离开晋国，各自流亡。

重耳带着忠于自己的臣子逃往母亲的故国翟国，后来又逃往齐国，一路颠沛流离，经常过着饥一顿饱一顿的狼狈日子。跟着他出来的那些臣子，见没什么回国的指望，也都一一舍他而去了。剩下不多的几个人，还不离不弃地跟随着他。这几个人中，有一个名叫介子推。

介子推在陪同重耳逃亡的臣子里，不算是什么出挑的人物，历史上也没有太多关于此人的记载。但是，他却做了一件让重耳终生难忘的事，这件事也让他自己留名青史。

重耳在卫国流亡的时候，因为又有一个随从逃走，并且偷走了全部的粮食，所有人陷入断粮绝境。重耳好几天没吃饭，饥肠辘辘，倒在地上，动也动不了。他流着泪自言自语道："我难道就这样饿死在异国了吗？早知如此，还不如当初像申生一样自杀，不必过这无家可归、到处寄人篱下的苦日子。"

介子推听见他这么说，心里很不忍。他想了想，就走到其他人看不见的地方，卷起裤腿，用刀在大腿上割下一块肉，然后采了一些野菜，用这肉和野菜煮了一碗汤，送到重耳面前。

重耳已经饿得奄奄一息了，闻到肉香味，精神一振，也顾不上问介子推从哪里弄来的肉，爬起来端着碗呼噜呼噜连肉带汤吃了个精光。吃饱喝足，他才缓过劲来，问介子推："你给我吃的是什么肉？"

介子推没说话。重耳觉得奇怪，又问道："究竟是什么肉？"

介子推还是不说话。重耳这才仔细看了他几眼，发现他裤子上有一块血迹，血还在不断地往下滴。重耳是个聪明人，立刻就明白了，原来自己吃的是介子推的肉。一时间，他也不知道该说什么才好，一把握住介子推的手久久不放，泪流满面。

介子推反倒不好意思起来，他对重耳说道："主公不必如此，这只是我当臣子的本分。只要主公不忘初心，将来能带着我们重归故国，我们就知足了。"

后来，经过几番波折，十几年的流亡，重耳返回了晋国。这时，晋国正在大乱。晋献公早就死了，骊姬如愿将奚齐推上国君之位，可是她还没来得及享受当太后的快活滋味，年幼的奚齐就被大臣里克杀死在晋献公的灵堂上。接着，骊姬妹妹少姬所生的儿子卓子又被立为国君，里克二话不说，把卓子也杀了，还杀了骊姬。先于重耳回国的夷吾又杀了里克，当了几年国君，也死了，他的儿子圉继位，开始清算跟着重耳出走的那些随从，威胁要杀他们的家属。

重耳在秦国的支持下，渡过黄河回国争夺王位。在渡河之前，一直跟着他的大臣狐偃担心重耳当了国君之后，忘记了自己的汗马功劳，就以离开要挟重耳许诺高官厚禄。重耳答应了。这时，介子推也在场，他看到狐偃的丑态，冷笑着说：“我真是羞于与这种人为伍。”

圉听说重耳要带着秦国的军队渡河归来，知道是冲着自己的王位来的，马上调兵准备迎战。可是晋国的百姓忍受了这么多年的内乱，一点都不拥护圉，反而怀念贤德的公子重耳，希望他回来。圉很快就失败被杀了。重耳当上了晋国的君主，他就是著名的春秋五霸之一——晋文公。

晋文公即位之后，对那些跟随自己的忠臣大加封赏。而此时介子推却默默地躲起来了。他虽然不是什么谋略出众的高士，但却有着君子的情操。看到许多曾一起同甘共苦的人，成功之后却露出挟功邀赏的嘴脸，还有些根本没有跟随晋文公流亡的人，也跑来阿谀奉承，乞求一官半职，他十分不屑，不愿意跟他们处在同一个朝堂上。

介子推退隐而去，再也没有人提起他，晋文公也就把这个人给忘了。直到有一天，晋文公深夜办公，肚子有点饿，吩咐左右弄点吃的来。不一会，侍从端来一碗热乎乎的肉汤。晋文公喝着肉汤，突然想起了什么：“这肉汤……不如寡人快饿死的时候喝过的那一碗味道好。”

侍从问道：“大王那时喝的是什么肉做的汤？奴婢让厨下去准备就是了。”

晋文公摇了摇头：“那碗汤，是介子推用自己的肉做的。介子推呢？寡人很久没有见过他了，他在哪里？”

晋文公这么一问，才知道介子推早已不告而别。他马上发布诏令，在全国寻找介子推。不久，他就得到消息，介子推和他的老母亲住在绵山中，山很高，谷很深，林很密，没有人知道他们到底在哪儿。

晋文公一心想找到介子推，就向群臣征求把他找出来的方法。有个人出了一个损主意："大王，如果放火烧山，介子推和他母亲必然会逃出来的。"晋文公聪明一世，不知为何这时候却鬼迷心窍，同意了这个办法。

说干就干，他派出人马，在绵山脚下放了一堆又一堆火，山风很大，风助火势，很快大火就包围了整个绵山，从山下一直烧到了山顶。可是，晋文公在山脚等了三天三夜，眼看山火把森林全都烧毁，无物可烧，渐渐地熄灭了，禽鸟野兽跑出来一大群，还是没有看到介子推的人影。

等山火彻底灭了，晋国军队进山搜寻，在山麓上的一棵大柳树旁，发现了两个被烧焦的人。这两个人死的时候，紧紧抱住树干，可见不想走出这座山的决心有多么大。不用说，他们就是介子推母子。

晋文公追悔莫及，立刻把出主意的那个人给杀了，并厚葬了介子推母子。他还从那棵大柳树上砍了一段枝干，做了一双木屐，每天穿在脚上，经常望之叹息说："介子推啊介子推，如今，我就用足下的木屐纪念你这位好朋友吧！"从那时起，"足下"就成了对好友的尊称。

因为介子推被烧死是在夏历三月初五，晋文公便下令禁止是日生火，从王宫到民间，所有人只能吃冷的饭食。渐渐地，这个日子就变成了一个节日，并以节日所吃的东西来命名，被称为"寒食节"。

（本故事改编自西汉司马迁《史记·晋世家》及西汉刘向《新序·节士》）

端午节的传说·伍子胥忠魂化江神

端午节时在农历五月初五，南北节俗不同，北方吃粽子，南方赛龙舟。吃粽子主要源自楚国大夫屈原的故事，而赛龙舟则有传说是为了纪念吴国宰相伍子胥。

伍子胥是春秋时期的楚国人，名叫伍员，子胥是他的字。他的父亲叫伍奢，是楚国的太子太傅，哥哥叫伍尚。当时，楚平王为自己的儿子太子建娶了一位秦国公主，可是当公主被送到楚国时，楚平王竟对她一见钟情。为了这位秦国公主，楚平王茶不思、饭不想，害了相思病。太子少傅费无忌是个专事溜须拍马的奸臣，看出了楚平王的心思，就迎合他说："反正秦女和太子又没有正式成亲，既然大王喜欢秦女，那干脆就收进自己的宫里，另外再给太子聘一个合适的妻子不就行了？"

这人怕就怕起了坏心，又遭撺掇，楚平王本来心就已经痒痒的，听了费无忌的话，果然再也按捺不住，竟真的把秦国公主据为己有了，不但如此，他还把太子建派去戍边，免得他待在都城碍事。

太子建敢怒不敢言，满朝文武也不敢说话，唯独伍奢仗义执言，据理力争，指斥楚平王败坏人伦。楚平王当然很不高兴，不过也自知理亏，没有把伍奢怎么样。又是那个费无忌，跑到楚平王面前大进谗言，说太子建为了秦女而心怀愤恨，伍奢积极地辅佐他，两人正在边关密谋，准备造反呢。他这么说，其实是担心将来太子建继位跟自己算旧账，想抢先把太子建和拥护他的势力铲平。

楚平王听了他打的小报告，勃然大怒，马上派人去抓太子建和伍奢，太子建事先得到消息，跑到宋国去了。伍奢没有逃走，被楚平王关进了监狱，楚平王还命令他的两个儿子到都城来自首。

伍氏兄弟心里很清楚，一去都城就是死路一条。伍尚不忍弃父亲不顾，还是哭着去了，但伍子胥性格桀骜，不愿白白送死，便逃跑了。楚平王杀了伍奢、伍尚父子，还发出了通缉告示，悬赏捉拿伍员。

伍子胥辗转几个国家，最终决定逃往吴国，可他在吴楚边境的昭关被楚兵发现了，为了逃命，他一路狂奔，来到一条江边，前面是辽阔的江水，后面是即将赶来的追兵，真是上天无路入地无门，陷入绝境之中。就在这时，江上出现了一艘渔船，悠悠荡荡朝伍子胥驶来，船到了岸边，驾船的渔夫对伍子胥说："您想渡江吗？就请上船吧。"伍子胥无暇多想，赶紧跳上船，渔夫划动双桨，将他渡到了对岸。伍子胥下船时，取下自己的宝剑递给渔夫说："我身上没带钱，这把剑是我祖父从楚王那里得到的赏赐，十分贵重，请您收下，权作船钱。"渔夫笑着说："楚国昭告天下，以五万石粮食和一个卿大夫的爵位换你伍子胥的项上人头，我连那些都不贪图，怎么会贪图你一把宝剑？"说罢，他头也不回，将船驶离了江岸。

伍子胥脱险后，好不容易来到吴国，被吴王僚的堂兄公子光收为门客。公子光后来也当上了吴王，他就是吴王阖闾。

吴楚两国争战，阖闾派出伍子胥对战楚国，大破楚军。不久，楚都郢城被吴军攻陷，伍子胥将楚平王的坟墓掘开，拉出尸首打了三百鞭子，报了父兄之仇。

伍子胥自从到了吴国，就全心全意地为吴王效命。他与吴王阖闾的关系十分融洽，凡事两人都有商有量，君臣团结一心，吴国的国力也越来越强。公元前 496 年，阖闾在与越王勾践作战时，脚上中了箭伤，可能是伤口严重感染，最终竟然死去了。死前，他把自己的儿子夫差托付给伍子胥，还封伍子胥为相国公，也就是宰相。

伍子胥深感阖闾临终所托责任之重，把全部的心血都花在辅佐夫差上。可是，夫差却不领他的情，表面上还敬他为长辈，实际上，对他的意见一点也不尊重。特别是夫差打败勾践之后，觉得自己已然成为吴越霸主、一代豪杰了，对伍子胥所说的话更是充耳不闻，反而亲近起那些总顺着他由着他且从不违逆他心意的佞臣小人来。

越王勾践为了免于灭族，不但将越国的绝色美女西施送给夫差，还带着妻子来到吴国为奴为婢，极尽委曲逢迎之事。夫差看到他如此自甘下贱，认为越国再也不可能复兴，就停止了对越国的征伐，还把勾践夫妻君臣都放了回去。

伍子胥对勾践这个人看得很透，劝夫差不要姑息养患，应该一举将越国彻底平灭，把勾践杀了。但夫差执意不听。伍子胥看他这么刚愎自用，有点心灰意懒，回家后对自己的儿子说：“我已经看到吴国灭亡的前兆了，不能让你跟吴国一起死。”随后，他将儿子送到了齐国。这个举动终于惹怒了夫差。公元前 484 年，夫差送了伍子胥一把剑，命他自尽。

伍子胥自杀前，将夫差大骂了一顿，说他偏听奸佞、逼死忠良，将来一定亡国丧身，还说："我死之后，把我的眼睛挖下来挂在城门上，我要亲眼看着越国的军队打进吴国的都城。"

夫差听说了他这番遗言，气得叫人把他的尸体拖了来，砍掉头，身子塞在一个皮袋子里扔进钱塘江，还咒骂说："让太阳烤你的骨头，让鱼鳖吃你的肉，等你尸骨无存了，还看什么看！"

越王勾践回国之后，励精图治，勤政强国，用了十年的时间，重振越国，最后，反过来灭掉了吴国。勾践告诉夫差，若他投降，可让他迁居到越国最偏僻的甬东一带，给他百户食邑，度此残生。夫差拒绝说："我已经老了，无力侍奉越王。我只是后悔当初没有听子胥的话，否则也不至于此。"

夫差怕死后到了阴间，无颜面对伍子胥，就用一块白布蒙住眼睛，以剑自刎而死。西汉的司马迁在《史记》中评价夫差说："夫差轻越，取败姑苏。甬东之耻，空惭伍胥。"也是可怜可叹。

伍员伍子胥的故事在江浙一带流传了千百年。吴地的百姓同情这位老相国，同情他身世坎坷、一生忠于吴国却落得暴尸于江的结局，也同情他坚持进谏忠言却被君王赐死的命运。于是，人们传说他死后成了钱塘江神，时常在江上兴起汹涌的潮水，向天地申诉自己的冤情。据说他死的那天是农历的五月初五，吴地便形成是日划着龙舟在江水怒涛中祭祀他的习俗。久而久之，这种习俗就变成了端午节俗赛龙舟。

（本故事改编自西汉司马迁《史记·楚世家》及《史记·伍子胥列传》）

中秋节的传说·吴刚教酿桂花酒

农历八月十五是中秋佳节，这时正值芬芳的桂花盛开。桂花是我国传统园林花卉之一，据说，栽培历史有两千多年，这种金色的小花有着令人陶醉的香气，我们聪明的祖先就将它与同样甜香扑鼻的米酒掺在一起，作为中秋节的必备佳酿。一边赏皎洁明月，一边饮桂花美酒，这是多么美妙的一幅民俗画卷啊。

神话中，人间本没有桂花，只在月亮上有一棵生长了亿万年的仙桂。月中除了嫦娥仙子，还住着一个仙人名叫吴刚。天帝命令吴刚每天守在那棵仙桂旁，用斧子砍斫树干。可是，他每砍一斧，树皮上的豁口瞬间就会愈合，他永远也砍不倒仙桂树。那仙桂不但砍不倒，而且越长越生机勃勃，每年都结出大量的桂子，无人采摘，便掉在地上，铺了厚厚的一层。

吴刚在砍树的间隙，看着地上密密麻麻的桂子，心想："如果在人间的泥土里种下这些种子，能不能长出桂花树来呢？桂花可是好东西，如果要种，也一定要让好人来种才行。”

因为吴刚平时的生活特别无聊，就是砍树、砍树，不停地砍树，所以他的脑子有很多很多的时间用来想事情。于是，在人间种桂花树的想法变得越来越强烈。终于有一天，他毅然决然放下斧子，从地上抓了一把桂子塞进口袋，偷偷下凡到人间去了。

人间有一个美如天堂的地方叫作杭州，这里生活着一个以卖酒为生的寡妇。她卖的酒都是自己酿的，色泽清亮，滋味甘醇，好似琼浆仙酿，因此人们都叫她“仙酒娘子”。

仙酒娘子心地非常善良，虽然自己也是辛苦挣钱、勉强糊口，但扶老济贫的事儿，她总是义不容辞。身边只要有需要帮助的人，她一定会伸出援手。街坊对她的人品，就像对她的酒一样，提起来便是赞不绝口。

一个冬天的清晨，仙酒娘子打开店门准备做生意，却见门外躺着一个人。她吓了一跳，再一看，原来是个衣不蔽体的乞丐，半晕半醒地呻吟着，仔细一听，他嘴里正嘟嘟囔囔地说“饿”呢。

仙酒娘子想，天这么冷，他又这么饿，真是太可怜了。不管三七二十一，先让他进屋暖和暖和吃点东西吧。于是，她也顾不得那乞丐身上又脏又臭，上前把他搀起来，扶着回到屋子里，灌了一杯热酒给他暖暖身子，又做了一碗汤面，让他充饥。

男子吃饱喝足，也暖和过来了，脸上这才有了一点血色，神志也清醒了。他含泪对仙酒娘子说：“好心的姐姐，我天生是个跛子，干不了重活，养活不了自己，我家里人也全死了，没人照顾我。没办法我只好出来流浪乞讨，可是我的腿脚走不了路，经常一天也讨不到一口吃的，眼看着就要冻死饿死了。姐姐你心这么善，就收留

我在你家里住下过个冬吧，等开春的时候我就走。”

仙酒娘子有点为难。倒不是舍不得供养这乞丐，自己毕竟是个寡妇，俗话说，寡妇门前是非多，人嘴里无风还要起三尺浪，若是她在家里养着这么一个大男人，别人得说出多少闲话来啊。

可是看着那乞丐凄惨的模样，期盼的眼神，她又张不开嘴回绝。想了想，咬咬牙便说：“那你就在我这儿住着好了，别说什么走不走的，你这样能走到哪儿去啊！”

没过多久，仙酒娘子家里住了一个来路不明的男人这件事，就在整条街上传开了。大家都嘲笑她守寡太久，耐不住寂寞，随随便便就招男人进门。有人说：“看她平时的样子还装得挺正经的，背地里原来是这种货色。”还有人说：“人不干净，酿出来的酒肯定也不干净，咱们还是别喝的好，免得脏了肚肠。”时间一长，人多嘴杂，什么难听的话都出来了。仙酒娘子家的酒本来一直是供不应求，慢慢地，竟变得无人问津。有不少自诩正派的人走过她家酒铺时，还要鄙夷地白上一眼。

即使生意越来越惨淡，仙酒娘子也尽力让那乞丐吃上饱饭。可是她能力实在有限，原本一天三餐都吃的是大米白面，现在也不得不换了杂粮窝头。

一天，乞丐吃饭时嫌弃饭菜不好，仙酒娘子只好说：“兄弟，对不起啊，我这几天都没开张，家里一文钱都没有了，这些杂粮面还是跟粮铺老板好说歹说赊来的。你就凑合一下吧。我再想想办法。”

乞丐什么话也没说，扔下窝头，一瘸一拐地回屋去了。等到第二天早上，仙酒娘子去叫他吃早饭，才发现他已经不辞而别。

仙酒娘子有点生气，自己毫无怨言地养活了他这么多日子，还因为他背了黑锅被邻居们戳脊梁骨，生意都做不下去了，可这人竟然在自己最困难的时候，一声不吭就这么走了，也太无情了吧！

可她又一想："现在还是隆冬，外面天寒地冻的，他体弱多病，又是个跛子，身无分文，该怎么活啊？"她越想越担心，越担心还越是忍不住去想，最后，她实在坐不住了，便起身推门出去寻找乞丐了。

走遍了整个杭州城，她也没有找到那乞丐。可她不死心，走着走着，就出了城门，来到城外的山脚下。这时，她看到那个乞丐端坐在路边，似乎在休息，连忙跑了过去："兄弟，你怎么就这么走了啊？"

乞丐冷眼看着她说道："你都快养不活自己了，难道我要跟你一起饿死啊？"

"我怕你又像之前那样，没吃没喝活不下去，你还是跟我回去吧。"

乞丐好奇地问道："你是来找我，叫我回去的？"

"是啊！我找了你一天，就怕你真走远了！你说你要是又饿昏过去，我又救不了你，可怎么办！"仙酒娘子一边说，一边抹泪，脸都急红了。

"姐姐，我这下彻底信了，你确确实实就是我一直在找的好人。"

乞丐站起身来，样子突然变了，衣服也不脏了，变得雪白雪白的，像月亮一样发着光。

仙酒娘子惊讶地看着他："你……你这是……"

乞丐微笑着走到她面前，从口袋里掏出一把种子，放在她手心上："这些是月宫仙桂结的桂子，你把它们拿回去，等春天的时候种下去，它们就会长出桂树来，到了八月，桂树会开桂花，你把桂花收集起来，酿酒时往水里撒一把，酿出来的酒就会异香扑鼻，我保证，闻到这香味，人人都会来买你的酒。”

仙酒娘子愣愣地问：“你是谁？”

“我就是月宫的仙人吴刚。”

说着，吴刚腾起云气来，徐徐飞上了天，很快就不见了。空中传来他的声音：“月宫赐桂子，奖赏善人家。福高桂树碧，寿高满树花。”

仙酒娘子回到家，照着吴刚说的，在春天把仙桂子种了下去，不久就发了芽，每浇一次水，芽就长大一些，到了七八月的时候，这些仙桂子就都长成了桂树，一棵接一棵地开了花。花一开，这香气浓郁得几乎把全城的人都吸引来了。人们啧啧称奇，都好奇这是什么珍奇的花木。

仙酒娘子牢牢记着吴刚的话，酿酒时撒了点桂花，果然，酿出来了奇香无比的桂花酒，不用喝，光闻就让人醺醺然了。她把这些桂花酒摆到自家酒铺里，立刻被抢购一空，从此，她家的酒又成了抢手货。

许多人也想种桂花，就来向仙酒娘子讨要桂子。仙酒娘子有求必给，把家中桂树所结的桂子全都送了出去。可是说来也怪，有的人种下去的桂子发了芽，有的人种下去的桂子却一点动静都没有。大伙儿细细一琢磨，那些种出了桂树的人，都心地善良，而没有种出桂树的人，人品却是公认的不好。这个说法一传出去，没有种出桂树的人都感到羞愧，暗中也有了向善的心。善良的人越来越多，人间的桂花树也越来越多。

中秋月圆时，人们喝着桂花酒，望着月亮上隐隐约约的那个砍树的人影，都感激他为人间带来了这么美妙的花、这么醉人的酒。

（本故事改编自相关民间故事）

重阳节的传说·费长房授徒登高法

重阳节在农历九月九日。九是最大的单数，按照古代阴阳理论，从零到九的九个数字里，单数（一三五七九）被划为阳，双数（零二四六八）被划为阴，所以九月九日就叫“重阳”，也叫“重九”。

重阳节本来并不是一个吉祥的日子。古人认为，九代表着“终极”，两个九重叠，意味着事物发展到了顶点，将转入衰退的过程，也就是要遭受各种各样的灾祸了。重阳节的民俗活动很多，如登高远眺、观赏菊花、插茱萸、吃重阳糕、饮菊花酒等，这些民俗，其实都包含着辟邪、消灾、除厄的意义。其中，求长寿求健康的民俗是最重要的。因为古代医学知识有限，人们并不知道瘟疫是由病毒、细菌等微生物引起的，以为是有“瘟神”作恶，重阳这天就被看作是瘟神出来祸害人的日子。

瘟神虽可怕，但人们总是善意地相信邪不胜正，一定有某种方法能够对付它。在科技水平很低的年代，这种方法就是人们想象出来的“仙法”“道术”。重阳节便是和这“仙法”“道术”有关。

传说在很久很久以前的东汉时期，汝南郡有一个叫费长房的人。他年轻时是管理当地集市的小吏。平时没有什么特别的爱好，就是对道士的降妖变化成仙之术很感兴趣。有一天，他在集市上巡查，无意中看到个白胡子老头，正在特别僻静的一个角落里摆摊。这老头是卖药的，摊子上放了一堆堆的药材，可他也不吆喝，只是无精打采地蜷坐在地上，摊头上支着一根拐杖，上面挂着一个大葫芦。卖药的人都带着药葫芦，这不奇怪，所以费长房也没有太注意这个老头。

等到快收市的时候，费长房正在一座酒楼上坐着，无意中往外面一看，巧了，那卖药老头的摊子正好就在这酒楼的对面。只见那老头站起来，整理整理衣裳，走到拐杖旁边，轻轻一跳，一下子就钻进那个大葫芦口里去了。这时候集市上其他人都忙着收拾货物，谁也没有看到这神奇的一幕，可是费长房在对面的楼上，看了个一清二楚。

第二天，费长房在集市上到处寻找那个卖药老头，终于在另一个冷冷清清的墙角处找到了他。老头还跟昨天一样，在地上缩成一团，眯着眼睛似睡非睡。费长房抢步上前，跪在地上，恭恭敬敬地拱手道：“仙人请受我一拜！”

老头睁开一只眼，瞅了瞅他：“你说谁是仙人啊？”

“您啊！”

“嘁，你说什么胡话，我就是一个糟老头子，平时采采药，卖卖药，换点零花钱罢了。”

费长房从怀里拿出一块肉脯递上：“仙人不要谦辞，你那葫芦乃是仙物，我昨天都看见了。”

老头把两只眼都睁开，看看那肉脯，又看看费长房：“有肉无酒，你让我干嚼？”

费长房一拍脑门：“怪我！”他立刻起身，跑到酒楼那里，买了一坛最好的酒，又匆忙跑回来，双手向老头奉上：“仙人请用！”

老头这才满意地点点头：“那你明天早上再来找我吧。”

次日清晨，费长房再次找到卖药老头。老头拉着他的手说：“看你诚心相求，我就带你开开眼。”说罢纵身一跃，费长房只觉得四周的景物倏忽不见，自己好像变成了一只鸟，在一片茫茫中，朝着一个巨大的洞口飞了进去。

等他们落了地，费长房才发现自己站在一片平坦的地面上，面前矗立着一座巍峨华美的宫殿，身旁有许多枝繁叶茂的大树，风一吹，大树发出清脆的敲击声，仔细一看，原来树上的叶和花都是各色美玉雕成，精美无比。树下的空地上摆着一张桌案，上面布满珍馐美酒。老头叫费长房坐下，两人吃吃喝喝起来。

费长房对老头表达了想要跟随他学仙法的要求，老头对费长房说：“实不相瞒，我的确是个仙人，因为犯了一些小过，被玉帝贬到人间，如今我受罚之期已满，马上就要回天宫去了，你是个凡人，我怎么可能带上你？”费长房苦苦相求，执意要拜师。老头想了想，把手中的酒杯放下，抓住他的手，起身飞出了葫芦，转眼便站在了集市上。他对费长房说道：“你要拜我为师，得先通过我的考验。”

费长房干脆利索地答应道：“没问题！”

于是，老头带着费长房来到深山中，让他独自坐在一片荆棘地中央，就离去了。费长房正在打坐，忽然从四周的密林中走出了一群斑斓猛虎，一个个瞪着铜铃大的眼睛，龇着尖利的牙齿，一边发出恐怖的低鸣声，一边把费长房团团围住，用鼻子上上下下地闻他，费长房安静地坐着不动，他知道这是仙人的第一重考验，心里一点都不害怕。

不知过了多久，老头出现了。他将猛虎驱散，又把费长房带到一处破败的空屋，让他在里面躺着，用一根腐朽的草绳拴住一块巨石，悬挂在费长房的胸口上方。过了一会儿，费长房听见潮水一般涌来一阵沙沙的声音，他往屋顶上一看，原来，是无数条蛇爬了进来。群蛇爬到草绳系在房梁上的一段，绕着那草绳啃咬，草绳眼看就要被咬断了，费长房额头上冒出了一层冷汗。他定了定神，坚持躺在原地不挪动。

就这样又不知过了多久，房门被推开，草绳、巨石和蛇立刻全都消失了。老头笑眯眯地走进屋中，说道："孺子可教啊！"

费长房爬起来急切地问："那我可以拜师了吗？"

老头一摆手："还有最后一道关，你过了，我就收你为徒。"

费长房喜不自胜，连连点头。他心想，那么难的关我都过了，再来一关也不在话下。

老头伸手从袖子里抓了一把什么东西伸到费长房鼻子下面："喏，你把这个吃下去。"

费长房还没看清楚那是什么，就闻到一股恶臭，熏得他眼泪都要喷出来了。他不由自主后退了一步，再一看，老头手里抓着的竟然是一坨粪便，半黄半绿，汁水淋漓，更可怕的是，那粪便里还有什么东西在一拱一拱的，等费长房看清楚那些都是蛆虫的时候，再也受不了了，"哇"地一声，抱着肚子就吐了起来。

老头脸上露出惋惜的表情，把手一挥，粪便也不见了，手上干干净净，没有污秽，也没有臭味。他看着跌坐在地上还吐个没完的费长房，摇摇头道："其实，这不是考验，而是修炼。你呀，本来都快得道成仙了，真是功亏一篑呀！"

费长房懊悔不已，可是也没办法，他只好放弃了做神仙的梦想，出山回家。在山口分别时，老头取出一支竹杖和一张神符送给了费长房，告诉他，竹杖可以骑着飞行，想去哪里就去哪里，神符可用来驱使管制那些在凡间活动的鬼神。

费长房告别了老头，骑着竹杖飞回家中。他本来以为最多过去了半个月而已，到了家中才知道，原来自己已经离开家十几年了。他的样貌没有变化，可家人死的死，老的老，长大的长大，小孩子都不认识他。

从此，费长房就一直在家乡生活，用他从卖药老头那里得来的神符驱妖除魔，医治百病。有时，人们会看见他一个人坐着，好像在很生气地自言自语，问他在做什么，他就说："有个鬼犯了错，我训斥它一下。"

因为大家都知道费长房本领高超，就有许多人来找他，想拜他为师。在这些人中，费长房挑中了一个叫桓景的本地小伙。师徒之间感情很好，费长房让桓景住在自己家里，专心学道。

有一年九月初九，费长房突然对桓景说："今天你家有大难，你快点回去，让你家中每个人都戴上一个装茱萸的红色锦囊，离家登高山，饮菊花酒，傍晚时再回家，如此这般，这个大难就可以消除了。"

桓景连忙回家，按费长房说的准备好茱萸锦囊和菊花酒，将家人带到了高山上，夕阳西下时才返回自家宅院。进了门，全家人就吓坏了，只见院落的地面上横七竖八躺满了鸡鸭猪狗的尸体，牛棚马圈里的大牲口也全都死了。家中一个活物都没剩下。

桓景赶紧去找师傅费长房问个究竟。费长房听他说完，捋着胡须微笑道："没什么，不过是瘟神九月初九要降临你家，所以我让你家人都躲到高山上，佩戴可驱瘟疫的茱萸锦囊，喝能除病消疾的菊花酒。等瘟神到你家时，家中没有人，家里的牲畜便做了你们的替身了。"

此事传开之后，人们都学会了在九月初九登高避灾，戴茱萸，喝菊花酒，慢慢地，这些就成了重阳节的重要节俗内容。重阳节也因此变成了一个全家人秋游爬山的美好节日。

（本故事改编自东晋葛洪《神仙传·壶公》、南朝宋范晔《后汉书·方术列传下》、南朝梁吴均《续齐谐记》）

年夜饭为什么关着门吃

年夜饭，就是除夕晚上的那顿丰盛的晚餐，也叫“团年饭”，是一年中最重要的一顿饭，也是全家必须团聚在一起吃的饭。这顿饭有很多的规矩，比如说，餐桌上要有鸡有鱼，表示大吉大利，年年有余；菜品的数量最好是十个，表示十全十美；吃饭的时候，大家得开开心心的，谁也不许生气；菜不能吃完，盘里碗里都得留一点，祝福去岁家有余财，来年更加兴旺。

我国南方的一些地方，有一种特别的习俗：吃年夜饭的时候要关上门，还得安安静静的，不可高声喧哗，碗筷也尽量不碰出声。吃完后，饭菜立马收拾掉，不能留在桌上。吃完了饭，才许开门。

为什么会有这样的习俗呢？原来，这里有个有趣的故事。

传说，在很久远的古时候，玉皇大帝每年的最后一天都会派八仙之一的铁拐李到人间去转悠一下，看看百姓们这一年过得怎么样。之所以派铁拐李当这个钦差，是因为铁拐李的模样就是个跛脚的老叫花子，他在街头巷尾乞讨，一不会引起人们的怀疑，二也正好通过讨来的食物判断每家每户的生活是好还是不好。

铁拐李来到人间时，正好赶上人们在家里开吃年夜饭。看到一个老人在这阖家欢聚的日子还要沿街乞讨，每户人家都很同情，许多人都会毫不吝惜地从桌上取些鸡鸭鱼肉，包好了放在铁拐李的篮子里，希望他也能过个好年。

铁拐李走东家串西家，一晚上攒了一篮子饭菜，圆满完成任务，便赶紧返回天庭向玉皇大帝交差。

玉皇大帝叫来福禄寿三星和财神，跟自己一起查看这些年夜饭的菜肴，他认为，根据这些菜肴，就能知道哪一家穷、哪一家富。福禄寿三星不明白玉皇大帝为什么要这么做，玉皇大帝就解释说，自己要“均贫富”——穷的，来年发财；富的，来年遭灾。这样，人间就没有穷人也没有富人了，所有人都一样，这才公平。

很快，玉皇大帝就判定了好几家的年夜饭。一家肉菜多，玉帝就让财神记下，这是富家，新的一年里，就不要让这家人赚钱了，不但不让他们赚钱，还得叫他们多病多灾，把钱花光；另一家素菜多，玉帝又让财神记下，这是穷户，明年多给这家人发财的机会，最好呀，让他们在路上捡几个大元宝。

财神一边记录着玉帝的吩咐，一边在心里暗暗着急。他想：玉帝太不了解人间的生活了，年夜饭哪儿能看出贫富来啊！人们一年到头干活挣钱，到了年根儿一定会尽力吃点好的，平时舍不得吃肉的人家，这时候也会做些荤菜，给老人孩子解解馋，也犒劳犒劳辛苦了一年的自己。就因为多吃了点肉菜，竟然来年就得全家生病遭殃，简直是无妄之灾嘛！于是，他心生一计，给人间一个勤快的小伙子托梦，把玉帝派铁拐李来考察人间年夜饭的事儿原原本本告诉了小伙子。

这个小伙子得到财神的通风报信之后，苦苦想了一年，总算想到了办法来对付铁拐李。到了第二年的除夕，又该吃年夜饭了，他家没有像往年那样敞着大门热热闹闹地吃团圆饭，而是把门一关，静悄悄地把饭吃完，然后把所有的饭菜都收起来藏好，桌上光溜溜的，什么都没有。

时辰一到，铁拐李又下凡来讨饭了，他一路讨到小伙子家，小伙子装作一副愁眉苦脸的样子，打开门让他看，饭桌上根本就没有年夜饭的影子。铁拐李回到天庭，对玉帝说："这家实在太穷了，吃不起年夜饭。"玉帝照例让财神给这小伙子送点财运。

第二年，小伙子家果然过得不错，做什么生意都发财，周围的人纷纷夸他运气好，十分羡慕。小伙子倒也不隐瞒，就把自己知道的年夜饭的秘密告诉给大家。人们恍然大悟，以后再到吃年夜饭时，家家户户都像小伙子家那样，关上门悄没声儿吃完饭，收拾得干干净净，就等铁拐李来看。

这样过了几年，铁拐李也发现不对劲了，怎么人间到处都关着门吃年夜饭呢？他琢磨来琢磨去，明白了：肯定是自己的身份已经暴露了，人们这是将计就计，从玉帝那里骗来年的好运气呢。他把这个事向玉帝一汇报，玉帝也无可奈何，只好说："那就算了，以后你也别再去人间看年夜饭啦。来年的运气，还是看他们各自的造化吧！"

铁拐李做钦差的使命从那时起就结束了，但是关着大门吃年夜饭的习俗却一直流传下来，直到现在，很多地方还习惯这样过除夕。

（本故事改编自相关民间故事）

压岁钱，压祟钱

古时候，每到除夕的晚上，大人会在铜钱上拴一根红绳，然后把钱压在家中孩子的枕头下。我们都知道这种风俗叫“压岁钱”，是孩子们过年时最喜欢的节日习俗之一。

但是，实际上它真正的名字是“压祟钱”。祟是古人神话里的一种妖魔，它跟“年”一样，专门在过年的时候跑到凡间来跟人过不去。它会在大年三十的深夜悄悄潜进人住的房子，用它尖利的爪子挨个去摸床上熟睡中的人的脑袋。

祟的法力并不是很厉害，对身强体健的大人来说，它没什么可怕的。然而，不满十二岁的孩子体虚，很容易被祟的邪气侵袭，要是被祟摸过头，轻则梦中受惊，哭叫不止，重则整整一年体弱多病。所以，除夕到初一这段时间，人们不熄灭屋子里的灯烛，也坚持不睡觉，就是为了看住大门，不让祟溜进来伤害孩子。但祟很狡猾，它总是耐心守候在有幼儿的人家门外，窥伺屋里的动静，等夜深人静，大人熬不住打起瞌睡，它就立刻蹿进屋里，防不胜防。

祟虽然无孔不入，却也有软肋——它很怕钱。虽然不知道原理是什么，但钱在我国古代的民俗里，是十分有效的辟邪之物，妖魔鬼怪都害怕。以至于人们还特地发明了一种名为“厌胜钱”的吉祥物，就是一种钱币状的护身符、祈福物。这种“厌胜钱”不用来流通，也不需要像真正的货币那样由官府专营铸造，只是民间私造的装饰物。

人们是怎么发现钱能镇住祟这样的妖魔的呢？传说，这是无心插柳，偶然所得。

在很久以前，浙江嘉兴府有一户人家，多年求子不得，终于在某一年生了个大胖儿子，宝贝得顶在头上怕摔，含在嘴里怕化。这家的夫妻俩是做小本生意的，苦做一年挣点钱不容易，年三十那天，买卖人习惯把一年的欠账都收了，这夫妻俩到处好说歹说，总算收到了一笔欠了很久的赊账，一共八个铜板。

八个铜板说多不多，毕竟是钱啊，夫妻俩挺高兴地把钱拿回家，准备收起来明年做本钱用。时近年底，附近正在闹贼，很多街坊邻居家都被小偷光顾过，两夫妻怕家里也来贼，把钱藏在哪里都觉得不保险。想来想去，妻子对丈夫说：“小偷再精明，也只是翻箱倒柜，怎么都不会到孩子睡觉的地方去找钱吧？”丈夫点头说道：“有道理。”

于是，他们用红绳把八个铜钱串在一起，塞在孩子的枕头下。塞好钱，他们就忙着去做年夜饭了。

吃完晚饭，夫妻俩把孩子哄睡，在桌上点了一支守岁的红蜡烛，便也上床去了。到了后半夜里，一家三口都在呼呼大睡，突然，一阵寒风把没关好的窗户轻轻推开，呜呜怪叫着吹进了屋子。桌上红蜡烛的烛焰摇晃了几下，灭了。

屋子里一没了光亮，一个诡异的身影就从门缝里钻了进来。原来，那就是除夕晚上在人间游荡的祟。它知道这家有个小毛孩子，早就在门外头等着了，这下可逮着了好机会，它像个大老鼠似的吱吱笑着，朝孩子睡的小床蹦蹦跳跳地跑了过去。

这时，夫妻俩正巧被寒风冻醒了，他们迷迷糊糊地坐起来想去关窗户，猛然间看见一个黑影正站在孩子床头，缓缓伸出粗壮的胳膊，好像正要去碰孩子的头。夫妻俩心头一颤，失声喊道："有贼！"

那黑影闻听他们的叫声，把头转过来，这一转，可把夫妻俩吓得脑袋嗡嗡响，原来这祟鬼长了一双绿荧荧的大眼睛，它用这双眼睛看着夫妻俩。夫妻俩立刻清醒了过来，这哪里是贼，分明是个怪物啊！"哎呀！害人的祟鬼来了！"

他们顾不上穿鞋，齐齐跳下床要去救孩子。说时迟，那时快，只见孩子的枕边迸发出一道耀眼的金光，直刺祟的面门。

"疼疼疼疼疼！救命啊！"祟尖叫起来，急忙缩回手捂住脸，转身又从门缝里逃出去了。

夫妻俩赶紧点上灯来到孩子床边一看，孩子还在香甜地睡着，小脸蛋儿红扑扑地带着笑意，正做美梦呢，胳膊腿儿也好好的，什么事儿也没有。他们往孩子的枕头下面摸了摸，摸到了那八个铜钱，钱上还带着余温，好像刚被火烧过一样。夫妻俩这才恍然大悟，刚才发出亮光赶走祟的就是这八个铜钱啊！

第二天是大年初一，夫妻俩因为躲过一劫，特别开心，兴冲冲出去拜年，每到一家，就把自己家除夕晚上发生的事述说一遍。大

福

家口耳相传，很快，红绳串起的铜钱能对付祟鬼的秘密就传遍了大街小巷。从那以后，越来越多的人学会了在年夜饭后用红绳串上几个铜钱，放在孩子枕头下面。凡是这样做的人家，果然再也没有招惹过祟鬼，家中的幼童年年都健康平安，无病无灾。所以人们给这种铜钱取了个名字叫“压祟钱”，照着字面上的意思，就是这钱把祟鬼压住了，不让它捣乱。“祟”“岁”同音，时间一长，人多嘴杂，以讹传讹，两个字一混淆，“压祟钱”就成了“压岁钱”了。

（本故事改编自相关民间故事）

老鼠嫁女

《老鼠嫁女》的故事，人们都是耳熟能详，是我国非常经典的传统民间故事。其实这个故事最初的起源在印度。印度有一本梵文写成的古书，名叫《五卷书》，这本书里就记录了一个老鼠姑娘出嫁的故事。后来这个故事通过丝绸之路流传到了我国，自汉代以后，在各个地方的民间文学中发展出了不同的版本。大致上，故事的框架结构都是差不多的，但结局却有些不同。

故事是这样的。传说，从前有一家老鼠，家中有鼠老爷和鼠夫人，夫妇二人膝下只有一个女儿——娇俏可爱的鼠小姐。

鼠小姐是父母的掌上明珠，自幼长在深闺，被父母无微不至地呵护着，外面的世界是什么样，她一点也不知道。鼠小姐身材苗条，一身青灰色皮毛总是那么顺滑，容貌也很美，尖尖的脸上，一双大眼睛闪闪如星，还有一只粉嫩嫩的小鼻子，一对毛茸茸的圆耳朵。鼠小姐还很聪明，每天要么读书背诗写大字，要么刺绣织补做女红，心灵手巧，样样精通。她性情也特别温柔贤淑，从来不跟人红脸，说什么事都是细声细气，吱吱吱吱的。

转眼，鼠小姐长成大姑娘了，鼠老爷和鼠夫人开始琢磨着，要为她找个如意的夫婿。它们就这么一个女儿，当然想为她找个世上最好的丈夫。什么是最好的丈夫？当然是有权有势有钱还得有本事的。鼠老爷召集了整个家族的老鼠来开会，讨论究竟谁是这个世界上最有权势最有本事的男人。

老鼠家族有成千上万个成员，挤在一个老鼠洞里，你一言我一语，吵得什么也听不见。家族的老族长急了，拿出一面锣使劲地敲了半天，好不容易才让这些老鼠安静下来。老族长咳嗽一声说道："你们都不要瞎嚷嚷，动动脑子！什么人最有权势？这还用说，当然是地位最高的人！谁的地位最高？这还用说，当然是在天上的人！谁在天上？这还用说，太阳啊！"

一个小老鼠怯怯地表示不同意："老族长，天上不光有太阳啊，还有月亮和星星呢。"

老族长气得胡子抖："动动脑子！太阳一出来你还能看见月亮和星星吗？这说明什么？说明月亮和星星见到太阳都跑了，为什么？因为太阳是最有权势的人，它们害怕太阳呀！"

老鼠们纷纷发出赞同的叹息声。鼠老爷激动地说道："老将出马，一个顶俩，老族长就是比我们懂得多，就这样，我们马上去向太阳提亲！"

鼠老爷和鼠夫人准备了丰厚的求亲礼物，去太阳家里拜访。太阳得知它们的来意，为难地说："我倒不是对令爱不满意，不过，你们说我是最有权势的，我不能苟同。"

“为什么？”老鼠夫妇不解地问，“您不总是高高在上的吗？而且您一出来，什么星星月亮都没有了，它们不就是惧怕您的威严和权力吗？”

太阳苦笑了一下：“星星月亮怕我，这没错，可这世界上也有我害怕的东西。那就是——乌云。只要乌云一出现，我的光芒就减弱甚至消失，乌云就是我的克星！”

老鼠夫妇互相递了个眼色，立马拿上礼物离开了太阳的家。太阳不是最有权势的人，乌云才是，那就别耽误工夫了，赶紧去找乌云。

等他们找到了乌云，把求亲的事一说，乌云也犹犹豫豫，想了半天才说：“令爱是个好姑娘，但是你们要找的最有权势的女婿，不是我呀。”

“太阳都怕你，你怎么不是最有权势的呀！”鼠夫人急切地说，她担心乌云是瞧不上它们家，故意这么说，推脱婚事。

乌云说道：“我能挡住太阳，所以太阳怕我，这不假，但是，只要风一来，我就身不由己地被它吹着跑，风要是吹的力气大些，我还要四分五裂，粉身碎骨，半天都凑不回一整块，我对风那是真怕呀！你们说，我怎么可能是最有权势的呢？”

鼠夫妇二话不说就去找风了。可是风也说自己并不是最有权势的，因为它不管跑得多快多远，遇到墙就只能停下，或者溜边走，墙比它有权势多了。

鼠夫妇奔波了一天，累得精疲力尽，可是为了女儿的终身大事，它们还是强打精神继续上路，终于找到了墙。谁知墙一看到它们就吓得瑟瑟发抖，大喊道：“别过来！别过来！”

鼠老爷看它这样，不敢上前，远远地一作揖，恭恭敬敬地说道："墙先生，今日前来叨扰，是有一事相求，我家小女，花容月貌，兰心蕙质，正值摽梅之年，欲寻觅一位终身……"

墙惊恐地说道："你们不是打我的主意吧？告诉你们我可不怕！怎么，现在在我身上打洞已经不满足了是吧？想干脆把我霸占了？信不信我自杀！宁为玉碎，不为瓦全！离我远点！远点！"鼠夫妇不明白墙为什么对它们的反应这么强烈，这时，墙边一棵小草小声说道："你们快走吧，墙最怕你们老鼠在它的墙角打洞，瞧它被你们吓的，都坐下病了。"

鼠老爷和鼠夫人万万没想到，好不容易找到的最有权势的人，居然最怕的是它们老鼠。找了一圈，最后找回到自己身上了。这可怎么办？

故事说到这儿就分叉了，在不同的版本中，出现了不同的结局。

有一种结局，老鼠们终于明白了，其实强中自有强中手，论能力，老鼠也不比其他人差，找女婿还是要找适合自己女儿的。鼠小姐最后嫁给了一位知书达理、勤劳能干、一表人才的鼠公子。婚礼在腊月二十四这天举行，鼠老爷和鼠夫人花了一大笔钱，置办了漂亮的花轿，请来了最好的吹鼓手，风风光光热热闹闹地把女儿送到了夫家。小俩口从此过上了幸福美满的生活。

另一种结局，就没有那么美好了。鼠夫妇回到家，想着怎么也不能把女儿嫁给老鼠，人往高处走，老鼠嫁老鼠，那不等于还在老鼠窝里，一点儿都没有提高吗？辛辛苦苦把姑娘养大，这辈子就嫁这么一次，不找个条件比自家强的，那可不甘心。鼠夫妇坐着仔细想，老鼠最怕谁？老鼠最怕猫呀，原来猫才是这个世界上最有权势

囍

的人！于是，它们就去向猫提亲了。猫非常热情地接待了它们，爽快地答应了婚事，一口一个爹娘，叫得鼠夫妇心花怒放。到了腊月二十四这天，老鼠家族拉起一支浩浩荡荡的送亲队伍，从老鼠洞出发，穿过卧室、堂屋、厨房，最终来到了猫的家里。猫家族也来了很多亲戚喝喜酒，一群猫看到这么多老鼠送上门来，个个眉开眼笑。后来发生了什么，大家就各凭想象吧。

不管是什么结局，有一点是同样的。那就是腊月二十四，是民间习俗中老鼠嫁女儿的日子。人们认为，如果惊扰了老鼠送亲，接下来的这一年老鼠就会疯狂报复，肆无忌惮地啃噬家具、祸害粮食。

为了来年老鼠不来找麻烦，腊月二十四这天，家家户户不舂谷子，不推磨碾米，总之就是要保持安静，到了晚上更是要早早休息，不管听到什么动静都不能起来看。有些地方，此前一天还要在老鼠洞边上放一些花生糖果之类的，随个份子。人们心里最盼望的就是老鼠把女儿嫁得远远的，最好全家都跟着搬走，再也别回来了。

（本故事改编自相关民间故事）

在天愿为比翼鸟

“比翼鸟”这个词最早出现在先秦的典籍《山海经》中，指的是一种只有一个眼睛一只翅膀的鸟，这种鸟要飞行，只能两只并在一起。

比翼鸟被用来比喻相爱的情侣夫妻，是从唐朝开始的。唐朝时发生了一件很轰动的事情：唐玄宗李隆基爱上了一个叫杨玉环的女子，并娶她进宫，封她为贵妃。而在进宫之前，杨玉环是有丈夫的，而且她的丈夫不是别人，正是李隆基的亲儿子、寿王李瑁。也就是说，论起身份，杨玉环是李隆基的儿媳妇。这桩婚事传扬出去，大家表面上不敢议论，背地里可就说什么的都有了。

杨玉环和李隆基一直很恩爱，李隆基为了她，把其他的嫔妃都冷落了，专宠一人。有一天，他俩深夜在华清池的长生殿上盟誓：“我们要永远厮守，就像天上的比翼鸟、地上的连理枝。”

公元 755 年，李隆基手下一个叫安禄山的节度使发动了叛乱，也就是历史上所说的"安史之乱"。叛军来势汹汹，直逼长安城，李隆基没办法，只好带着杨玉环和文武百官逃往四川。唐军走到马嵬坡，发生了兵变，将士们要求李隆基马上杀掉杨玉环和整个杨氏家族，否则他们就再也不往前走了。

自从杨玉环做了贵妃，她全家都沾了她的光，姐姐妹妹们被封为国夫人，哥哥杨国忠当了宰相。人们本来就觉得李隆基娶儿媳妇这件事多少有些不地道，加上这么多年杨家人横行无忌、飞扬跋扈，非常不低调，因此事到如今，可以说整个朝廷没有一个人向着他们，替他们说话。李隆基身在逃难路上，孤立无援，只好听从兵变者的要求，赐死杨玉环，尸体就地掩埋。

杨玉环死后，李隆基也退位了，肃宗李亨继位。唐军平定安史之乱，返回长安，李隆基作为太上皇，住在他和杨玉环曾共度无数甜蜜时光的旧宫殿里，孤独地度过余生。据说他派人回马嵬坡取杨玉环的尸骨，想把她归葬长安，但去的人刨开那个简易的坟茔，里面空空如也，泥土中只有一个香囊。于是，关于杨玉环的结局，就有了各种传说，有的说她没有死，渡海逃去了日本，在那里隐姓埋名终老；有的说她死后成神，被称为太真仙子，在海上一座云雾缭绕的仙岛上寂寞地生活着。

很多年过去，李隆基也已作古，他和杨玉环的故事在人间遍传。中唐时期的大诗人白居易根据传说，写了一首著名的长诗《长恨歌》，描写李杨之间传奇般的爱情。结尾处写道："七月七日长生殿，夜半无人私语时。在天愿作比翼鸟，在地愿为连理枝。天长地久有尽时，此恨绵绵无绝期。"从那时起，"在天愿作比翼鸟，在地愿为连理枝"就成了千古名句，比翼鸟也成了人们最熟悉的典故词语，一说就知道是指感情深厚的情侣、夫妻。

不过，普通百姓们对“比翼鸟”这个词的由来，却有另一番说法。

传说，不知在哪朝哪代，黄河岸边的一个村庄里，有个聪明勤快的孩子。他姓柳，人们都叫他柳生。柳生自幼喜欢小鸟，每天只要没事就会跑进家后面的树林，躺在林间的草地上，闭上眼睛欣赏树上鸟儿的啁啾鸣声，时间长了，他就能够分辨出哪个声音是哪种鸟发出来的。他试着学各种鸟叫，渐渐学得惟妙惟肖，鸟儿都分不清真假，只要听见他的叫声，就成群地飞来和他一起玩耍。就这样，小柳生与鸟儿过着和谐愉快的生活，一天天地长大了。

柳生十六岁那年，他的母亲忽然生了病。柳生父亲早已去世，母亲是唯一亲人。孤儿寡母本来就过得不容易，一贫如洗，家徒四壁，母亲一病倒，柳生又心焦又无助。家里根本没有钱看病抓药，眼看母亲病势越来越沉重，这可怎么办呢?

村里人很久没有看见柳生边吹口哨边像只小喜鹊似的跑进跑出的样子，担心他娘俩是不是出了什么事，便上门去探望。一进门，就看见柳生的母亲躺在床上，差不多只有出气儿没有进气儿了，柳生面容憔悴地坐在桌边，数着家里仅剩的几个铜板，唉声叹气。乡亲们这才知道了事情的原委。大家各自拿出身上的钱来，想帮衬帮衬他，可是大家都是穷苦百姓，实在凑不出多少。

“柳生，柳生，有办法了！”一天晚上，邻居家的李大哥匆匆忙忙跑到柳生家，气喘吁吁地说:“我听说隔壁村子的黄员外家要买家丁，十年的卖身契，能换十两银子。你这么缺钱，去试试吧！”

“那我走了，母亲怎么办？”柳生为难地说。

"先救了急再说吧，总要先把你娘看病吃药的钱弄来啊！你放心，街坊四邻我们都商量好了，你走了，我们帮你照顾老娘！"柳生想了想，除此之外也确实别无他法了。他只好给邻居的叔叔婶婶大爷大娘磕了几个响头，把病重的母亲托付给他们，流着眼泪到黄员外家卖身去了。

柳生来到黄员外跟前，黄员外像买牲口似的上上下下仔细打量了柳生好久，才满意点点头："小伙子看上去倒挺壮实，能干活，行，就留下吧！"柳生用自己的自由之身换了十两银子，赶紧寄回家去让李大哥帮着母亲找医生、抓药，自己便留在黄员外家了。

柳生在黄员外家里干活很卖力气，上上下下对他都满意。他在这里住着也还习惯，只是有一条，他天天都被锁在长工们住的破院子里，不让随便出去，这院子里没有树，也就没有鸟，听不到鸟儿们清脆悦耳的啼声，柳生觉得浑身都难受。

有一天，他在院子里劈柴，突然听见一阵宛转悠扬的鸟鸣声，这声音如同天籁，一下子就吸引住了柳生。他循着声音一找，原来是围墙那边传来的。他悄悄爬上墙头，向里面张望，想看看是什么样的鸟儿，能发出这么动听的声音。

墙那头是个黄员外家的后花园，长着许多花花草草，但也没有树。"没有树，怎么会有鸟叫声呢？"柳生很纳闷，仔细一看，花园里站着一个姑娘，手里托着一个鸟笼，鸟笼里有一只金丝雀，这好听的声音，就是金丝雀的叫声。柳生终于见到了鸟儿，可是，他的目光却被那个托鸟笼的姑娘吸引了。这姑娘长得如花似玉，头发又黑又长，脸蛋粉红粉红的，她望着金丝雀，露出甜甜的笑容，真是迷人！

柳生心想：“这姑娘怎么这么好看！她是谁呢？”

没过多久，柳生就知道了她是谁。他被派到后花园去修剪花草时，又见到了那个姑娘，姑娘还带着丫鬟。柳生听丫鬟叫那姑娘“小姐”，心里就明白了。这个姑娘是黄员外的女儿。

黄员外的女儿名叫黄莺，她也特别爱鸟。那只金丝雀就是她从小养大的，她把那鸟儿当作宝贝疙瘩，从来不许别人碰，喂鸟吃的都是精米白面，喝的都是山泉水，照顾得这么好，这鸟儿也没什么福气，竟然病死了。

鸟儿死了，黄莺哭得什么似的，不吃不睡，以泪洗面。黄员外心疼女儿，又给她买了一只金丝雀，放在原来的笼子里，可是黄莺一点都不开心，她说这只金丝雀叫起来和原来那只完全不一样，根本就不能代替原来的那只金丝雀。

柳生去除草的时候看到黄莺惆怅地坐在园子里，她在想念着原来的那只金丝雀。柳生也为黄莺感到难过，暗暗决心要想个办法让她高兴起来。

黄员外看女儿一天比一天消瘦，愁得满屋子溜达。这时，柳生找到黄员外，自告奋勇地说：“我会学原来那只金丝雀的叫声，让我去叫给小姐听吧。也许会让她觉得金丝雀还活着，不再那么伤心了。”黄员外想，这倒也不失为一个办法。他就让柳生到黄莺的闺房窗下，学那只金丝雀的叫声。

柳生模仿的金丝雀的叫声以假乱真，黄莺一听就以为是她的宝贝金丝雀回来了。立刻破涕为笑。黄员外远远看见女儿在笑，暗暗赞叹道：“柳生这孩子还真是个人才呢！”

第二天，黄员外让柳生继续去学金丝雀叫，第三天照旧，第四

天也不准耽误。慢慢地，黄莺脸上也有了笑容，她认定自己的金丝雀死而复生了。等到柳生学鸟叫的第十天，她终于坐不住了，跑出闺房，想去看看金丝雀到底在哪儿。可是，她看到的却是站在墙根噘着嘴学鸟叫的柳生。黄莺顿时大失所望，但她更是好奇，这个人怎么学鸟叫这么像呢？她就问道：“你是谁？”

柳生没料到自己被黄莺抓了个正着，脸红红地说：“我……我是你家的家丁……”“你咋会学鸟叫呢？”

“我在我家后面的树林里，跟鸟儿们学的。”

“树林？那是什么样的地方？”黄莺从小大门不出二门不迈，从来也没去过什么树林。

“树林是鸟儿最快乐的地方。”

黄莺生气地说：“胡说，我的金丝雀跟我在一起才最快乐。”

“才不呢，金丝雀住在笼子里，咋会快乐？”柳生坦诚地说。

黄莺眼圈一红，哇哇哭起来。她又想起了自己的金丝雀。难道她对它那么好，它还是不开心吗？

柳生一看黄莺哭了，慌了手脚，忙说：“你别哭啊，别哭啊……我再给你学一个鸟叫吧！”于是，他把自己会的所有的鸟叫声都学给黄莺听。

黄莺不知不觉地不哭了，全神贯注听着柳生学鸟叫。等柳生学了好几百种之后，她拍着手笑道：“太好听了！你也教教我吧！”

柳生便把自己会的鸟叫声一种一种地教给黄莺。黄莺学得格外认真。他们还把笼子里的那只新买的金丝雀放了，每天就在一起学鸟叫，把花园墙外的鸟儿们都招引进来。一大群五彩的鸟儿围着两个少男少女，翩翩起舞，引吭歌唱，那画面美极了。

日子一天天过去，柳生和黄莺的感情越来越深，谁也离不开谁了。他们互相约定，将来一定要做夫妻。

终于有一天，黄员外知道了女儿和小长工私定终身的事，他怒不可遏：“十两银子买来的癞蛤蟆竟敢吃我的天鹅肉，我看他是活得不耐烦了！”他叫人把柳生捆了带到黄河边，把他扔进了滔滔河水。柳生的身影立刻被咆哮的波涛吞没了。

黄莺得知自己的爱人遭此厄运，撕心裂肺地哭了一场，吐血而死。黄员外正要叫人来收殓尸体，只见黄莺的胸口裂开，一只只有右翅膀的小鸟从她的胸膛里跳了出来，像一颗流星飞速朝黄河的方向飞去。人们觉得奇怪，便也跟着去了。

小鸟来到黄河水面上，发出一串银铃般的鸣叫。黄河水就朝两边分开，露出了河底，人们看到柳生静静地躺在河床上，好像睡着了一样。阳光照在他的身体上，胸口随即也裂开了，同样跳出一只小鸟，跟黄莺胸口里跳出来的那只一模一样，只是它长的只有左翅。

那小鸟扇动着一只翅膀，从河底慢慢升上来，两只鸟儿立即合并在一起，在河面上鸣唱着盘旋了一会，便向更高的天空飞去，很快消失在蓝天白云间。它们飞走后，黄河水又哗哗地合拢起来，重新覆盖了河床，还有躺在河床上早已死去了的柳生。

这个凄美的故事，后来随着黄河水的流淌，传播到了许多地方。人们都说，只要真心相爱、忠贞不移，深爱的情侣就会变成美丽的比翼鸟，相伴着飞向遥远的地方，去寻找属于自己的幸福。

（本故事改编自相关民间故事）

女婿为什么叫『东床』

东床，顾名思义，就是摆在东边房间里的床榻，可它也是“女婿”的代名词。女婿怎么与睡觉的床扯上关系呢？这里还真有个故事呢。

东晋时，朝中有个叫郗鉴的大官。郗鉴有一女，闺名郗璿，正值妙龄，人品才华都是极出众的。加上郗鉴在朝廷也是德高望重的人物，许多有权有势的家族都有意为自家子弟向郗家求婚。

不过，郗鉴对女婿的要求不是一般的高，他左挑右拣，那么多贵族子弟，就是一个都没看上。人们都不知道他到底想给郗璿找个什么样的丈夫。

其实，郗鉴心里有个大概的择婿范围——他准备从丞相王导家的子侄里面挑一个。东晋讲究门阀政治，王家是当时最高贵的名门，当家人王导又是如日中天的当朝宰相，这样的出身，配自己的女儿是没问题了。但是，王氏家族非常大，儿子侄子堂侄表侄一大堆，要从这么多人里找出最优秀的那个，也是一桩难事。

郗鉴就跟王导商量，自己能不能上门去考察考察。王导挺爽快地同意了："你来吧，我们家的孩子吃住读书都在一处，你考察起来也方便。"

郗鉴是个老谋深算的人，他想看到王家子弟们最真实的面貌，就没有自己出马，而是派了一个心腹的门生去王家拜访。他嘱咐这个门生说："你去了之后，少说话，多观察，只要用眼睛好好地把每个人看清楚，回来事无巨细都报告给我就行了。"

门生领命来到王导的府邸。王家子弟们住在东厢房，听说郗鉴大人派人来相女婿，都不知道怎么着好了，全穿上一身时髦的衣裳，有的把头发梳得苍蝇爬上去腿打滑，有的描眉画眼涂脂抹粉（东晋时候的士族子弟，擦个粉化个妆不是什么稀奇事），有的坐着写字，有的站着诵诗，还有的两两结对高谈阔论，大谈哲学艺术，个个摇头摆尾，就差没插上孔雀尾巴开屏了。

郗鉴的门生走了一圈，把这些人的样貌德行都记了下来。这时他看到东厢房的床上半躺着一个人，这个人二十来岁，没梳妆打扮，也没在吟诗作赋，半闭眼睛，连衣服都没好好穿，露着肚皮跷着脚，对郗府来人一点反应都没有。

门生也把这个人的样子给记住了。他回去见到郗鉴，就把王家子弟一一描述了一番，郗鉴听着听着，面露失望之色。门生最后说道："王家的公子们对您择婿一事都很上心，唯有一人，无动于衷。"郗鉴兴趣来了，问道："哦？那是什么样的人呢？""此人当时就躺在东厢的床上，衣服也没好好穿，袒胸露腹的，好像在睡觉，又好像在想什么事，反正都没拿正眼瞧我。"郗鉴捋着胡子笑着说："就是

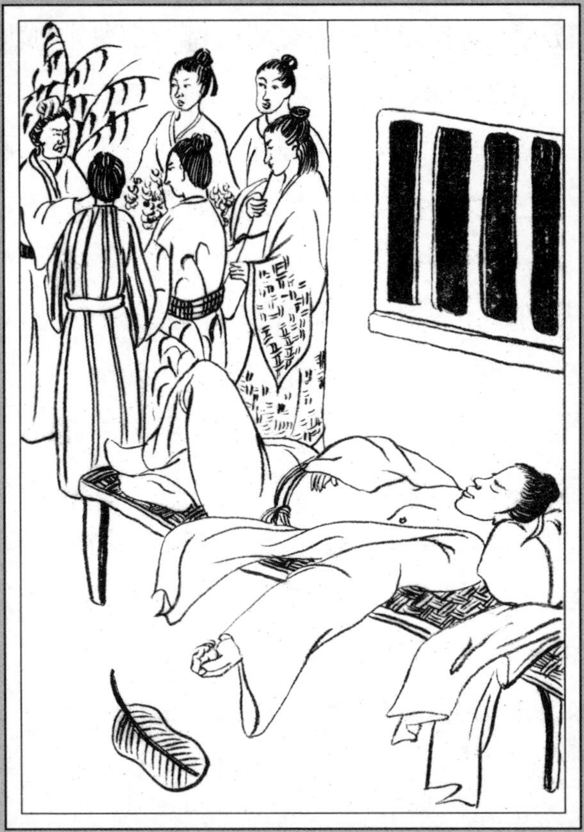

这个！就是这个！这就是我想找的女婿！”他连忙亲自去了王导家，指名要见那位睡卧在东厢床上的王氏子弟。王导让人去一问，原来这个人是他的侄孙王羲之。

王导把王羲之叫来让郗鉴相看。这回王羲之整整齐齐地穿着衣服，礼节周全，应对得体，言谈举止都令郗鉴十分满意。郗鉴一高兴，就把这门婚事当场定下了。

郗璿嫁给王羲之之后，夫妻相敬如宾，生活非常美满。王羲之有七个儿子一个女儿，全部都是郗璿所生，这在千年前的封建社会，实属难得。

更难得的是，王羲之、郗璿都是书法大家，王羲之被称为“书圣”，郗璿则被称为“女中笔仙”，这对夫妇确实是天作之合。郗鉴慧眼独具，果然为女儿选到了一位最适合她的丈夫。

这个故事发生在东晋太宁元年（323年）到太宁二年（324年）之间，后来，南朝（宋）的刘义庆将其记录在他撰写的笔记文集《世说新语》中，成为一个著名的文化典故。从那时起，“东床”就成了女婿的另一种说法。

（本故事改编自南朝宋刘义庆《世说新语·雅量》、唐代房玄龄《晋书·王羲之传》）

宁封子制陶

陶器是用陶土、陶泥捏出形状，再以火烧制而成的器具。根据考古学家的研究，在几千年前，我们的祖先就能制作各种形状的陶制品。像陶罐、陶碗、陶盆这些东西，在原始社会时期的日常生活中就很常见。

制陶技艺是远古的劳动者通过大量的观察和实验，逐渐创造出来的，并不是哪一个人的发明。但在民间传说里，还真有这么一位制陶业的“祖师爷”。这个人名叫宁封子。

相传宁封子生活在黄帝时代。那个时候，人类已经会用火了，但是因为没有盛装食物和水的容器，肉烤好后只能用手拿着吃，水只能用手掬着喝，采来的野果野菜就只好生吃了，这既不干净也不方便，大家为此很苦恼。

宁封子是黄帝手下一个年轻的小官吏，平时特别忙。有一天，他下河捞了一些鱼，打算做一顿烤鱼好好慰劳一下自己，刚生好了火，正准备往竹签子上穿鱼，门外又有人来喊他：“宁封子，黄帝叫你去办事啊！”

宁封子一看，这会儿吃烤鱼是没戏了，先把鱼藏起来再说，免得被野猫叼走。他一边答应着来人，一边顺手从屋角漏水的地方挖了一团软泥，把鱼封在泥里，放在火堆上。

谁知这一走就是三天。宁封子好不容易办完事回到家，早就把鱼的事儿给忘了。等肚子饿得咕噜噜直叫的时候，他想起来，火堆上还有鱼呢，也许还能吃！宁封子连忙跑到火堆边，火堆早就熄灭了，上面堆了一个红彤彤、硬邦邦的椭圆大球，表面上还挺光滑。

“这是什么呀？”宁封子嘀咕着，把那大圆球拿在手里翻来覆去看了好久。一失手，大圆球掉在地上，啪的一声，碎成了好几块，露出里面焦黑焦黑的几条鱼，宁封子大喊了一声：“哎呀，这就是我的鱼啊！”

这时，邻居家的老太太带着孙子路过宁封子家门口，正好看见这一幕。小孙子拍着巴掌笑着说：“宁封子，你的鱼咋成黑的啦？”老太太也惋惜地说：“你这孩子，多好的鱼，都给你糟蹋了！”

宁封子从地上捡起一块碎片，敲了一下，碎片发出清脆的响声。他把碎片举在眼前，对着光亮看了看，灵机一动，心里想到了一个好主意。他笑眯眯地对老太太和她的小孙子说道：“奶奶，小弟弟，不糟蹋不糟蹋！我的鱼没准还变成宝贝了呢！”

“什么宝贝呀？”小孙子好奇地问。

宁封子笑而不语，拿着碎片疾步走出村口，来到河边，拿碎片往水里一舀，稳稳地舀出了一汪清水，端在手里，不撒不漏。跟着他跑出来的小孙子也看到了，兴奋地从他手里拿过碎片，把里面的水一饮而尽。

“太好玩了！太好玩了！看，我不用手也能喝到水！”小孙子一蹦三尺高，拿着碎片跑了。

宁封子蹲在河边，思索起来，这大圆球是怎么来的？为什么会出现在自己家？显然，这是泥巴遇到了火的结果。那么，是不是所有的泥巴被火烧过都会变成这样？

“我要试试！”

宁封子说干就干。他找到了一节已经被腐蚀成空心的枯树干，沿着树洞内壁糊了一层软泥，还把树干的一头也用泥糊起来，然后点火把树干烧了。火烧了一天，等熄灭的时候，他扒掉外面烧焦的树皮，看到了一个红色的硬壳筒。他用手指弹了弹筒壁，叮叮响，特别好听。他把那硬壳筒也拿到河边，灌上水，再抱回村里，水一点都没有漏出来。

这下宁封子彻底明白了。火烧泥巴，就能得到这样硬硬的壳，它是泥变的，可是跟泥的质地又不一样，它坚硬又脆，不怕水又不怕火。有了这种东西，装个水煮个饭，那不是太方便了吗？

宁封子又尝试着用泥捏了好几种造型，有大有小，有高有矮，有敞口的有收口的，捏完了封在火里烧上一天，都变硬变脆了。他把这些东西送去给村里人用，烧水煮饭盛汤装盐，简直是用途多多。

这个事很快传到黄帝那儿去了。黄帝把宁封子叫来，问他道：“听说你用火烧出来一些好东西，给我看看？”宁封子把自己烧的那些器具都呈献给黄帝看。黄帝试用了一下，赞不绝口：“好！好！真是好！这下百姓们吃饭喝水都方便了！宁封子啊，你太聪明了！”

宁封子听黄帝夸自己，不好意思地笑了。

黄帝突然想起来了什么，问道：“这个东西，叫什么名字啊？”

“这……”宁封子没想过这个问题，被问住了，“我刚做成功，还没有给它取名字。”

“这样啊？那，我给它取个名字吧！”黄帝想了想，“这东西是土做的，‘陶’字有土的意思，就叫它陶吧。”

“陶？好名字！”宁封子高兴地说。

黄帝看了看宁封子，说道：“你是第一个制作出陶的人，我就封你为陶正，以后专门负责为百姓们制作陶器。宁封子，你可领命？”

宁封子连忙拱手应道：“是！”

从那时起，宁封子就成了管理天下陶器的官员，他不断钻研制陶技艺，又发明了许许多多适应百姓生活需要的陶土容器。锅碗瓢盆都有了，瓶瓶罐罐也有了，人们使用起这些器具越来越得心应手。

多年后，宁封子在一次制陶实验中，不小心跌落在烧陶的窑火中。等火烧尽，百姓们哭着将他的遗骸从灰烬里清理出来，埋葬在宁北山中。后来，有人说，在宁封子被烧死的那天，天上出现了一朵五色的烟霞，宁封子的身影随着那烟霞时上时下，飘然远去了。于是，大家纷纷传说宁封子没有死，因为他为人间做了很多好事，好人有好报，他被天帝召去做神仙了。

（本故事改编自相关民间故事）

耳坠子是谁发明的

耳坠是耳饰的一种，也叫耳环。我们国家首饰工艺发源很早，在20世纪50年代，就曾在商代墓葬中挖掘出了一种用黄金和绿松石制成的耳环。根据考古学家的考证，这些耳环是男性佩戴的饰品。而女性所戴的耳坠，在战国的墓葬里也被发现了。可见，耳坠这种首饰，有着十分悠久的历史。

但在民间传说里，耳坠的发明人，却是三国时期著名的美女——貂蝉。

三国故事里的貂蝉，可谓是家喻户晓，然而，尽管她知名度非常高，人们对她却是仅知名，不知姓，既不知其来历，也不知其结局。那么，貂蝉到底是什么人呢？

关于她的身世，有这么一个传说。

在东汉末年，权臣当道，汉室衰微，令人叹惋。司徒王允忧国忧民，为了重振大汉天下，来到江南寻访贤才。有一天，他经过一处荷花池，突然听到婴儿的啼哭声。王允连忙叫手下人去查看，竟在一片荷叶上发现了一个初生的女婴。手下人把女婴抱给王允看，说来也怪，本来女婴啼哭不止，一到王允的臂弯里，她就不哭了，睁着一双黑白分明的大眼睛，安安静静地看着王允，嘴边还露出一丝微笑。

王允抱着这女婴，爱不释手，问了一圈也不知道父母是谁，他想，这是个弃婴吧，于是就把女婴带回了长安城自己的家中，收为义女。因为王允不知女婴的姓氏，就只给她取了个小名叫“貂蝉”。貂是贵重的皮毛，蝉是玉制的饰物，都是美丽的珍物，这个名字，也寄托了王允对这个女婴的期望——成为一个风华绝代的佳人。他为什么会有这样的期待？这要等貂蝉成人之后才见分晓。

貂蝉在王允的府中渐渐长大。王允不但对她宠爱有加，而且管教得也十分严格。她从小就被教习了各种技能，能歌善舞，精通琴棋书画，擅长针线女红，出入应对落落大方，交际应酬与男人相比都不逊色。最重要的是，她的容貌果然如王允所祈愿的那样，如花似玉，倾国倾城。

貂蝉对义父王允又敬又爱，有一段时间，她总看见王允一个人闷闷不乐地坐着，还常常借酒消愁，好像遇到了什么难事，心里很担心。但王允是朝廷大员，他操心的都是天下大事，貂蝉也不敢多问。一天，正是月圆时分，貂蝉在花园里摆了供案，拈香向明月祈祷说：“太阴娘娘啊，请你保佑我义父万事顺遂，不管他有什么烦恼，都早早消除才好！”

说罢，她虔诚地对着月亮跪拜。拜月，这是古代的一种祭祀仪礼，人们相信，主管月亮的太阴星君是专门帮助女人的神灵，所以貂蝉才会对月祈求。

王允这时正在花园里散步，他远远见到月下有人在燃香，觉得奇怪，走过来一看，原来是貂蝉在拜月。他心中暗想："闺女长大了，莫不是有了要嫁人的心思，在求好姻缘？真是女大不中留！"想到貂蝉可能生了外心，王允有些不悦，便躲在一边偷听，听着听着就明白了，貂蝉不是在为自己祷告，而是在担心他。

王允很感动，就从藏身的树丛里走出来，叫了一声："女儿！"

貂蝉一见义父现身，连忙拜见。王允拉着她的手说道："女儿，为父的确有一桩心事，只有你能帮我。"

貂蝉坚定地说道："义父有事，女儿赴汤蹈火，也会为您解难的。请告诉我吧！"

王允道："并非我有难，而是汉室有难。当今朝中最有权势的，是太师董卓。此人跋扈乖戾，性情残忍，篡夺朝政，挟持天子，为所欲为。如果不除此人，恐怕他很快就要把汉室天下据为己有了。"

貂蝉没想到义父为难的是这么大的一件事。她身处深闺，也不知道董卓是谁。

"义父，这个董卓如此可恶，您就该把他杀了啊！您不是司徒吗？司徒也是朝廷的重臣，肯定会有办法的。"

"唉，你有所不知，董卓不但手握重兵，而且有一大批的党羽，尤其是……"王允停下话头，拿眼睛瞟了瞟貂蝉。

"尤其是什么？"貂蝉问道。

"尤其是他有一个义子，名叫吕布。此人武艺极其高强，有他的保护，根本没有人能杀得了董卓。相比董卓，更让我烦心的，倒是这个明珠投暗的吕布呢。"

“既然这个吕布是个如此难得的人才，义父为何不把他收归己用？”

“我能给的，董卓比我给的更多，要我如何收服他？”

“这……”貂蝉沉吟不语。

王允趁机说道：“不过，我也并不想招纳吕布。据我所知，他和董卓臭味相投，都是贪财好色的小人。”王允一边说，一边注视着貂蝉，目光大有深意。

貂蝉何等聪明，立即明白了王允的意思：“义父，那女儿便有一计禀告。”

“什么计？”

“美人连环计。”

不久，王允写了一封信，将吕布请到府中做客。吕布知道王允对身为董卓心腹的自己并不赏识，不知王允为什么请他，但他自负武功盖世，一点也不害怕，大大咧咧地去了王家。

王允热情地迎进吕布，请他在客厅宴饮，酒过三巡，王允便找了个借口出去了。这时，打扮得花枝招展的貂蝉袅袅婷婷地进了客厅。吕布一见到貂蝉，眼就直了，忙起身要打招呼。貂蝉故意惊呼道：“哎呀，我走错了！”转身就要出门，吕布抢先一步拦住她的去路，施了个礼，斜眼看着貂蝉说道：“小姐，相见是缘，干嘛急着走啊？在下吕布，请教小姐姓名？”说着，伸手拉住貂蝉的衣袖。

貂蝉甩开他的手，正色道：“这位大人，我是良家子，你岂能如此轻薄？”

一直在门外观察的王允假装刚回来，看到这场面忙上前打圆场：“吕将军，不要介意，这是小女貂蝉，自幼被我娇惯坏了，不懂规矩，冲撞将军了。”

吕布摆手道：“不不不！令爱说得对，是我对令爱太不敬了，我自罚三杯。”三杯之后，吕布看貂蝉的眼神就更直了。他涎皮赖脸地对王允说道：“王……王大人，令爱真是……越看越美……不知道吕某有没有这个福分，得以一亲芳泽？”

王允哼了一声道：“吕将军，你喝醉了吧？怎么能说出这种话来，我的女儿难道是青楼女子，由得你随意亲近吗？”

吕布醉醺醺地一拍脑袋：“我的错！王大人，我是诚心诚意的，绝非轻慢。我今日对令爱一见倾心，王大人不嫌弃，就招我做个女婿吧！”

王允与貂蝉对视了一眼，貂蝉轻轻颔首，王允便说道：“我这女儿是我的掌上明珠，我一直不嫁她，就怕她所嫁非人。吕将军是当世英雄，能得你为婿，我也是大大地放心。貂蝉啊，这婚事你可满意吗？”

貂蝉面飞红云，点头道：“全凭父亲安排。”

王允拍手大笑：“太好了，那拣日不如撞日，今天就把亲成了吧！”

就这样，貂蝉当夜就和吕布洞房花烛，成双成对了。

吕布娶了貂蝉，非常满足，每天就待在王允家，跟貂蝉你侬我侬，过着蜜里调油的日子。董卓好一阵没看见他，询问随从，方知他被司徒王允招了上门女婿。董卓气得直拍桌子：“这畜生娶老婆也不告诉我一声？怎么说我也是他义父啊！”

董卓认定这桩婚事是王允为了笼络吕布所施的伎俩，决定上王家去看个究竟。

董卓来到王允家，也不通报，直接闯了进去。正好这天吕布不在，王允听说董卓来了，心中冷笑："就等着你来呢。"赶紧出去迎接。董卓铁青着脸说道："王司徒，听说你把女儿嫁给了我的义子？那你是不是应该让我的儿媳妇出来拜见拜见公公哇？"

王允满面堆笑："董太师说得对，我这就叫小女出来。"随即让丫鬟去请貂蝉。

貂蝉此时正在房中梳洗打扮。听说董卓来了，她就在镜子前精心地妆扮自己，脂粉敷面，黛墨画眉，樱唇皓齿，云鬓花颜，一切完美无瑕。最后，她从首饰盒里取出一副带小钩子的银珠，轻轻挂在双耳耳垂事先打好的小孔上，左右看看，满意地笑了。原来，王允打听到董卓非常喜欢大耳垂的女子，认为这长相的女子有福气，能给自己带来好运。但貂蝉容貌上唯一的缺点就是耳朵小，根本没有耳垂。于是他们想了个办法，创制了一种能使耳垂变长显大的耳饰。

貂蝉修饰完毕，风摆杨柳般来到董卓面前，跪下来娇滴滴地说道："儿媳貂蝉，叩见公公。"

董卓跷着二郎腿，带着不屑的神情说道："把头抬起来给我瞧瞧！"

貂蝉缓缓抬头，董卓看了她一眼，立刻呆住了，他没想到貂蝉如此美貌，难怪吕布守着她都不舍得回董府了。

王允在一旁冷眼看着董卓目光痴迷的样子，暗暗得意。知道他和貂蝉定下的这个"美人连环计"已经快要成功了。他大声对貂蝉说："貂蝉，快，敬你公公一杯！"

貂蝉站起身，斟了一杯酒走近董卓，举杯说道："公公，请饮了儿媳这杯酒吧。”

貂蝉这一靠近，吹气如兰，媚眼频抛，董卓更是无法自持，端着酒愣愣地喝不下去。他突然把酒杯一丢，抓住貂蝉的手对王允说道：“王司徒，令爱与犬子的婚事，我们再议吧！”

王允故作惊讶道：“太师这是什么意思？”

“我是说，我回头再给犬子找个媳妇，他一个穷酸草莽之人，哪里配得上令爱！我是一人之下万人之上的当朝太师，嫁给我这样的大人物，才不算折辱了令爱嘛！你干脆把令爱许配给我好了！”

王允慌忙说道：“这怎么使得呢？小女已经和吕将军拜过堂了。”

“哎呀！拜过就拜过吧，我不在乎。就这么说定了！”董卓说着站起来拉着貂蝉大摇大摆地往外走。貂蝉一边走，一边回头给王允使了个眼色。王允会意地点点头。

等吕布回来，王允就愁眉苦脸地告诉他，貂蝉被董卓硬生生抢走了。吕布大怒，可是一想到董卓的权势，他又泄了气。没过几天，王允怂恿他去看看貂蝉。他也是思念心切，忍不住偷偷跑到董卓府上，找到貂蝉。貂蝉一见他，就抱住他哭天抹泪，痛诉自己如何被董卓侮辱。吕布越听越气愤，作势要去找董卓算账。貂蝉忙拦住他，两人正在纠缠，董卓突然进来，看到吕布跟貂蝉拉拉扯扯，脸都气白了，他见吕布随身的兵器——一柄方天画戟正放在墙边，就顺手抄起来，大喝道：“畜生，你竟敢调戏我的爱妾！”将方天画戟投向吕布。吕布身手敏捷，侧身躲过，逃离了董府。

跑出董府的吕布怒冲冲地去找王允。王允听他说了差点被董卓一戟戳死的经过，就劝说道：“吕将军，董卓一向杀人不眨眼，你如今为了小女貂蝉已然得罪了他，被他除掉那是早晚的事，像你这样的英雄，又何必坐以待毙呢？”吕布茫然地问道：“不知王大人有什么指教？”王允低声说：“实不相瞒，我与几个志同道合的朝臣准备刺杀董卓，如果你愿意，就跟我们一起干吧。”吕布犹豫不决地说道：“可我和他毕竟是父子啊。”王允说：“他姓董，你姓吕，你们算什么父子？再说，只要杀了董卓，你就可以重新得到貂蝉。”吕布一听这话，脑子里浮现出貂蝉那娇媚动人的身影，马上来了劲头，站起来说道：“王大人，为了貂蝉，我豁出去了！”

当时，汉献帝生了一场大病，正巧这时刚刚痊愈，大臣们要在宫中举办宴会庆祝，王允和吕布便定下了计策，由吕布带人埋伏在宫门两边，等董卓来赴宴时，即一拥而上。被突袭的董卓慌乱中看见吕布，便大喊道：“吕布，快来救我！”吕布却无动于衷，反而对他厉声说道：“董卓，我们这是奉旨杀贼，你这逆臣，人人得而诛之！”董卓明白了，吕布已经背叛了自己。而这一切，都是因为他被美色所诱，抢走了吕布心爱的貂蝉。

董卓被杀之后，暴尸在街上，有人在他肚脐那儿插了一根灯芯，点了起来。他身体肥胖，肚子里满是肥油，那灯芯烧了好多天，晚上的时候，灯火把街市照得亮如白昼。老百姓们都来看热闹，拍手称快。

乱世莫测，吕布、王允后来也被杀了。至于貂蝉，再也没有人确切地知道她的下落。她就像当初还是个婴儿时神秘地出现那样，在纷纷扰扰中神秘地消失了。而她为了实施美人计所发明的耳饰，却一直流传了下来，因为那耳饰能将耳垂悬坠拉长，后人便称其为“耳坠”。

（本故事改编自南朝宋范晔《后汉书·董卓列传》及相关民间故事）

汉武帝与长寿面

中国人过生日有吃面条的习俗，所以做寿的面条被称为“长寿面”。特别给老人过寿时，晚辈还要从自己的碗里给老人挑几根面，以示添寿。还有的地区特意把寿星碗里的面做成长长的一根，比喻福寿绵长。这种习俗历史悠久，有人说起源于唐代，也有人说源于汉代，有一个故事还跟汉武帝有关。

传说汉武帝有一年过生日，御厨自然要有所准备。可是这一年稻米歉收，只有面粉甚多。御厨绞尽脑汁，做了一桌面条，可汉武帝看到满桌面条，不高兴地说道：“天子的寿诞，怎么能只吃这些不值钱的面条呢？”御厨一见，吓得双腿直打哆嗦，扑通一声就跪下来了。

站在大殿一边的东方朔，见御厨处境不妙，灵机一动，连忙躬身高呼：“恭喜万岁！贺喜万岁！”

“恭喜？”汉武帝瞪了东方朔一眼，气呼呼地说：“有什么可喜可

贺的？”

东方朔不慌不忙地说：“万岁请看这碗里的面，长而不断，正是陛下万寿无疆的好兆头啊！”

汉武帝听东方朔这么一说，也不禁笑了起来，百官松了口气，也都笑了。一场大祸便烟消云散了。从此，大臣们过生日也吃起了面条。没多久，这个做法就传到民间，逐渐演化为过生日吃面条的习俗，称为吃“长寿面”。

其实这个故事在历史上是完全没有可能发生的，因为直到西汉乃至于后来的东汉时期，中国人的主粮既不是稻米也不是小麦，而是稷（一种谷物）。稷究竟是什么，有很多种说法，有的说它是不黏的小米（黏的那种叫黍），也有的说它其实就是高粱。到了汉武帝时期，朝廷开始重视小麦生产，汉武帝本人就曾经派负责宣传政令的官员到地方上推广小麦种植，为了这项事务，后来还专门设置了一个官职叫“轻车使者”。

尽管如此，小麦在当时仍不足以成为日常口粮，小麦粉做的面食就更是稀罕了。也就是说，汉武帝既不会瞧不起小麦，也不会瞧不起麦粉做的面条，御厨要是真给他做了一碗别出心裁的长寿面来庆祝生日，说不定他还要大大有赏呢——不过话说回来，皇帝给自己祝寿的风俗，是从唐玄宗开始的，汉武帝好像没有这么做过。

汉武帝吃长寿面这个故事，可能是从明代作家冯梦龙所著笔记小说集《古今谭概》里的另一个故事演绎来的。那个故事确实也和东方朔有关系。

汉武帝非常渴望长生不老，所以平时大臣们都投其所好，还找些长生不死药、长寿秘笈之类的东西进献上来讨好他。但是东方朔从来不做这样的事。有一次，汉武帝对大臣们说，《相书》有云，鼻子下面的人中长短，可预示人的寿命长短，人中一寸，代表人寿一百年。估计汉武帝本人的人中短不了，大臣们听了这话，纷纷点头称是，唯有东方朔，扑哧一声笑了出来。站在一旁监督群臣的官员立即上奏："陛下说话的时候东方朔无故发笑，大不敬！"东方朔忙摘了帽子，跪下说道："臣不是在笑陛下，臣笑的是彭祖。"

彭祖是上古传说中一位擅长养生因而极其长寿的人，相传活了八百岁——汉武帝听他这话说得没头没脑，便问道："彭祖有什么好笑？"东方朔回答说："彭祖寿命是八百年，要依陛下所说，那他的人中得有八寸长，脸起码一丈长。臣想到彭祖长着这么长的脸，实在忍不住，就笑了。"

汉武帝想象了一下，觉得那个画面确实很好笑，便没再追究东方朔。至于人中与寿命的关系，他自然也就知其荒谬了。

这个故事名为《彭祖面长》，明清时在民间广泛流传，久而久之，以讹传讹，"面长"就从"脸长"的意思转换成了"面条长"的意思，彭祖又是著名的寿星，由此，长寿面、汉武帝和东方朔就成了一个著名美食故事的三大主角。

（本故事改编自相关民间故事）

碧螺姑娘育佳茗

碧螺春是江苏苏州特产的一种茶叶，长在洞庭山的东西两山，尤其以碧螺峰所产最佳。每年快到清明节时，这里的茶农便上山将茶树嫩叶一个个掐下，再用烧烫的平底锅把青翠娇嫩的小茶芽翻炒成螺旋形、遍体绒毛的碧螺春茶。

据说，碧螺春原本的名字叫作“吓煞人香”，为啥叫这么个名字呢？原来，旧时到洞庭东、西山采茶的只能是未嫁人的少女。有一回，这些小姑娘采茶归来，突遇风雨天气，她们怕装在篮子里的茶芽被雨淋坏了，就塞进胸口保护起来，等回到家，才取出炒茶。这些曾经在少女胸前焐过的茶芽，炒熟之后有了一种特别浓郁的香气，香得能把人吓一跳，从那时起，当地人便给这茶取名“吓煞人香”了。后来，康熙皇帝下江南，来到苏州，喝茶时听说了这个名字，笑着说：“这个名字不好，既然这茶产自碧螺峰，不如叫碧螺春吧。”这才有了“碧螺春”的美名。

关于碧螺春的由来，苏州民间还有个故事。

相传很早以前，太湖边的西洞庭山下住着一位名叫碧螺的姑娘，这姑娘美丽善良，还有着格外甜美的嗓音。而在与西洞庭山隔水相望的东洞庭山上，有一个打鱼的小伙子，名叫阿祥。两人从小相识，互相喜欢，每当阿祥驾着渔船在太湖上撒网，碧螺姑娘就在对岸唱歌。那甜美的歌声倾诉着碧螺的情意，也深深吸引着阿祥的心。

阿祥为了能早日娶碧螺为妻，拼命打鱼攒钱，希望有一天，能用自己辛勤劳动挣来的家业，让碧螺过上幸福的生活。

可是这平静美好的日子，在一年春天被打破了。话说太湖深处，盘踞着一条恶龙，这条龙残暴贪婪，每年都要太湖边的百姓送一个年轻姑娘给它做“太湖夫人”。说是做夫人，其实根本只是祭品——恶龙把送来的姑娘蹂躏了之后，就活活吃掉了。百姓们也曾想过反抗，但是，如果他们哪一年没有把姑娘扔进太湖里，恶龙就会兴风作浪一整年，让打鱼船出不了港。谁敢把船划到湖上，恶龙就把船掀翻，把人拖到水底溺死。祖祖辈辈靠水吃水的太湖人，不打鱼压根儿没办法活下去。万般无奈，他们只得恢复了向恶龙献祭少女的做法。在每年春天，由巫师选出献给恶龙的姑娘。这一年，碧螺被选中了。

阿祥听说碧螺要被沉入湖中送给恶龙，悲愤不已。他下决心保护自己所爱的姑娘。在一个晚上，阿祥背上自己的鱼叉，跳进太湖，一个猛子扎到湖底，摸到了恶龙的巢穴。恶龙正蜷成一团在水底礁石上睡觉。阿祥凭着高超的潜水技能，憋着气悄悄游到它身边。

恶龙是个庞然大物，即使是魁梧的阿祥，在它面前也只是个小人儿。阿祥想了想，最好不要跟它硬拼，打蛇要打肚子，因为蛇的心就在肚子上，恶龙的薄弱之处肯定跟蛇差不多，于是，他举起鱼叉对准恶龙的肚子就刺了下去。

可是，恶龙平常做了那么多坏事，戒心极强，时刻都提防着有人来报复自己，所以睡觉也睁着一只眼，恶龙用那只睁开的眼看见了鱼叉尖儿闪过的一道寒光，一激灵就醒了，嘶吼着从礁石上跳开，瞪着一双灯笼般巨大的眼睛四处寻找，终于看见阿祥手持鱼叉站在面前。恶龙哈哈笑道："我还以为是天兵天将来捉我呢。打鱼的，你是把我当成小鱼小虾米了吗？"

阿祥二话不说，端着鱼叉又刺向它。恶龙正笑得得意，猝不及防被他的鱼叉划破了脸，血立刻涌了出来。恶龙生气了，张开血盆大口就要吞了阿祥。阿祥心里有主意，他知道这恶龙是水里的妖怪，在湖底下打，自己肯定不是它的对手，如果把它引到洞庭山上，自己没准还有些胜算。阿祥一扭身，从恶龙的牙齿下逃开，朝湖面上游去。他游水的速度很快，不一会就到了水面，回头一看，那恶龙果然中计，从湖底跟上来了。

阿祥上了岸，恶龙也出了水，连连张嘴想把阿祥咬死。阿祥一边用鱼叉左一下右一下地刺它，一边向洞庭山上退去。恶龙更加气急，不知不觉也上了山。它没有意识到，在陆地上，它的行动不再像在水中那么灵活，而阿祥却行动更加自如，渐渐地占了上风。可双方毕竟力量相差太大，还是难分胜负，一人一龙缠斗了整整七天七夜，都已遍体鳞伤，精疲力尽，流的血把山上的草都染成了红色。

最终，趁恶龙累极喘息，阿祥瞅准机会，手起叉落，一下子就穿透了恶龙的身体，把龙心给挑了出来。恶龙轰然倒地，痛苦地扭动了一会儿就死了。

阿祥看恶龙没气儿了，便拄着鱼叉，一步一挪地来到洞庭西山脚下碧螺的家。这时候，碧螺的家人们正为献祭恶龙的事悲痛万分，抱在一起哭着。阿祥走进门，对他们笑着说："恶龙已经被我杀了，咱们再也不用给它送姑……"话没说完，他就倒了下去。

太湖岸边的乡亲们闻讯纷纷赶到碧螺家，想向阿祥道谢，然而，他们看到的却是躺在床上奄奄一息的阿祥。在与恶龙的战斗中，阿祥受了很重的伤，血差不多都流干了，鼻子里只有出气没有进气，不知还能熬多久。

人们忙去请大夫来治他的伤。碧螺守在床边，眼泪汪汪的。阿祥看到她伤心难过的样子，安慰道："不要哭，我最喜欢看你开开心心唱歌的样子，如果你能永远这样，我就是死了也心甘情愿。"

大夫来看过阿祥之后，告诉众乡亲，阿祥这是受伤流血太多，失去了元气，恐怕是保不住性命了。碧螺哭着哀求道："您说一个法子吧，只要能救阿祥，什么我都肯做。"大夫想了想，说道："要说法子，也不是没有，只要把他失去的元气补回来就行了。"碧螺忙问道："那该怎么办？"大夫叹了口气，教给她一个方法。

碧螺听了大夫的话，立刻上了洞庭山，日夜寻找。终于有一天，她在一片阿祥与恶龙搏斗留下的血泊里，找到了一株大夫描述过的小茶树苗。她如获至宝，赶紧把那小苗移植到云雾缭绕的山顶上，用自己的身体遮蔽着这小苗不受风雨侵袭，用自己呼吸的气息呵护这小苗，让它保持温暖湿润。在她精心的照顾下，小苗飞速地生长，没几天就长出了嫩嫩的芽。碧螺小心翼翼把叶芽摘下来，放在胸口带回家，煮了一壶热水，将绿芽放进水里冲泡，等水散发出浓郁的香气，就端到阿祥跟前，喂他喝了下去。

说来也怪，阿祥喝了这杯水，很快脸色就恢复了红润，眼睛也有了神采，先是能坐起来了，随后竟能下地走动了，没一会儿，他就完全变成了一个健壮的好人。阿祥惊喜地抓住碧螺的手问道："你给我喝的是什么灵丹妙药啊？"

碧螺微笑道："是我从山顶摘来的茶叶。"

"这茶叶太神了！我们快去再摘一些来吧！"

阿祥兴奋地想去拉碧螺的，却没拉住，眼看着碧螺的手慢慢垂了下去，接着身体一歪，倒在了地上。

阿祥惊慌地抱起她，连声呼唤："碧螺！碧螺！你怎么了？！"

碧螺靠在他怀中，轻声说道："阿祥哥哥，你要好好活下去，山顶上的那棵小茶树，是我的心血，明年春天它还会长新的嫩芽，你把它的新芽摘下来，让更多的人能喝到这香淳的茶吧……"说着，她便闭上眼睛，再也没有睁开。

后来阿祥才知道，大夫教给碧螺的方法，就是上山去找到一种只在洞庭山上生长的神奇茶树，用自己的身体和呼吸，把元气完全化入那茶树中，再采摘茶树的嫩芽，冲泡了给阿祥喝下去——碧螺就这样把自己的元气注入了阿祥的身体，她牺牲了自己，挽救了阿祥的生命。

为了纪念碧螺，也为了完成碧螺的遗愿，阿祥在山顶建起了一座茶园。他一辈子都住在这里，把一株柔弱的小苗种成了一片郁郁葱葱的茶林。每当新茶飘香时，人们都会在茶林上空听到碧螺那美妙的歌声。这种茶，因为是碧螺姑娘用生命培育的，就被叫作"碧螺春"。

（本故事改编自相关民间故事）

李白赠名“善酿酒”

浙江一带酿造黄酒的历史非常悠久，距今已有数千年。黄酒是我国著名且独有的酿造酒品种，以酒曲复式发酵法制成。浙江是黄酒的主要产区。清康熙《会稽县志》有“越酒行天下”的记载。善酿酒是“越酒”中的传统名酒之一，原产绍兴，始创于19世纪。

虽然这种酒是清代才有的，但浙江民间却有着一个美丽的故事，说善酿酒这个名字，是唐代“诗仙”李白所题——这也体现了当地人民对这种酒的自豪和珍爱吧！

唐朝大诗人李白性情豪迈，不拘小节，平生最爱游历山水。有一次，他来到江南游玩，在钱塘江等各处转了一圈，走到了嘉兴的一个小镇。这小镇风景与别处不同，城在水上，水行城中，屋舍明亮，酒肆林立，到处都张挂着写有“酒”字的旗幡，连空气中都飘荡着一股股浓郁的酒香。原来，这是一个特产美酒的地方。

李白又号称“酒仙”，被誉为“斗酒诗百篇”，特别喜欢喝酒，来到这样一个美酒之乡，自然心花怒放，立刻就想畅饮一番。他正沿着河岸寻找合适的酒家，却听到一阵断断续续的哭声，四下张望，哭声是从不远处一家小酒馆里传出来的。这家小酒馆与其他酒馆不一样，门脸特别破旧寒酸，而且里面黑糊糊的一片，一个客人也没有。

李白想：“别人卖酒都是欢声笑语招揽顾客，这家怎么还哭上了？发生了什么事？”于是他走进酒馆，想一探究竟。酒馆里光线昏暗，几张破桌椅，上面都布满了灰尘，不知多久没开过张了。柜台里坐着一个年轻姑娘，正在低头擦泪，想来哭声就是她发出的。

李白不便打听她有什么伤心事，就问道：“姑娘，你这里卖什么酒？”

姑娘定了一下神，回答道：“客官，我们这里所有的酒馆卖的都是黄酒。我家的黄酒是家父自酿的。你要来点吗？”李白问：“多少钱？”姑娘说：“百文一两。”

“啊？”李白不禁惊呼道，“姑娘！你这酒怎么这么贵啊？我一路看镇上其他的酒馆，都是十文一两，到你这里竟翻了十倍？”

姑娘信心满满地说：“我家的酒与别家的不一样。”

李白问：“有什么不一样？”

“客官尝过就知道了。”姑娘挺胸抬头，颇为骄傲地说道。

李白心里也着实好奇：生意如此冷清，这位店家姑娘的自信是从哪里来的？他便说：“那好吧，先给我开一坛。”

姑娘连忙取来一坛酒，封口一打开，李白对这家酒馆的看法瞬间就被改变了——他阅酒无数，这坛中散发出的醇厚香气，的确远

酒

胜普通的好酒。

姑娘倒了一杯，递到李白手中："客官，请用。"

李白喝了一口，让酒液在口中停留了片刻，这才徐徐饮下，接下来，他可就一发不可收拾了，一口气连饮数杯，赞不绝口："这真是酒中的极品啊！姑娘，你说这酒是令尊自己酿的？"

姑娘微笑着答道："正是。这酿酒的技艺，是我家祖传。"

李白说："能否让我见一见令尊？"

姑娘听了这话，眉头上又拢起愁云："客官，家父眼下正卧床养病，不便相见。"

李白这时才明白姑娘为什么哭。原来是她父亲病了，看她这副愁容，她父亲大概病得不轻。可是他实在很想见见能酿出此等美酒的匠人，便再三地请求，并且保证不会让老人家感到疲累烦扰。姑娘推脱不过，只好把他带到了酒馆后面的一个小屋。

李白进屋一看，真是家徒四壁，房中什么值钱的东西都没有，床上挂着满是窟窿眼的帐子，一个面色蜡黄的老人半坐床头，还在不停地咳嗽。

老人看见女儿带进来一个文人打扮的陌生男子，面露惊异之色。李白来到床前，拱手道："老人家，我刚才喝了您酿的酒，真是太好喝了，您这酒究竟是怎么酿出来的？"

老人见李白这么夸赞自己的酒，也很高兴，便说道："客官，我们这小镇毗邻汾湖，酒必须用汾湖水来酿才行。而且一定要够年头，每隔几年，就要把酒浆取出来，放入上好糯米蒸制的米饭，再加酿一次，如此反复多年，才能得到一批成品，因为耗时耗力太甚，成本太高，本地也很少有人这么酿酒。再说，这样酿出来的酒，售价也比一般的酒高得多，问津者寥寥无几呀。”

姑娘在旁边听见父亲的话，便抱怨道：“您自己也知道啊，我们的酒根本赚不到钱，一直在赔本，这不，家里一点积蓄都没有，给您看病抓药都是天大的难事。”

老人笑了笑：“我当然知道这样赚不到钱，可是老祖宗留下的手艺，我总要不折不扣地传下去才行，不然，我怎么对得起祖先，怎么对得起把甜水送给我们酿酒的汾湖啊！”

李白感动地说道：“老人家，您说得对，祖先留下的酿酒手艺，让它失传太可惜了！不过，您家的酒有一处不好。”

老人一惊：“什么地方不好？”

李白哈哈一笑：“您家的酒唯一的缺点就是名字。这里的酒馆卖的都是黄酒，你也叫黄酒，他也叫黄酒，来买酒的人又如何知道你家的酒特别好？”

老人拍着床沿说道：“客官，你说得对呀！我怎么没想到？！”

“老人家不嫌弃，我给您家的酒取个名字。”

“客官请赐教！”

李白站起来，稍一思忖，从行囊中取出纸笔，蘸了浓墨，写下“精工善酿酒”几个大字，下面落款“李太白题”。

姑娘一看李太白，失声叫道：“您就是大名鼎鼎的李太白？”老人也惊呆了：“李太白？那位在皇上面前醉酒作诗的酒仙李太白？”两人赶紧跪拜。李白连忙伸手将老人和姑娘扶起来，笑着说：“老人家，您能酿出这么好的酒，您才是酒仙啊！您一定要把这酒传下去！”说罢，李白告辞而去。

酿酒的老人让女儿把李白的题字裱起来挂在酒馆里，并且将自己的酒正式命名为“善酿酒”。远近的人们听说李白在这里喝过酒，还留下了墨宝，都跑来一睹为快。从此，酒馆的生意越来越好了，善酿酒的名声越来越大了，老人这酿酒的手艺也生生不息，传到了现在。

（本故事改编自相关民间故事）

赵匡胤与羊肉泡馍

羊肉泡馍是西安名小吃中的一种，热腾腾的羊肉泡馍一上桌，准会把人们的馋虫勾出来。红红的辣子油漂浮在汤上，配上绵软喷香的羊肉、翠绿的香菜和葱末、晶莹剔透的粉丝和雪白的吸得胀鼓鼓的馍块，一碗羊肉泡馍简直是一件完美而又独特的艺术品，令人赏心悦目。

说起羊肉泡馍，民间还流传着一段故事，跟宋太祖赵匡胤有关。

传说赵匡胤年轻的时候，落魄于长安街头，他把仅有的一点钱都花完了，身上只剩下两块风干变硬的馍馍，根本嚼不动，咽不下，吃上几口，牙都快被硌掉了。他一边走一边啃干馍，眼泪差点掉下来。

走着走着，他听见了一阵吆喝声："羊肉，汁好浓味好美的烧羊肉！"原来路边有一个羊肉铺，店主人正在叫卖，锅里炖着大块羊肉，浓浓的肉香味扑面而来。赵匡胤馋得直流口水，肚子更饿了。

于是他上前恳求道："好心的店家，我这馍实在太硬，能不能给我一点汤水送送？"店主是个善心人，见这小伙可怜，便拿出一个碗，告诉他："你把馍掰碎了搁里头吧！"赵匡胤不知道店主要做什么，照着他说的把手里的干馍掰成几块，放在碗中。店主从肉锅里舀起一勺滚烫的肉汤浇在干馍块上面，让干馍块泡了一会儿汤，变得软软的，递给赵匡胤。

赵匡胤接过这碗羊汤泡馍，大口大口地吃了起来。吃得身上发热，头上冒汗，饥寒全消，精神倍增。吃罢，他向店主连连道谢，随后离开了长安城，闯荡天下去了。

多年后的公元960年，赵匡胤黄袍加身当了皇帝，建立了新皇朝，国号为宋，他就是宋太祖。赵匡胤自从当了皇帝，御厨变着法地给他做好吃的，可惜的是，尽管皇宫里山珍海味应有尽有，但他总觉得不可口。

有一天，赵匡胤来到长安巡访民情，正巧经过当年的那个羊肉铺，铺内正在炖肉，大锅里的羊肉汤咕嘟嘟香气四溢。赵匡胤闻着味儿，想起了当年吃过的那碗绝顶美味的羊汤泡馍，便叫来随从的大臣，让他去买一碗来。

"小店不卖馍，也从未做过这样的饭食啊！"店主一下慌了手脚，他想禀明实情，说自己不会做什么"羊汤泡馍"，又怕皇上怪罪，想来想去，想出了办法，他急急忙忙叫妻子马上烙几个厚厚的面饼，怕饼太硬，不好吃，就把饼掰得碎碎的，浇上羊肉汤，又煮了煮，做成了一碗泡馍。"这样看上去也太寒酸了！"店主的妻子赶紧切了几片炖好的羊肉放入汤中，又拿出家里做的糖蒜一并端上。没想到赵匡胤吃了后大加赞扬："真是当年的味道！"当即赐银百两，

奖赏这家店主夫妇。

这件事一下子传遍了长安城。很多达官显贵出于好奇也来到店里，特意点上一碗“羊肉泡馍”尝尝。后来，由于泡馍生意兴隆，客人太多，忙不过来，店主就让客人自己下手掰馍，美其名曰“太祖遗风”。传说就是从那时起，羊肉泡馍便成为西安独特的风味小吃。西安人都说，没吃过羊肉泡馍，就等于没来过西安。

不过，在北宋时期，羊肉可不是什么平民美食，随随便便就能吃到。为什么这故事里说，去那家店里吃“羊肉泡馍”的都是达官贵人呢？这是因为普通人根本吃不起。在赵匡胤生活的五代到北宋这段时间，包括以后的南宋时期，羊肉都是十分昂贵的食材，只有皇家和王公贵族才能拿来当日常肉菜吃。所以，赵匡胤长安街头定制的这一碗羊肉泡馍，算是非常奢侈的享受了。

（本故事改编自相关民间故事）

腊八粥从哪里来

农历十二月初八是腊八节。这原本是纪念佛祖释迦牟尼成佛的宗教节日，在佛教中，被叫作“佛成道节”。佛经记载，释迦牟尼是吃过一碗牧羊女供奉的乳糜粥之后成佛的，所以每到成佛日，佛教徒就会用米和野果煮粥来吃。东汉时佛教传入我国并不断发展，食粥纪念成佛日的习俗，也逐渐在我国普及开来。佛寺在腊月初八这天，都会用糯米和各色干果煮成粥散发给百姓，这粥就是腊八粥。后来，吃腊八粥不再仅限于佛教节俗，而变成了我国的民俗。

腊八粥成为民俗后，老百姓也创作了各种各样的民间故事，赋予了它新的起源。其中有一个故事，与明朝的开国皇帝朱元璋有关。

朱元璋出生在安徽凤阳，出身贫苦，父亲是佃农，家里非常穷。但在民间传说里，他有个有钱的舅舅，这位舅舅住在六安，有房子有地，是个财主。所以朱元璋小小年纪，就到六安的舅舅家帮着放牛。

有一天，他和几个小伙伴在山坡上玩。孩子们正是长身体的时候，食欲旺盛，特别馋肉，可是他们家里都穷，一年到头别说吃肉，连肉味儿都闻不着。大家聊着聊着，越聊肚子越饿，个个口水滴答地说："能有顿肉吃该多好啊！"朱元璋听了就对他们说："不就是吃肉嘛，没问题，看我的！"小伙伴们都笑着说："你天天在你舅舅家吃地瓜，人家吃肉，你连口汤也捞不着，还看你的呢！"

朱元璋也不多说，拿了把柴刀过去就把自己放的小牛给宰了。几个孩子一看可慌了神，对朱元璋说："你疯啦？你杀了你舅舅的牛，回家怎么交代啊？"

朱元璋利利索索地生了一堆火，把小牛烤上，说道："我有办法，你们只管吃，我舅舅问起来，我一个人担着。"小伙伴们闻到烤牛肉的香味，也就顾不得害怕了，纷纷围拢过来，把牛肉分着吃得精光。

等天黑的时候，朱元璋一个人回到舅舅家。舅舅问他："我的牛呢？"朱元璋故意哭丧着脸说："舅舅，咱家的牛也不知怎么的，一头钻到山里去了，现在还卡在那儿出不来呢！"舅舅呵斥道："胡说！哪有牛卡在山里的？""你自己去看嘛。"

舅舅跟着朱元璋来到放牛的地方，这是座小山，朱元璋回家之前，把砍下来的牛头放在山这面，牛尾巴放在山那面。他指给舅舅看："牛就卡在这儿了，身子在山里面呢。"舅舅试探地拉拉牛尾巴，山那面传来了"哞哞"的牛叫声。朱元璋说："舅舅，我没骗你吧，牛真的卡在山里头啦！"

舅舅这下没话说了，只好悻悻地回了家。可回到家，他越想越觉得难以置信，自言自语道："我这外甥不能留在家里，还是让他走吧。”于是，第二天舅舅就找了个借口，把朱元璋打发走了。

那时候正是元朝末年，世道很乱，民生多艰，朱元璋的父母都已经得瘟疫去世了，他被舅舅赶出去，无家可归，只好去一家寺庙当了和尚。寺庙都是靠化缘生存的，可是百姓自己都快要活不下去了，哪有钱粮施舍给寺庙，朱元璋做了和尚，也是三天两头地挨饿。有一年的腊月初八，庙里又断了粮，朱元璋一天没吃上饭，饿得头昏眼花，便趁夜里无人，跑到厨房想找点东西吃。

厨房米缸里一粒米都没有了，他失望地坐在地上，突然看见一只老鼠从面前嗖地一下蹿过去，钻进墙角的一个洞里。朱元璋脑子里一闪念：老鼠是一种很聪明的小动物，它们会把偷来的粮食囤积在窝里慢慢吃，老家闹饥荒时，人们常去掏老鼠洞，看能不能找到粮食。想到这里，朱元璋连忙拿来一根短棍，小心翼翼地捅开了墙角的那个洞，果然找到了老鼠攒起来的一堆黍米、糯米、赤豆、红枣、栗子、花生、松仁、杏仁等，数一数竟有八种。他大喜过望，把这些粮食干果洗干净，点火起锅，煮了一锅香喷喷的粥，吃了顿饱饭。

后来，朱元璋在寺庙里也待不下去了。他再次四处流浪，并在二十五岁的时候参加了郭子兴领导的红巾军。他机智多谋，勇猛善战，不久就成了红巾军里的一员重要将领。从此，他率领手下将士浴血征战，最终胜利推翻元朝统治，在公元1368年，开创了明王朝。

朱元璋当了皇帝，过上了大富大贵的日子，天天都吃着山珍海味，可他却总是没什么胃口。一天，他怀念起少年时在庙里吃过的那锅用老鼠洞扒出来的粮食煮的粥，就吩咐御厨，如法炮制。御厨

用的自然是上好的材料，还加了糖，把粥熬得香香浓浓，甜甜糯糯，朱元璋一搁嘴里，眼泪都要冒出来了，不禁大喜道：“朕当年吃的就是这个味儿啊！”当然，他肯定已经想不起来当年吃的到底是什么味儿了。

朱元璋自己吃美了，又忙叫让御厨再多做一些，赏赐给群臣分享。大臣们吃了也觉得好，就问朱元璋：“陛下，这个粥叫什么名字啊？”朱元璋想了想，还记得第一次吃粥是在腊月初八那天，便说道：“此粥名为‘腊八粥’。”他还让大臣们把粥带回家给家眷们也尝一尝。就这样，腊八粥从皇宫传到了民间，老百姓每到腊月初八，就仿照着宫里的规矩，将八种米果煮成粥，渐成习俗。

（本故事改编自相关民间故事）

门神的传说

话说在唐太宗贞观年间，长安城里有一个算卦的先生，名叫袁守诚。这个人可不简单，他家世代以观天占卜历算为业，他的侄儿袁天罡还是朝廷钦天监的监正，掌管着全国的天文历法事务。

袁守诚有个老主顾，是泾河上打鱼的一个渔夫，名叫张稍。张稍每日下河撒网之前，都要去袁守诚的算卦铺子，用一条鲤鱼换袁守诚一卦，就算今天在河上哪里下网捕的鱼最多。照着袁守诚的指点，张稍天天都是满载而归。

张稍和樵夫李定是好朋友。有一天，他和李定在河边聊天，说起了这件事。没想到，他俩说的话，都让藏身在草丛里的一个泾河水府的巡水夜叉听去了。这夜叉慌慌张张跑回水府，向泾河龙王报告，说有这么一个算卦先生，每天都帮某渔夫算卦下网，算得特别准，长此以往，泾河水族都要被捞光了。

泾河龙王是个炮仗脾气，一点就着，听了这话，立刻提起宝剑就要上岸去找袁守诚算账，虾丞相蟹将军等赶紧把他拦住，劝说道：“大王，这不过是道听途说不足为信，不如先去集市上查访一番，查实了再作打算也不迟啊。”

泾河龙王想想有理，便放下宝剑，摇身一变，化作一个白衣书生，直奔长安城而去。

到了长安集市上，泾河龙王这边瞧瞧那边看看，很快找到了一个算卦铺子，仔细一看，招牌上龙飞凤舞地写着算卦先生的姓名：袁守诚。就是这里！泾河龙王暗自咬牙，先躲在门外的人群中，打量坐在屋中的袁守诚，见此人器宇不凡，相貌堂堂，心里嘀咕：“看这人模样，像是有两把刷子，我进去试试他的本事再说。”想着，泾河龙王便走了进去，在袁守诚对面坐下。

袁守诚抬眼看了看他，笑眯眯地问道：“这位先生，要算什么呢？”

龙王傲然说道：“算明日阴晴如何。”

袁守诚掐指一算，说道：“明日有雨。”

龙王扑哧一声笑了：“你说明日有雨？那几时下呢？下几分几毫？”

“明日辰时起云，巳时发雷，午时下雨，未时雨足，共降雨三尺三寸零四十八点。”

“如果你算错了，明日不下雨，或者下了雨，时辰不对，雨量不合，你怎么说？”

“任先生处分。”

“好，就这样说定了，但看明日，你要是说得全对，我奉上黄金五十两答谢，要是说错了一点，你就给我收摊回家，永远不许在长安街头妖言惑众！”

袁守诚看着泾河龙王涨得通红的脸，仍是笑眯眯地说：“好的。”

泾河龙王兴冲冲回到水府，大家伙围上来问：“怎么样了？大王找到那个算卦先生了没有？”

“找到了！不但找到了，我还跟这个满嘴胡说的算卦先生打了个赌！”

大家伙一惊，虾丞相颤巍巍地说道：“大王跟他打什么赌呀？若是赌输了可怎么办？我们泾河水府颜面何存？”

泾河龙王得意地说：“我又不傻，既然赌，当然要赌我绝对会赢的事了。”

“什么事？”大家都很纳闷。

泾河龙王便把这个下雨的赌局细说了一遍，大家听了连连拍手：“大王是司雨龙神，明日下不下雨，那还不是咱们一句话，果然是赢定了！”

水族们正在说笑，半空中突然传来呼喊声：“泾河龙王接旨！”泾河龙王抬头一看，只见一位金甲力士捧着玉帝的圣旨降临河底。他赶紧整理衣冠跪地接旨。待恭送了金甲力士，他打开圣旨一看，上面写着：“明日降雨，普济长安。”时辰、雨量与袁守诚所说分毫不差。

泾河龙王眼前一黑，吓昏了过去，半晌醒来，急得直哭：“世上竟有算卦算得这样准的神人！这可怎么办？我不能输啊！”

他手下的鲥鱼军师拈着胡须说道：“大王不要慌，我们还能赢。就是明天真的下雨，时辰早些迟些，尺寸多些少些，一样是他算得不准。”

泾河龙王想，这是个办法，便转忧为喜了。可他没想到，正是这个主意要了他的命。

第二天，泾河龙王按照圣旨要求，在长安布了一场雨，不过他动了一点小手脚，时间推迟了一个时辰，少降了三寸八点的雨量。接着他又化身白衣书生，冲到袁守诚的算命铺子里一通乱砸，桌椅板凳笔墨纸砚茶壶茶杯都给砸碎了。袁守诚平静地坐着，一言不发。泾河龙王见屋子里没东西可砸了，便到门口拆了扇门板下来，转过身照着袁守诚的头，一边喊道："你这妖人，卦不灵，算不准，打赌输了，还不赶紧滚！"一边就要抡下去，这时袁守诚才大喝一声："泾河龙王！你死到临头还这么嚣张！"

泾河龙王手举门板愣住了，袁守诚冷笑道："你昨天来的时候我就认出你了。你违背玉帝圣旨，私自改了降雨时辰和雨量，触犯天条，必要上剐龙台受死，你还有心思到我这里来闹事？"

袁守诚几句话说得泾河龙王悚然惊醒，冷汗直流，忙丢下门板，跪在袁守诚面前哀求道："先生连玉帝的敕命都能预测到，想必是有通天的本领，之前我说的都是戏言，先生莫怪，如今我确实是犯了死罪，请先生救我一命啊！"

袁守诚叹了口气说道："我救不了你，不过我可以给你出个主意。明日午时三刻，你就要被处斩了，监斩官是人曹官（指天庭派到人间主管人间事务的人官）魏征。魏征在人间是当今皇上的丞相，你去求皇上帮你想办法，明日拖住魏征，不让他去监斩，玉帝也斩你不得。"

泾河龙王想想也只能如此了，他一抹眼泪，拜别了袁守诚，出了算命铺子。这时已经入夜了，路上几乎没有行人，他赶紧找了个僻静角落现出龙形，腾空飞起，在空中等到子时，才飞往皇宫。

唐太宗早已熟睡，梦中到御花园里散步，只见一条龙落下来，变成一个男子，急匆匆地走到自己面前跪下，连呼救命。唐太宗惊讶地问："你是谁？为何呼朕救命？"泾河龙王把事情始末说了一遍，唐太宗对泾河龙王拍着胸脯说道："放心，既然是魏征监斩，朕一定拦得住他。"泾河龙王千恩万谢，高高兴兴地飞走了。

第二天，唐太宗想起梦中答应的事，便把魏征叫进宫，让他陪自己下棋，唐太宗下了一盘又一盘。到了午时三刻，魏征突然坐着就睡着了，鼾声如雷。唐太宗看看他睡得这么沉，心想："看来他是太累了。反正他人在这里，自然不会去监斩龙王，就让他睡吧。"吩咐侍卫们不要唤醒魏征，让他睡个够。过了一会儿，魏征睁开了眼睛，惶然跪下："臣罪该万死，竟然在皇上面前如此失礼！"唐太宗笑着说："爱卿为国事太操劳了，何罪之有。"

魏征离去后，唐太宗以为泾河龙王这桩事已经圆满解决，心情舒畅地睡下了。刚刚入梦，就见昨天梦中的龙王怒气冲冲向自己走来，大叫道："你这不讲信用的狗皇帝，明明答应救我，为什么食言放魏征来斩我！"

唐太宗忙说道："今天魏征一直在宫中，哪儿也没去啊！"

"不可能！他今日午时三刻准点到了剐龙台，亲手举刀，砍了我的头！"

唐太宗说："午时三刻魏征就在我眼前，趴在桌上睡着了，一动都没动，还打呼噜呢！"

泾河龙王一跺脚："他是人，当然不能肉身上天，梦中离魂，正是去斩我呀！皇上呀皇上，你不该让他睡呀！你……你害死我了！"

说着，泾河龙王用手抓着自己的头发，使劲揪啊揪啊，竟把头从脖子上扯了下来，扔到唐太宗脚下，那头血肉模糊滚了几滚，仰面朝天，还在张口喊道："你害死我了！害死我了！"

唐太宗吓得惊叫一声，从梦中醒来，大口喘着气，汗流浃背。他往四周看看，到处静悄悄的，窗外的夜色黑得似浓墨泼过，又像是一个大黑洞，深不见底，似乎那断了头的泾河龙王随时要从里面爬出来。

从这天晚上开始，唐太宗再也睡不好觉了。稍微闭闭眼，他就看见泾河龙王扯断了自己的头扔过来，立即惊醒。若是睡得深了些，便噩梦连连，醒不过来，梦里全是泾河龙王的身影，一会飘到这儿，一会飘到那儿，一会在床底下，一会在房梁上，要不就是在柱子上绕来绕去，辨不清是人是龙。御医们开了无数汤药，一点效果都没有，眼看唐太宗的精神一天比一天差，身体一天比一天弱，大臣们都急得抓耳挠腮。

秦琼、尉迟恭是跟随唐太宗征战沙场多年的老部下，他们听说唐太宗病重，连忙进宫来探望。唐太宗看着他们，勉强坐起来说道："朕打了那么多年的仗，杀人无数，岂会怕鬼？可是这个鬼实在太凶了……每天夜里缠着朕，叫嚣哭闹，让朕难以入睡，不得安宁……"

秦琼毅然说道："陛下且宽心，今天晚上就让臣二人在宫门口守着，看看是什么鬼魅作祟！"尉迟恭也说："是啊，有我们俩守门，陛下放心睡吧。"

当天夜里，秦琼和尉迟恭披坚执锐，站在唐太宗的寝宫大门两边，瞪大了眼睛，死死盯住周围。这一夜还真平安无事，泾河龙王的鬼魂没有出现，唐太宗也难得地睡了一夜好觉。

接下来的几天，秦琼和尉迟恭都如此守卫着寝宫，宫内也依然是安安静静。唐太宗觉得让秦琼和尉迟恭连续为自己值夜，太辛苦他俩，就想了个办法，让宫廷画师为两人各画了一幅戎装画像，贴在大门上，这样试了一夜，果然也有效果。

自此，唐太宗的寝宫门口便一直贴着秦琼和尉迟恭的画像。后来，这个做法传到民间，老百姓也开始学着往自家大门上贴这两员威武大将的画像，驱除家中的“鬼祟”，年深日久，秦琼和尉迟恭就变成了百姓心中的门神。

（本故事改编自明代吴承恩《西游记》及相关民间故事）

地祇娘子

唐代贞元年间，长安有个名叫卢佩的人，是个大孝子。卢佩的母亲身患腰腿病，常年不能下床，有时整夜疼痛，难以入睡，为了方便母亲看病，卢佩把自己在渭南县的县丞职务给辞了，带着母亲回了长安。

当时长安城里有位叫王彦伯的道士，治好了很多高官富商的疑难杂症，卢佩也想请他来给母亲诊治，于是变卖了大半家产，带着重金上门求王彦伯出诊。王彦伯名气大，架子也大，一开始卢佩连他的面都见不到，几次三番被拒之门外。卢佩只得锲而不舍地每天去拜访，坚持了半年，他才终于见到了这位名医，百般哀求下，王彦伯勉强答应去卢家一趟。

到了约定的这一天，卢佩一大早就在家门前等着，可等到中午，还不见王彦伯到来，他有点心慌，伸长脖子望着路口，眼睛都不敢眨一下。就这样眼巴巴地等到傍晚，王彦伯还是没来，卢佩绝望了，他一屁股坐在门前石阶上，欲哭无泪。

这时，一个白衣女子骑着一匹骏马，带着一个小丫鬟，从卢佩眼前飞奔而过。过了一会儿，那女子又转回来了，勒住马问卢佩："看您像是在等什么人，却又一脸的沮丧，这是为何？"卢佩满脑袋都想着王彦伯到底还来不来，要是不来该怎么办，根本没注意到这个女子，也无心回答她的问话。那女子却很执着，再三追问，卢佩只得对她说了自己与王彦伯约好出诊，对方却爽约不来的事。女子听了把嘴一撇，不屑地说道："医者父母心，此人枉为医士，这般没有医德！"她又看看卢佩，话锋一转，笑着说道："其实我也懂些医术，不见得不如您说的那个王彦伯，请让我见见太夫人，我定能医治好她。"

卢佩这才认真打量了一下这个女子，见她不但容颜俏丽，而且气宇不俗，眉目间流露出英朗的神采，的确像是身负奇能之人，不禁大喜，在她马前跪下说道："夫人若真能治好我母亲，我愿为您做牛做马！"女子一摆手，说道："做牛做马就不必了，但我对郎君确有所求，要太夫人应允方可。"卢佩没想那么多，一边连声答应，一边请女子进了家门，带她到了母亲房中。

卢母正僵卧在床上，浑身酸痛，呻吟不止，卢佩和女子刚到床前说了几句话，她就觉得身上轻松了很多，也没有那么难受了。那女子伸手在卢母腰腿处一摸，卢母竟翻身坐了起来，颤巍巍地抓住女子的手说道："一点儿都不疼了！这是神仙下凡啊！"

卢家人见此情景，都欣喜地围拢到床边，争相向那女子道谢，还纷纷拿出钱袋里的金银，摘下身上的珠宝，要送给那女子。女子拒绝了他们递上来的钱财，微笑道："太夫人的病还没好呢，还需再吃一副药，才能断了这个病根。”卢母立即说道：“老身本来就是一截入土的枯骨，有幸遇到仙姑，才得再生为人！仙姑的恩德，我们要如何报答呢？”女子说道：“我不敢称什么恩德，要什么报答，只是有一事相求，请太夫人准许我嫁给九郎为妻，以后我便常在太夫人身边侍奉，保太夫人一世安康，永无病痛。”

这话一说出口，卢佩母子和卢家众人都感到十分惊讶。卢佩万万没有想到，这女子进门时说的需要母亲允许的事，竟是要嫁给自己。可是他和这女子初次见面，她为什么会有这样的想法呢？她居然还知道自己在家中行九，小名九郎，难道她早就认识自己了？

他看看母亲，母亲也看着他，眼神中露出恳求的意思。卢佩心里明白，女子已经提了条件，要去母亲病根，他必须答应婚事。卢佩自幼事母至孝，只要母亲无病无灾，他没什么可说的，便向女子作揖道：“我对仙姑发过誓愿，若治好我母亲的病，我为仙姑做牛做马在所不辞，如今仙姑不要我做牛马，反而要下嫁给我，那是我的福分，我十分愿意。”女子立即站起来，整理了发髻衣衫，郑重地向卢佩行了礼，说了声：“多谢郎君！”随后叫过自己随身的那个小丫鬟，从她手中拿的梳妆盒里取出一片药膏，和水化为药汤，给卢母服下。卢母喝完药，便觉得神清气爽，周身舒适，多年的病痛全都消失了。

卢佩很快备好聘礼，正式迎娶了这女子。女子嫁到他家之后，谨守妇道，把家务操持得井井有条，照顾婆母无微不至，与卢佩也算是琴瑟和谐，和家中兄弟妯娌相处十分和睦，谁也挑不出她一丁点毛病。只有一件事，卢佩有些介意，就是妻子每十天必要回一次娘家，雷打不动。卢佩没有去过她娘家，更不用说见岳父岳母等亲戚，他甚至连妻子娘家在哪儿都不知道。更令人不解的是，每次他提出要送妻子回去，妻子都断然拒绝，家中仆从她也一概不带，只带那个一直跟在她身边的小丫鬟。两人总是骑着来时骑的马，说走就走，一出门就不见了踪影。一开始卢佩没太深究。这桩婚事本来就透着古怪，他心里也明白，妻子的来历可能有些不寻常，不想让他太早知道底细。他以为日子过久了，夫妻之间总归不会再有秘密，早晚妻子会告诉他，她是谁，从哪里来。可是，随着一个十天又一个十天过去，女子非常规律地出门、回来，却丝毫没有向他解释的意思，卢佩终于坐不住了。

某天，又到了“回娘家”的日子，卢佩早早在门口埋伏着，等女子出来，便暗中尾随。在城内道路上，一切都很正常，可是走出城门后，让卢佩目瞪口呆的一幕发生了——女子和小丫鬟骑着马走着走着竟上了天，在半空中飞！卢佩以为自己出现幻觉了，揉揉眼睛看看四周，景物无异，路上行人脸上没有任何惊讶的表情，也没有驻足望天，都走得好好的。卢佩拦住一个人，向上指了指妻子和小丫鬟的身影，说道：“大哥，你有没有看到天上有什么奇怪的东西？”那人仰头望了望，摇摇头：“天气很好啊，哪有什么奇怪的东西？”“你没有看到……有人在飞吗？”那人一口口水笑喷到他脸上：“你有病吧！大白天的说梦话！”说完一甩手走了。

卢佩用袖子擦了一把脸，再一看天，女子和小丫鬟已经飞得越来越远了，他忙追了过去，跟着她们来到了城东的墓地。这里正在举办一场卜问墓址的仪式，一个巫师将酒洒在地上，口中念念有词。女子下马走到巫师面前，伸出手，只见洒落的酒水聚成一条水龙飞入她的手心，她掬饮而尽。小丫鬟则将地上的纸钱一一捡起，全都放进马背上挂着的袋子里，纸钱落袋瞬间，已变成了一串串铜钱。接着女子用马鞭在地面上画了个圈，巫师身体一颤，立即指着被圈出的地方说道:“可在此处造墓。”看事情办完，女子和小丫鬟便上了马，又腾空飞去了。

卢佩躲在旁边偷看了整个过程，心中惊恐不已。最让他害怕的是，他发现在场的人谁也看不见那女子和小丫鬟，连那个巫师也看不见。自己娶进门的到底是什么?

过了好一会儿，墓地上的人全走了，他才回过神来，匆忙回到家，把看见的事一五一十告诉母亲。卢母一拍桌子，气恼地说:“我早就知道这女人是个妖孽！真是引狼入室！现在该怎么办?可有什么办法赶走这个怪物?！”卢佩想了一会儿才小声说道:“我看她神通了得，恐怕没有什么办法……”卢母叹了口气，也不说话了。

然而这天之后，那女子再也没有回过卢家。卢佩等了几天，意识到她可能已经离开了，心里还有几分庆幸。又过了一个多月，卢佩有事出门，在长安南街看到了那女子，她还是骑着那匹白马，带着那个小丫鬟，像第一次见到时一样，策马在路上奔跑。卢佩也不知怎么了，不由自主地拔腿就朝她跑了过去，一边跑一边喊:“夫人！夫人！你为何这么久不回来?！”那女子好像没有听见一样，看也没看他，扬鞭催马飞驰而去。

卢佩有些失落地站在原地，突然觉得自己似乎从来就不认识那女子，与她相识成婚的记忆仿佛是一场梦。

第二天一早，卢佩坐在屋中发呆，一抬头却看到那小丫鬟站在院子里。小丫鬟走进屋，冷淡地说道:“我家娘子让我来给九郎传几句话——其实那日娘子与九郎并非偶遇，而是娘子自来寻找九郎。

娘子受九郎孝心所感，才到此为太夫人驱病。因九郎自己说要报恩，娘子也就顺便和九郎做了场夫妻。如今九郎对娘子起了疑心，那便就此决断，再不相见了。”卢佩问道：“如今夫人在何处？”小丫鬟说：“娘子已改嫁住在靖恭坊的李谘议了。”卢佩一愣：“就算夫人已离弃于我，又何必这么着急改嫁呢？她……是有什么难处么？”小丫鬟笑了：“我家娘子是专管京兆府三百里内所有人丧葬之地的地祇（注：土地神），她没有自己的庙宇，须在长安城里生人家中寄住，”说到这里，她看着卢佩，露出惋惜的神情，“我家娘子总有地方住的，九郎不必担心，只可惜你福分太薄，若是娘子能长居你家，你全家人都能成仙，现在么……九郎你自己多保重吧，告辞。”

卢佩还没来得及再说点什么，小丫鬟一转身，就不见了。

（本故事改编自唐代薛渔思《河东记·卢佩》）

东方朔的故事

西汉的汉武帝手下有个大臣名叫东方朔。东方朔没有父亲，出生三天后母亲也死了，他无人照顾，饥寒难耐，啼哭不止。他家的邻居是一位善良的妇人，听见哭声，不忍心这婴儿就这样饿死，便把他抱回了自己家。

东方朔的母亲因未婚有孕，在故乡难以容身，故而从很远的地方搬到此地来住，邻家妇人也不知道她姓什么叫什么。把小婴儿抱出来时，东方天色正蒙蒙发亮，邻家妇人看着怀中哭得声嘶力竭的孩子，怜惜地说道："可怜的娃娃啊，你就姓东方，名叫朔吧。""朔"有清晨的意思，所以，东方朔这个无父无母、无人知晓来历的孩子，就得名于他被收养那天刚刚破晓的天空。

东方朔的养母很疼爱他，但是她觉得这个孩子有些与众不同。别的孩子三四岁都是满地乱跑，撒尿和泥，爱玩爱闹，东方朔却不是这样，他经常一个人静静地坐在高处望着天，口中念念有词，偶尔还举起手，伸着食指划来划去，好像在指挥天上的什么东西。

养母本想着他还小，长大了自然就和别人一样了。然而，随着东方朔年龄渐长，他变得更加奇怪了，有时候跑出去三五天不回家，回来时也说不清去了哪里。有一次，东方朔出门整整一个月才回来，养母气得狠狠打了他一顿，刚打完，他又没影儿了。这次，过了一年他才回家。养母也不敢打他了，伤心地哭着说：“你这一跑就是一年不见人，我的心里多难受呀！”东方朔摸着后脑勺，不解地说道：“我明明今天早上才出去玩，正午这会儿就回来了，不过半天而已，什么一年？”

养母看他不像在撒谎说笑，便疑惑地问道：“你都去哪儿玩了？”

东方朔掰着手指头一一对她说：“我先去了紫泥之海，在那儿不小心把衣服弄脏了，就去虞泉洗了衣服，拿到冥都崇台去晾干，等衣服干的时候，我打了个盹，醒来时，东王公正好经过，给我吃了几个丹栗，喝了一点霞浆，那些东西看着没多少，可是特别饱人，我吃得又快，肚子撑得差点昏过去，东王公赶紧给我灌了半瓶玄天黄露，我才缓过来。这时候衣服也晾干了，我看见草丛里趴着一头青黑色的老虎，就爬上它的背，让它驮我回家，它不乐意，走得特别慢，我着急踢了它几脚，它一扭头，张口就咬我，喏，娘啊，你看我脚上还有它咬的口子呢。”

养母一看，东方朔伸过来的一只光脚上，果然有两道深深的齿痕，又紫又肿，还渗着血。养母心一揪，便顾不上跟东方朔计较，赶紧找来棉布给他包扎。包好了脚上的伤，养母搂着东方朔，叹着气说道：“朔儿啊，你这样整天东跑西颠，胡思乱想，长大了怎么办？你能干什么养活自己呀？”

东方朔笑着说道：“娘不用担心我，我早就想好了，当今皇上发榜招贤呢，我这就去报名。”

“可使不得！”养母大惊失色，“你在家里说这些神神鬼鬼的事儿，娘就当听个笑话，你在皇上面前说，那是欺君之罪，要杀头的！”

“我没有骗人！我说的都是真的！”东方朔噘着嘴不高兴地说。

尽管养母再三阻拦，还是拦不住东方朔去朝廷应征。22 岁那年，东方朔写了一封吹牛吹上天的自荐信，说自己花 3 年时间便学通经史，诗书兵法倒背如流，不仅文武全才，而且貌美如花，不仅智勇双全，而且德才兼备。这封信在成千上万各地文人的自荐信中脱颖而出，成功地吸引了汉武帝的注意，汉武帝心想：“我倒要看看什么人脸皮这么厚，能说出这么没羞没臊的话。”

就这样，东方朔被叫到了长安，当上了待诏，被安排在公车署。待诏是一种很低级的职位，还不算正式的官员，公车署的待诏地位更低，俸禄也非常微薄。虽然汉武帝看东方朔的自荐信时，确实对这个人非常好奇，但他毕竟是皇帝，日理万机，很快就把这个人给扔到了脑后。

东方朔见汉武帝迟迟不召见自己，就想了个办法。他去找宫廷戏班里表演滑稽节目的几个侏儒，一见他们就故作惊慌地说：“你们怎么还不逃啊？”侏儒懵懂地问：“我们为什么要逃？”“皇上马上就要杀你们，你们不逃，难道在这里等死？”

听东方朔这么说，侏儒也慌神了，他们想不通为什么要杀他们。东方朔一本正经地解释说：“如今皇上最重视什么？粮食！皇上三番五次诏告天下人，一定要节约粮食！你们呢？吃了那么多饭，可种田、做官、打仗，你们会哪样？哪样都不会呀！光是唱唱歌跳跳舞说说笑话，有什么用？最浪费粮食的就是你们，不杀你们杀谁？”

侏儒们被伶牙俐齿的东方朔说得深信不疑，纷纷跪下来哭求救命。东方朔假装为难了半天，说道：“行吧，看你们也实在可怜，我就给你们指条生路吧。你们在御苑里等着，皇上经过时，你们就一拥而上，拦住御辇，跪下来大哭求饶，皇上一定会开恩的。”

于是，侏儒们按照东方朔的“指点”，在御苑中苦等汉武帝的御辇。御辇经过时，他们冲出来跪了一地，捶胸顿足地哭。汉武帝很诧异，问道：“你们这是干什么？”侏儒们哭着说：“求皇上别杀我们！我们能干活！我们不浪费粮食！”汉武帝更纳闷了：“谁说我要杀你们？”“是东方朔说的！”

汉武帝听到东方朔这个名字，想起了那封自荐信，心里明白了几分。他安抚了侏儒们，让他们放心回去，然后叫来了东方朔，质问道：“你就是东方朔？你为什么恐吓那些侏儒？”

东方朔理直气壮地说道：“皇上请听臣道来。这些侏儒身高三尺多，一个月发一袋粟米，二百四十文钱，臣身高九尺多，一个月也是一袋粟米，二百四十文钱。同样的俸禄，他们饱食有余，我却不够吃。皇上要是觉得我可用，就早点起用我，要是觉得我不可用，您说清楚，我自己走，不在这里白吃朝廷的米粮。”

汉武帝听了他的话，哈哈大笑起来，下令将他这个待诏提升到金马门当值，职务比在公车署高了一点点。从此，东方朔就经常能见到汉武帝了。由于东方朔随机应变的能力特别强，汉武帝跟他谈天说地非常快乐，对他的宠信也就与日俱增。很快，汉武帝提拔东方朔做了常侍郎。

汉武帝虽然是一位文治武功都十分卓著的大帝，但他有一个癖好——对神仙灵异之事极度痴迷，一心想长生不老做神仙。东方朔碰巧在这方面知识很渊博。无论是奇珍异宝、怪兽灵禽，或是神话典故、方外怪谈，汉武帝有不知道的，去问东方朔，都能得到答案，久而久之，汉武帝就对东方朔产生了疑问："这个人为什么天上地下无所不知呢？他从哪里得来的这些见识？"有时他旁敲侧击询问东方朔，但东方朔都没有正面回答。

有一次，东郡擒获了一个奇怪的小人，只有七寸长，衣冠严整，像个士大夫，但是不说话。东郡太守知道汉武帝喜欢这些玄奇之物，便把小人送到了长安。汉武帝对这个小人爱不释手，放在桌案上，让他在笔墨之间走来走去。他猜想这小人大概是山精之类的小精灵，但又不确定，于是召来了东方朔。

东方朔一来，看到这小人就有点慌张。他凑近了小人，压低声音说道："巨灵，你怎么在这儿啊？你也跑出来了？阿母还好吗？"

小人白了他一眼，用手指着他，转头对汉武帝开口说道："西王母种在瑶池的蟠桃三千年才结一次果，这个小子不是好东西，三次跑去偷桃，西王母生他的气，就把他贬到了人间。我跟他可不一样，我是西王母派来的。王母让我转告陛下，修道成仙的路无非两个字——清净。皇上不必急躁，凡事都要讲究缘分。现在您仙缘未到，五年后，王母会亲自来与您相见。"

说完，小人就消失了，留下汉武帝和东方朔，你看看我，我看看你。东方朔尴尬地笑了笑说："我就是偷了几个桃子吃，西王母有点小题大做了。"汉武帝这时终于明白，东方朔真的不是凡人。他问道："那你究竟是谁？"东方朔恳求道："天机不可泄露，臣真的不能

天宫

说。待臣离世而去的时候，皇上自然会知道的。”汉武帝虽然不甘心，但也不好再说什么。

因为有了西王母承诺的五年之约，汉武帝更加虔诚地修炼起来。五年后的七月七日，西王母如约来到长安。事先，她派遣仙使送来消息，汉武帝早早命人将宫殿内外洒扫一新，点燃九华灯，斋戒于承华殿。正午时分，不知从哪里飞来大群青鸟，密密匝匝地栖落在大殿前，汉武帝忙问东方朔，这些鸟是什么来头，东方朔告诉他，青鸟是西王母的信使，它们此刻出现在宫中，说明西王母会在夜里降临。

果然，到了夜漏七刻，万里无云的夜空突然呈现紫色，西王母乘坐着玉女仙姑驾御的紫色宝车，在两只巨大青鸟的夹侍下，缓缓从西方天空飞来，降落在汉武帝面前。汉武帝激动万分，上前迎接，将西王母请到殿中坐下，请求赐予不死之药。西王母说道：“陛下心中还有排遣不去的私情和欲念，服用不死药，反而有害。不过，我这里有生于瑶池的蟠桃，吃了虽不能长生不老，也可延年益寿。”说着便拿出了七枚桃子，给了汉武帝五个，自己吃了两个。汉武帝吃完了蟠桃，将桃核聚拢在一起，放在面前。西王母问：“陛下要做什么？”汉武帝说道：“这蟠桃太美味了，朕想把桃核种在御苑中。”西王母笑着说道：“人间的土是种不出我这蟠桃来的。”

正说着，窗外突然闪过一个人影，西王母冷笑一声，对汉武帝说道：“是东方朔在外面偷听。这个孩子太淘气了，整天惹是生非，烦人得很。我把他贬斥到人间，就是为了给他一点教训。不过他本性并不坏，将来总是要回去的，希望他在此处修身养性的这段时日，陛下能善待他。”汉武帝不敢多问，唯有满口答应。

两人聊到五更，天就要亮了，西王母起身告辞。汉武帝想挽留而不得。望着西王母的宝车冉冉升天，他惆怅不已。

原本西王母答应再来，到那时，她便会给汉武帝带来真正的不死之药。汉武帝为了等待她，还在许多地方修建了驿馆，名为“西王母驿”，以备她来时休息。但在某一年，汉武帝一时气盛，诛杀了一百多个四处招摇撞骗的方士，西王母派一位仙使来到长安，传话给汉武帝说：“陛下杀戮心太重，永远也不可能成仙了，你我从此诀别吧。送上两枚蟠桃，陛下已经吃过五枚，再加上这两枚，可得凡人之极寿。”

西王母的仙使来之前的某一天，东方朔突然主动来拜见汉武帝，对他说道：“臣读《诗经》，看到‘恺悌君子，无信谗言。谗言罔极，交乱四国’的诗句，很有感触，愿陛下能远离那些奸巧小人，不要听信谗言的蛊惑。”汉武帝看他一脸严肃，一时不知该说什么好。等东方朔走了，他才回过神来，问身旁的侍从：“东方朔是怎么了？他平时不这么说话呀！”

仙使到达的当天，东方朔死了。听到他的死讯，汉武帝才意识到，那天他进宫来说的都是遗言。汉武帝困惑不已，问仙使这是怎么回事，仙使说道：“东方朔是天上的岁星，下凡游历人间、观天下风俗民情而已，他并非陛下的臣子，如今是要回去了。”

岁星就是木星，汉武帝想起当年东方朔说过，到他离世之时，自然就会揭晓身份，如今真相大白，原来东方朔是掌管木星的木帝精。汉武帝追忆这么多年来与东方朔相处的点点滴滴，东方朔活泼诙谐的样貌如在眼前，他又是难过，又是感慨，下旨将东方朔厚葬了。

汉武帝晚年时，仍然没死心，打算出海去寻找神仙和不死之药。启程之日，海上起了大风暴，海水就像开锅了一样，沸腾不止，船根本就出不了港。汉武帝望着这景象，仿佛听到了上天的警示，终于醒悟过来：自己狂热追求永生成仙的荒唐行为，给国家和百姓带来了多大的困扰，虚耗了多少民脂民膏！于是，他颁布了一道诏书说："朕即位以来所犯的错误，已经过去的，追悔也没有意义了，从现在开始，朕绝不再做妨害百姓、损费天下的事。各地的西王母驿，一律废除。"

（本故事改编自西汉司马迁《史记·滑稽列传》、东汉班固《汉书·东方朔传》、东汉郭宪《洞冥记》）

酒星

唐代的皇帝姓李，他们认同样姓李的老子为祖先，老子又是道教尊崇的祖师，于是，唐朝从一开国就非常推崇道教。到了唐玄宗时，甚至在科举考试里也加入了对道教理论的考察，谓之“道举”，考的是道教的经典《老子》《庄子》《列子》《文子》等。唐玄宗对法术和神仙的迷恋更是登峰造极，听说哪里有个神仙，就要把人家召到宫里来。各地的地方官也投其所好，帮着他到处搜罗修道有成的道士、行迹神秘的仙人。

当时的剑南节度使，也就是镇守蜀中的节度使，叫章仇兼琼。此人是个带兵打仗的好手，立过不少军功，但他也不能免俗，为了讨好唐玄宗，经常派手下在所辖境内寻访得道之人。剑南节度使的治所在益州（即今成都），城内有一家酒馆，酒馆老板手艺高超，酿出来的酒比别家的好喝得多，卖的却并不贵，又宽于赊贷，喝酒不带钱也没关系，下次给，下下次给都行，很好说话。许多人都慕名去他家喝酒，每日酒馆里熙熙攘攘。

酒客虽多，其中有四个人，特别引人注目。他们年纪相当，容貌相似，穿着打扮都一样，而且每个人手上都拄着一根藜杖，整齐划一，就像四胞胎。这四个人酒量颇大，每次到这家酒馆来，都要喝掉几斗酒，喝完就走，攒够了十几石酒钱，便一并付清。有人曾经留心听他们四人说话，说的都是些玩笑话，言语诙谐有趣，有时他们会提到一个人，这个人就是著名的神医孙思邈。他们经常拿孙思邈说笑，不是嘲讽就是讥诮，还总是用不屑的口气管孙思邈叫"那个小子"。孙思邈那时已经不在人世了，卒年一百余岁，而这四个人是中年人模样，怎么看都比孙思邈年纪小才对。

因为这四人言行过于奇异，有人就去报告了章仇兼琼，说有这么四个人，仙风道骨，恣意戏谑，不像凡夫俗子，估计有些来头。思仙心切的章仇兼琼便派了自己的一个心腹属吏去酒馆打探。属吏一去就见到了那四个人，但没有惊动他们，静静坐在旁边，等四人喝到醉醺醺的时候，他才上前行礼拜见，说道："我家尚书让我来传话，尚书苦心修道，得知仙官在此，特地前来相请，府中已经为仙官们准备好了馆舍，希望仙官们能够大驾光临，给尚书亲自侍奉诸位仙官的机会。"

章仇兼琼做过尚书主客员外郎，所以他的亲信叫他"尚书"。属吏说得很恳切，这四人却好像什么都没听见，连眼色都没给一个，自顾自地饮酒谈笑，把人甩在一边。那属吏涵养颇深，不急不恼，老老实实在一边等着。过了一会儿，四人问酒馆老板："我们喝了多少？"老板说："一石。"四人拍手大笑："哎呀哎呀，今天喝多了！"说罢，好好地坐在桌边，一眨眼的功夫，就从众人眼前消失了。属吏一看，这定是神仙无疑，赶忙回去禀报章仇兼琼。

章仇兼琼很高兴，总算逮到了真仙了，这要是送到皇上那里，自己面上光彩不说，皇上的宠信不还得多加几层？想回到朝中，官升一级当个宰相，岂不是大有可能？想到这些，章仇兼琼心里十分欢喜。他命属吏到酒馆去蹲守，再看到那四个人，马上回来报信。

可过了一个多月，那四人都没有再来，章仇兼琼急得像热锅上的蚂蚁，坐卧不安。终于有一天，属吏跑回来报告，那四个仙人又来喝酒了。章仇兼琼立即来到酒馆，冲进去一看，果然有四个衣服样貌相仿、头戴纱帽、身旁搁着藜杖的人，围坐在店堂一角，开开心心地边喝酒边聊天，面红耳赤，兴高采烈。

章仇兼琼快步走过去，倒头便拜：“各位仙人！下官得见各位仙人，荣幸之至！”四人放下手中的酒杯，互相看看，也不搭理章仇兼琼，一个个缓缓地站起身，就在刹那间，只见桌前一空，人影全无，再一看，四个座位上各躺着一截烧过的木柴。

章仇兼琼失望地回到了府中。他想，虽然仙人跑了，但遇到仙人的故事，皇上也非常喜欢，百看不厌，百读不倦，所以他还是把自己的奇遇写成了奏折，送去长安。玄宗读了这封奏折，果然很感兴趣，把自己招募来的各路术士都召进宫，问他们这四人究竟是什么人。一个术士站出来说道：“陛下，这四人来历我知道。”

“你讲。”

“他们是酒旗星君，也就是天上的酒星。此仙仙品极高，惟好饮酒，人间只要是出产酒的地方，他们都会去，尤其喜欢去蜀中。”

唐玄宗立即下旨，命各地寻找这四人。但从那之后，再也没有人见过那四个头戴纱帽、拄着藜杖的人了。

故事中说的酒旗星是天上的一个星宿，又叫酒星，主管宴饮、酿酒等，其实这个星宿只有三颗星，不知为何化为人形却多出一个。唐代大诗人李白也被看作酒星化身，因为他和传说中的酒旗星君一样，酷嗜饮酒。李白还有诗云："天若不爱酒，酒星不在天。"意思是如果天不喜欢饮酒，星空中就不会有专门管酒席的酒星了。

（本故事改编自唐代卢肇《逸史》）

月老牵红线

唐代杜陵有个书生名叫韦固，父母在他很小的时候就双双去世了，他一个人生活，很孤单，就想着早点娶妻，但多方寻找，总是找不到合适的。元和二年（807 年），他有事去清河郡，途经宋城，在城南一家客栈住宿。他跟同住的一个旅客聊天的时候，说到自己想成个家的心愿，客人很热心地说要帮他介绍清河郡一个官员的女儿，相约第二天在客栈西边的一座寺庙门口见面。

韦固欣喜若狂，一晚上睡不着觉，天还没亮就起来，打算先到那寺庙门口去等着，以示诚意。出了门一看，真是够早的，天上月亮还没落下去呢。他走到一座桥边，看见台阶上坐着个人，借着明亮的月光仔细看，原来是个老人，脚边放着一担行李，正靠在行李卷儿上，翻看一本书。

韦固心想，这老头怎么这么早就起来赶路？好奇便凑了过去，那老头手里的书上写满了字，在月光下清晰可见，可是韦固一个字都不认识。他更觉奇怪了，自己也算饱读诗书，别说汉字，就是西域各国的文字，也能认个十之七八，这个是什么字？他心里想着，嘴上不自觉地说了出来，那老人回头一看，正撞上韦固的鼻子，两人都“啊”地大叫一声。

老人埋怨道：“年轻人为何如此莽撞！”

韦固也说：“是您莽撞啊，老丈！”

老人不耐烦地说道：“没事快走你的路吧，别妨碍我，我正在查婚牍呢。”

“什么牍？”

“天下婚牍，婚牍！”

韦固听见一个“婚”字，心里一动，忙道：“老丈，我刚才就想问了，您这书怎么全是我不认识的文字？”

老人冷笑道：“这是神仙看的文字，你哪儿能认识？”

“神仙？谁啊？”

“我。”

韦固不相信：“神仙不是该在天上飞的嘛？您老人家是神仙，怎么在我们这凡间行走？”

老人说道：“这大路朝天，白天才是你们凡人走的，晚上是我们这些管理凡间事务的神仙走的。谁让你半夜三更就出门？鸡都没叫，你跑出来干什么？”

“那您是管理哪方面凡间事务的？”韦固问。

“我管的是凡人的婚姻。”

“哦！”韦固马上趴到老人面前，一脸讨好的笑，问道，“老丈，我是个孤儿，从小没人疼没人爱，就想早点找个媳妇，你帮我查查，我什么时候能成亲？姻缘在哪儿？”

老人看他一眼摇头道：“你是杜陵的韦固吧？慢慢等着，你媳妇现在才三岁，她要到十七岁那年才嫁给你呢。”

“什么？”韦固大惊失色。

老人指了指行李担上挂着的一个布囊：“这里面，装着一卷红色的丝绳，我就负责把这丝绳系到一对命中注定要成为夫妇的男女的脚上。只要这绳子一系上，哪怕是世代仇敌，天各一方，贫富贵贱相差悬殊，那姻缘都是不可能阻挡的。你跟你媳妇现在已经被系在一起了，无论你对别家的女儿有什么痴心妄想，那都没有用，等着娶她进门就是了。”

韦固眼珠一转，又问道：“那我能不能问问，我媳妇现在人在哪里？”

“从这儿往北走有个菜市场，你媳妇就住在那里一个卖菜小贩家。”

“我能看看她吗？”

“能啊，你去那个菜市场，找一个姓陈的卖菜老太太，她怀里抱着的小女孩就是。不过我告诉你，不管你愿不愿意，这小女孩将来就是要嫁给你的，你可只能看，不许对她做什么啊！”说着，老人就站起来挑了行李担子走了。

天亮之后，韦固心事重重地去了那座寺庙，相约的人却没有来。他失望地走回客栈，路上想起老人说的话，就往客栈北边去了。果然，没走多一会儿，他就找到了一个菜市场。里面熙熙攘攘，买菜的卖菜的来来往往吵吵闹闹，十分杂乱。

韦固在市场里走了几圈，没看到抱小孩的老妇人，心中暗想：

“那个老头是胡说要我的吧？怎么可能会有红绳系足就约定一辈子婚姻这种荒谬的事呢？”他正要走，突然看见一个老太太抱着一个小女孩从市场外走了进来，两个人都穿得破破烂烂的，身上全是土，一看就是赤贫人家。那老太太长得特别丑，还瞎了一只眼睛，胳膊上挽着一个篮子，里面满满地装了蔬菜。

有人跟老太太打招呼：“陈大娘，你又来卖菜啦！”老太太笑着点头：“是啊，我又来啦。”那人问：“你女儿病好了些吗？”老太太说：“好多了，闺女，跟大叔打个招呼！”

小女孩怯生生地说：“大叔好……”

那人忙应声说：“好好，陈大娘，快占个摊位吧，今天人特别多。”

韦固站在一旁，看着这母女俩把篮子里的蔬菜一把把铺在菜市场的桌案上，眼巴巴地等着人光顾，样子实在寒碜。韦固只觉得冷水浇头透心凉：“难道这就是我媳妇？我好歹也是出身名门的一个读书人，我好歹长得也是一表人才，竟然跟这个流鼻涕的黄毛小丫头注定做夫妻？”

他越想越恼火，越想越不甘心，想着想着就失去理智了，狠下心来，从袖子里摸出一把自己平时外出用来防身的匕首，就要冲过去。突然一只手把他的后脖领拽住。他回头一看，原来是凌晨时路上遇到的那个老人。

老人对韦固低声严厉地说道：“我不是跟你说了吗？不管你愿不愿意，那个小女孩十七岁的时候就会变成你的妻子，你是没有办法改变的。”

韦固气恼地说：“我不想娶她！你看她家穷的，你看她妈丑的！

我家世代在朝为官，怎么可能跟这种人家结亲！你说改变不了就改变不了？我才不信这个邪，我现在就把这丫头杀了，我看到时候她一个死人还怎么嫁我！”

韦固怒极失心，拼命要去杀那女孩，老人揪住他死死不放，挣扎了一阵，老人说道：“这个小女孩将来必当大富大贵，做诰命夫人，你根本杀不了她！只管去吧！”说着一松手，就消失了。

韦固站立不稳，整个人朝老太太和小女孩的方向倒了过去，手中的匕首一下子戳在小女孩的眉间，划了一道口子，鲜血直流。小女孩哇哇大哭起来，老太太受惊过度，抱着孩子僵坐在地上，菜市场上的人见此情景，吓得四散奔逃，以为来了强盗。

韦固看见血，顿时清醒过来，赶紧扔掉手中匕首，趁乱跑了。他回到客栈，慌慌张张收拾了东西，离开了宋城。

这以后，他还是坚持不懈地到处提亲，可婚事始终因为种种原因就是谈不成。这样过了十四年，他都快四十岁了，还是光棍一条。这时，他受朝廷调遣，去相州担任参军一职。相州刺史王泰很欣赏他的才能，委以重任，还把自己十七岁的女儿嫁给了他。

王泰的女儿长得十分美艳，正是韦固喜欢的类型。韦固对这门婚事非常满意。但是结婚一年多，有件事他一直想不明白，就是妻子总在眉间贴一片花钿。若只是白天妆饰，倒无可厚非，可她连睡觉都不摘，即使洗脸沐浴的时候揭下来片刻，一洗完马上又贴上。韦固从来就没有见过她不贴着这片花钿时的样子。

后来，韦固实在忍不住了，就问王氏到底为什么这样。王氏哭着说：“其实刺史大人并非我的亲生父亲，而是我的叔父。我父亲曾是宋城的县宰。我不到一岁的时候，父亲死在了任上，母亲和哥哥没多久也死去了。家中别无财产，只有一个小田庄，乳母陈氏带着我住在那儿。她平时在田庄种点菜，我们就靠卖菜为生。我年纪太小，乳母去卖菜的时候也舍不得把我放在家里，就抱着我一起去。有一天，我们正在市场卖菜，突然来了一个疯子，不知为何拿着匕首乱挥，刺破了我的眉心，留了一条疤痕，长大以后也消不下去，只好用花钿遮盖。后来我叔父把我接回身边，我就一直跟他一起生活，对外便说是亲女。就连嫁人，也是当作亲女嫁的。"

韦固汗流浃背，吃吃问道："你乳母……她……是不是瞎了一只眼？"

王氏惊讶地问："你从未见过我的乳母，怎么会知道？"

韦固脸上一阵红一阵白，吭哧了半天，老老实实承认道："你说的那个挥舞匕首的疯子，就是我。"他把十四年前月下遇到那位老人，得知了自己的姻缘，一时气急想杀了年幼的王氏的事，向妻子和盘托出。

一开始王氏很生气，哭着嚷着要回娘家去，经过韦固百般赔罪，这才原谅了他。知道了双方是命中注定要做夫妻，两人便更加恩爱，白头偕老，相守过了一生。他们生了一个儿子，长大后做了雁门太守，王氏也因此被诰封为"太原郡太夫人"，一切正如那位月下老人所说。

宋城的县宰听说了这个故事，就把当年韦固住过的那家客栈改名为"定婚店"。月下老人红线定姻缘的说法，从此为人们耳熟能详。

（本故事改编自唐代李复言《续玄（幽）怪录·定婚店》）

鲁班治病

从前，某县某村有个姓袁的人，我们暂且叫他老袁。老袁是个酒鬼，酗酒过度，坏了肠胃，生起了大病，病了没多久就饮食不进，卧床不起了。远近的名医请来不少，可给他一把脉，个个缩手摇头，都说没有办法。老袁的妻子李氏只好每天求神拜佛，但求一丝侥幸，丈夫的病能有个回天的机会。可是求来求去，也没见哪个神灵使出法力，老袁的气色还是一天比一天萎靡。

一天，李氏正在家里唉声叹气，突然听见有人敲门。她开门一看，见门口站着一个壮汉，背着一个工具箱，里面装满斧子锯子锤子什么的，看来是个木匠。李氏还想这位师傅是不是去谁家干活，走错门了，那人却说道："冯爷是您家亲戚吧，他让我来给您家老爷瞧病。"

李氏摸不着头脑，她是有一个姓冯的远房表哥，就住在邻村，可是他为什么找了个木匠来给我家老袁瞧病？她心里这么想，嘴上便推托道："我丈夫的病大夫都说没救了，麻烦你回去跟冯大哥说一声，办后事的时候还请他多帮忙……"说着就要关门，那人却一把顶住了门板，说道："我受人所托，您还是让我进去看看吧。"李氏为难地说："家里好久都不打扫了，乱糟糟的，不好意思请您进来。"那人道："您放心，我虽然是个木匠，但真的会治病。不然冯爷也不会叫我来了，您说是不是？"

李氏想，这话也有几分道理，便问道："那您都会治什么病呢？"那人笑了笑说："没头发的人，我治不了。其他人，生什么病我都能治。"李氏也不明白他的话是什么意思，不过看他一脸自信，似乎真的有点本事，便让他进来了。

那木匠到了老袁床前，认认真真地看诊了一番，老袁病得迷迷糊糊的，问什么也答应不了，木匠把着他的脉，点头说道："病得确实挺重的。"他从随身口袋里掏出一粒红色药丸，让李氏给老袁喂下去。李氏却不去接那药丸。也难怪，这毕竟是药，还是个木匠给的，就这么给丈夫吃进肚子里，她有点不放心。

木匠想了想，把药丸收回袋中，起身走到桌边写了一张方子交给李氏，严肃地说："立刻照方抓药给他吃，不要迟疑。"说完，背起工具箱就走。李氏连忙问道："不知您贵姓啊？家住在哪里？"木匠回头说道："我没有家，到处帮人做工，走到哪儿就在哪儿找个客栈歇脚。我很快就要去前村开店的高家干活，不能再来了，您也不必找我，这药吃过三副，您家老爷的病肯定好。"说罢，身影闪出了门，就再也看不见了。

李氏拿着方子琢磨来琢磨去，决定先去找个懂药理的人看看。村里没有医生，她就去找了在村塾教书的范先生。范先生看过方子，笑着对李氏说:“这个药很平常,吃了没什么太大的好处,但也没什么坏处,姑且吃一吃,无妨。”李氏便去买了药,回家煎好了灌给老袁吃。这药汤一吃下去,老袁的肚子就开始咕噜咕噜响了起来,肠腹翻腾,一会儿功夫拉了三回大便,拉完就想吃东西了。李氏给他做了点汤面,他居然狼吞虎咽地吃得精光。又服了两次药后,老袁的病便彻底痊愈,人也清醒了过来。之前他昏昏沉沉,只记得有个陌生人在他身边说话,隐约能记得那人的面容身形,但不太清楚到底发生了什么。听李氏说了那位木匠师傅看病开药的事,他高兴地说:“瞧我这运气!怎么就遇上了这么一位高人!咱们得谢谢人家去呀!”李氏也连连说:“对对!可得谢谢去!他是冯大哥请来的,咱们这就去冯大哥家!”

夫妻俩提着谢礼来到那位姓冯的表哥家,表哥听他们千恩万谢了一通,却露出了茫然的表情,说道:“我没有请人去你家看病,你是不是听错了?”老袁和李氏纳闷地离开冯家,走在路上,李氏一拍手:“我想起来了,那位师傅说过,要去前村开店的高家做木工活,我们去高家一定能找到他。”他们又连忙去了高家。高家正在造房子,家里工匠云集,可就是找不到那位木匠。夫妻二人上上下下问了一圈,谁也不知道有这么一个人。

两人带着一肚子的疑惑回到家,怎么想都想不通。李氏说道:“只有一个办法了,那位师傅说,他到处帮人做工,走到哪里就在哪里找一间客栈住下,咱们这方圆百里就一家客栈,你去那里找找吧。”老袁点头道:“行,我病刚好,又跑了一天,这会儿实在太累了,先睡一觉,明天一大早我就去。”

第二天天一亮,老袁就赶到了客栈。客栈主人刚开门,见老袁气喘吁吁地站在门前，忙把他请进来，问他有什么事。老袁问道：“你这里可住着一个木匠师傅？”客栈主人摇摇头：“没有。泥工瓦工倒有几个，您这是家里要起楼？”老袁失望地说道：“我不找泥工瓦工，就找木匠。我不是找人干活，我是要谢谢人家救了我一命。”客栈主人好奇地问道：“木匠怎么救了你？”老袁把自己生病快死了，突然来了一位木匠把自己治好的事一五一十告诉他，客栈主人笑道：“原来如此，世上还有当木匠的神医，也是一桩奇事。这几天客人不多，你要是找人，就自己去看吧。”

老袁在客栈里外走了一遍，所有的住客都见到了，仍然没有找到那位木匠。他心想，难道救命恩人已经离开这儿了？自己连声谢谢都没来得及说，太过意不去了。这么想着，他慢慢往外走，经过客栈院子西角的一间空屋，见里面摆着一个神龛，他心中一动，迈步进了屋子，原来这儿供着一尊鲁班神像，定睛一看，神像的模样、穿戴，十分眼熟，这不就是那天来给自己看病的木匠师傅吗！他顿时明白了，是鲁班大神显灵救了自己啊！他跪下向鲁班神像磕了好几个头，又回家把李氏叫来烧香磕头。这件事传开后，这家客栈可就出了名了，拜鲁班的人摩肩接踵，络绎不绝。很多跟老袁病情相似的人，都去向老袁夫妇求鲁班神方。老袁夫妇也不保守，有求必给，病人按方子服了药，都霍然而愈。

本来故事发展到这里，皆大欢喜。然而，后来却发生了一件让人意想不到的事。有一天，邻村一个姓张的光头得了和老袁一样的病，派了仆人去老袁家求药方。那天老袁不在家，李氏不会写字，就把当初鲁班神留下的那张原方找了出来，交给了来人，还特意嘱咐说：“神仙给的药方就这一张纸，你可千万收好了，用完了赶紧还回来。”仆人满口答应，把药方揣进怀里回去了。走到半路，仆人突然中暑了，昏倒在路边，过了好久才被人发现，抬了回去，刚到家就咽了气，他带走的那张药方也找不到了。

没过多久，那个姓张的光头病死了。这时李氏才想起来，鲁班神当时就告诉过她：没头发的人，他治不了。

（本故事改编自清代李庆辰《醉茶志怪·鲁班》）

盐水女神的故事

盐是人们日常生活中不可缺少的调味品。在我国西南一带，古时候有一个名为盐阳的地方，是这个地区著名的盐产地。传说这里的盐神是一位天真烂漫的女神，关于她，还有一个流传了几千年的伤感的爱情故事。

从前，在今天的西南地区，有一个由伏羲后代开创的巴国。巴国起源于商代，人民都出自武落钟离山，包括了五个氏族部落——巴氏、樊氏、日覃氏、相氏、郑氏。由于这五个氏族部落各自为政，谁也不服谁，因此纷争不断，扰得百姓没办法好好生活。五部落都认为这样下去不是办法，为了能选出一位君主，统一治理整个巴国，各部落会商之后，举办了一场比武竞赛。一个来自巴氏部落、名叫务相的年轻人过五关斩六将，赢得了最终的胜利，成为巴国的首领。人们因此尊称他为廪君。“廪”在古语中有老虎的意思，廪君就是像老虎一样勇猛无敌的君主。

廪君当政之后，认为巴国原来住的地方太贫瘠，不利于生存发展，便带领巴国民众乘船沿江而下，去寻找更适宜的定居地。船队顺着夷水来到了盐阳。盐阳有河名为盐水，水中女神被人称为盐水女神，她是盐阳这个地方的守护神。

盐水女神听说巴国首领远道而来，便带上精心准备的丰盛酒菜，来到巴国船队的驻扎地，向廪君表达地主之谊。廪君得到通报，连忙亲自迎接。看到盐水女神时，他不觉怦然心动。只见盐水女神身穿白衣，头戴花环，俏丽的脸上带着纯真的笑意，宛如一个青春妙龄的少女。

女神也对年轻英俊的廪君一见钟情，两人携手上船，摆酒言欢，好像有说不完的话，十分投缘。女神含情脉脉地望着廪君，借着酒意表白说："我这里幅员广阔，物阜民丰，有取之不尽的鲜鱼和食盐，您若是留在这里，就永远都不必再为贵国百姓的生活操心烦恼了。巴国人民会与我的人民一起，过上幸福富裕的日子，我和您，也会幸福快乐的。"

廪君看着盐水女神醉意朦胧的面庞，内心忍不住动摇了。他也很憧憬与这位美人在盐阳这个富饶的地方共度一生。于是，他一时冲动地接受了女神的爱意，将女神留在了自己的船上。可是，过了几夜之后，廪君渐渐恢复了理智。他想到，因为盐阳出产食盐，这项利益巨大的产业早已吸引了大量的人口聚居于此，他的人民留下来，势必会被卷入对资源的争夺。巴国在此地势单力薄，要想安居乐业谈何容易。他不希望自己的人民把生命耗费在无谓的战争中。正确的选择，是继续前行，到更远的地方去寻找未经开拓的肥沃土地。

廪君下令船队马上离开盐阳。得知廪君的决定，盐水女神着急了，她哀求说：“我们在一起的这些时日，难道您就没有一丝留恋吗？”廪君满怀歉意地说道：“不，我当然留恋，我也不会忘记你，但是，我必须带我的国民去一个能给他们带去真正幸福的地方，这是我的责任。”盐水女神流着泪说道：“我的盐阳就是这样的地方呀！”廪君摇了摇头：“不，它不是。”

见廪君如此坚持，盐水女神脸色变了，她恨恨地对廪君说：“我不会让你这么容易就走掉的！盐阳是我的地盘，我不准你走，你就走不了，我们等着瞧吧！”说罢，她愤然下了船，回自己的神宫去了。

廪君以为这只是她说气话，并没有当回事。巴国船队仍旧连夜做着拔营起锚的准备，打算第二天一早就出发。

没想到，第二天到了开拔的时候，士兵慌慌张张地跑来报告：“廪君，不好了！不好了！我们的船没法走了！”廪君心里一惊，不知道发生了什么，忙随着士兵来到甲板上，这一下，他也目瞪口呆不知所措了——天空起了一层黑雾，东方初升的太阳只能隐隐约约看见个光影子。黑雾还在继续弥漫，船队被罩在雾中，隔着这黑雾，根本看不清水路。廪君仔细地观察着黑雾，终于看清楚了，这不是雾，而是数以亿计的小飞虫，它们一边飞一边聚拢起来，就像浓浓的云雾在到处滚动一样。“为什么突然出现这些奇怪的虫？”廪君诧异地想着，怎么也想不明白。船队在盐阳停留的这几天，他根本就没有见过这种虫子。

廪君正在苦思冥想，天空中传来一阵笑声：“哈哈哈哈……廪君，现在你知道我对你有多认真了吧？我说的每句话都是真心的，我说我不让你走，就一定说到做到！”廪君听出来，这是盐水女神的声音。她的声音还是那么甜脆动人，可现在听来，却有几分刺耳。廪君睁大眼睛在小飞虫中寻找，想知道哪一只是盐水女神的化身，可是所有的虫大小颜色都一样，就算一只一只给他看，他也根本分不清楚，更不用说聚在一起看了。

破不了盐水女神的法术，小飞虫就不能驱散，船被阻挡了十几天。苦守在船上的巴国百姓都骚动起来，他们开始怀疑廪君的能力，有的人在谋划弃船而去。廪君心中很明白，再不离开盐阳，巴国可能会就此分崩离析。情势在逼迫他做一个残酷的决断。

廪君思虑再三，终于下了决心。他取出一条青缨（青色的丝绳），交给一个手下送往盐水女神的神宫，让手下传话说：“这是廪君亲手为女神编织的青缨。按照我们巴人的习俗，女神若接受他的爱，就应将这条青缨缠在发间。”

盐水女神毫不怀疑，开心地接过青缨，立刻就扎在头上。一边扎还一边问廪君的使者：“那他还走吗？”使者假装为难地说：“这个嘛……廪君还有些犹豫不决。”盐水女神噘着嘴说道：“这个冤家，真是折磨人。好，那我明天就再把我的法力加强，变出更多的飞虫，让他彻底死了开船的心！”

第二天，盐水女神又变身为一只小虫，领着比前些天更多的虫飞向巴国的船队。廪君默默地站在甲板上，仰望遮天蔽日的飞虫，好像在寻找什么，忽然，他目光一闪，猛地将背在身后的弓箭拿起来，对准空中的某个目标拉弓放箭，一支利箭呼啸着飞上了天。只见高空中一个人影悠悠荡荡地飘落下来，跌落在对面的山崖上。瞬间，漫天的飞虫烟消云散，灿烂的阳光重现在江面，照着漫山遍野

的绿树鲜花，还有山崖的岩壁上流下的一道道鲜血。

被多日不见的阳光吸引到甲板上来的巴国百姓好奇地问道："廪君，你射死的那个人谁啊？"廪君忧伤地说："那是盐水女神。""您怎么知道她是盐水女神？""因为她戴着我送给她的青缨。"

廪君说着，回想起自己刚才从飞虫群中找到那一缕飘飞的青缨时复杂的心情。他不想杀死盐水女神，但为了那些信赖他跟随他的巴国百姓，他又不能不这么做。

"开船吧，"廪君挥了挥手，"升起风帆，我们继续前进。"

就这样，巴国船队浩浩荡荡地驶离了盐阳。经过一段漫长的旅程，他们来到了一个叫作夷城的地方。廪君经过一番考察，认定这里就是他所寻找的理想之地。巴人便在这里定居下来，并建造了一座雄伟的都城。

廪君死后，他的灵魂化为一只白虎，回到了山林深处。

被盐水女神的鲜血染红的山崖，直到今天，还时常会显现出赤红的颜色，好像那位痴心的女神仍在怨恨她深爱的男子。

（本故事改编自南朝宋范晔《后汉书·南蛮西南夷列传》）

泰山神笔

很久很久以前，鲁国有一个叫廉广的人，他从小就很喜欢画画，想做个画师，但因为家境贫寒，父母没钱送他去学画，他只得放弃了，跟着父亲当了一个采药人。父亲去世后，他经常一个人在泰山中采药，走累了就坐在山石上休息，顺手画几笔聊作消遣。

有一天，廉广又入山采药，不料天气突变，山中下起暴雨。他找了个大树洞躲了起来，躲到半夜，风雨才停歇。廉广钻出树洞，在山路上漫步而行，这时，迎面走来一个人。夜色漆黑，只有一点月亮的微光，廉广看那人穿着一身布袍，像是隐居在泰山深处的读书人。

那人也看到了廉广，忙站住施礼道："您为什么深夜还在山中行走呢？"廉广心想："你还问我？你不也在山中行走吗？"嘴上客气地说道："我是为了躲雨才留在山里的，您呢？"那人说道："我就住在这里，夜里睡不着，出来散散步。我们既然偶遇，不如结伴而行，可好？”廉广看他说话儒雅，举止斯文，不像坏人，便点头道：“好。”

两人肩并肩走了一段路，谈天说地，越聊越投机。走着走着，前面出现了一片疏疏落落的山林，那人指着山林缝隙间露出的一块空地说：“那边林子里有许多平整的石头，我们过去坐坐吧。”廉广也有些脚酸，便跟他一起走入林中，在空地上找到一片平坦的岩石，一块坐下来接着聊。一边聊，廉广一边顺手拿起一根小树枝，在刚下过雨的泥泞上画了起来。

那人歪着脑袋饶有兴致地看了一会儿，问道：“小兄弟，你喜欢画画吗？”廉广答道：“喜欢是喜欢，不过没正经学过，闲着没事，瞎画着玩玩。”“我看你画得不错，这几笔花鸟，很是传神。”廉广嬉笑着说道：“画花鸟传神不是本事，画点好吃的也能传神就好了，最好是画出来就能吃。”那人却认真地问道：“你需要吗？”廉广一愣：“需要什么？”“画出好吃的。”廉广哈哈一笑：“需要，需要啊！那谁不需要！”

那人听了，伸手从怀里掏出了一支笔，递给廉广：“这是我平时画画用的笔，送给你吧，用这个能画物成形，你想要什么，画就是了。”

廉广自然以为他在开玩笑，不过还是接过笔看了看。月光映照下，这笔还挺漂亮的，笔管晶莹透亮，笔端五彩缤纷，不像一支笔，倒像是一个摆设。

“这笔很值钱吧？你真要送我？”廉广爱不释手地把玩着这支笔，问道。

“不过是一支笔罢了，我家里这种东西多得很，不值一提。但我得跟你说清楚，这支笔你千万要藏好了，想要什么东西，只能偷偷地画，不能被别人发现。”

廉广抬眼看看，那人一本正经的样子似乎不像在说笑。他拿着笔掂了掂，这笔轻若鸿毛，飘飘若飞，灵光流动，也确实不是人间常见之物。他对眼前这个人有点疑心了，问道：“那我试试行吗？”

那人微微一笑：“你随意试，只是一定要记住我的话，把笔保管好。”

说完，他就在廉广的眼前融化成一片轻烟，不见了。

廉广过了好半天才把嘴合上。他低头看看，那支笔依旧光彩熠熠地握在手里，没有消失。“原来我没做梦啊，真的遇到神仙了，”廉广自语道，“对了，神仙说用这笔可以画出好吃的，他不会骗我吧！正好我也饿了，画点什么好……”

想来想去，廉广决定画块烧饼。他小心翼翼地在泥地上画了一个圆圈，上面还点了好多芝麻粒儿，最后一笔画完，只见那个圆圈突然就从地上凸了起来，廉广用手去拿，居然真是一块饼，两面满满的撒着芝麻，热得烫手，咬一口，咸酥香脆，正对他的口味。廉广三口两口把饼吃完，对着空旷的山岭拜了三拜，喊了声：“谢谢神仙！”揣着笔蹦蹦跳跳地下山去了。

从此，廉广就偷偷地过上了好日子。之所以偷偷的，是因为他想画什么东西，都必须背着人，画出来了也不敢给别人看见，躲起来自己吃自己用，偶尔画钱，不敢多画，画个三五十文救急用而已。他没忘记神仙说过的话，一直严密保守着神笔的秘密。

然而，世上没有不透风的墙，尽管他很小心，周围多少还是有了些闲言碎语。有人说，廉广家里那么穷，可是从来不缺吃不缺穿，也不见他举债赊欠，莫非是做贼了？又有人说，这孩子从小老实巴交，不可能做贼，听说他是学了什么法术，能通过画图，变出东西来。但具体怎么变的，谁也说不出所以然。廉广知道了这些议论，担心神笔的事情被戳破，便带着家人搬到了中都县。他本是为了避祸，没想到反而惹祸上身。

中都县令姓李，他早就听说了廉广以画作法的传闻，马上命人把廉广请到了县衙。李县令摆了一桌好酒好菜，一杯接一杯给廉广敬酒，看灌得差不多了，就凑到廉广耳边，和颜悦色地说道："廉先生能画，远近闻名，能不能为下官画上一幅？"廉广虽然略有醉意，但脑子还是清醒的，忙说道："大人取笑了，我根本不会画画。"李县令笑着说道："廉先生这是谦虚呢，还是不愿赏面呢？我知道，论画，当世有人善画山水，有人善画人物，也有人善画花鸟鱼虫，但那些都是假的，画得再好，也不过是纸面上的功夫，廉先生你不同，你是身怀法术的神仙，画出来的东西是真的，比那些所谓画家，不知高明到哪里去了！下官真心仰慕，希望先生能够赐教。"

廉广小声说道："大人，我是真的不会……"

李县令手下有个赵县尉，也在酒席上，他见廉广言语迟疑，便帮腔道："廉先生，我们大人是一县之主，如此诚心相求，您不宜推辞吧？"李县令伸手拦住他："哎，赵老弟，不要这样说，廉先生是贵客，他若实在为难，我又怎么好强人所难！"

廉广有点害怕。他是个老百姓，从没有和县令面对面吃过饭喝过酒，李县令把他当座上客，对他说话还这么客气，他心里颇为受宠若惊，但他也不是听不出来，李县令和赵县尉话里藏锋，今天自己要真不给这个面子，会发生什么他也不敢想。他无奈地从怀里拿出了那支神笔，展示给李县令看：“大人，我不是神仙，也没有什么法术，全靠这支神灵所赐的神笔，才能画影成形。”

李县令和赵县尉腾地一下跳起来，扑到廉广手边，仔仔细细看了半天，李县令转头对赵县尉说道：“这神笔好像也没什么特别的嘛？”赵县尉捻着胡子说道：“观之无非就是水晶笔杆、染色毫毛做成的笔罢了，确实没有什么特别的。”

李县令转过去看着廉广，脸色有些不好看：“廉先生，你这就不对了。我是诚意请教，先生何必骗我？”廉广连忙摇头：“我怎么敢骗大人，这真的是一支神笔！”

“那你要证明给我们看，”赵县尉说道，“这堂上有两面白墙，请廉先生就在这白墙上作画吧！”

“对，就在这墙上画，”李县令也说道，他突然想起自己最近正在操练兵马，便脱口道，“你画几个士兵，让我看看，画出来的兵能不能变成活人！”

赵县尉说的两面白墙正好隔堂相对，一面在东，一面在西，廉广起身走到东面的白墙前，举起笔画了几个兵，在每个兵手里都画上了盾牌。他又走到西面的白墙前，也画了几个兵，在兵手里画上了长矛。廉广画完，端详了一下，回身对李县令和赵县尉说道：“两位大人，我画艺不精，只能画成这样了，你们多包涵……”

李县令本身擅长绘画，是鲁国排得上名次的丹青好手。这也是他对廉广画物成形的传闻如此感兴趣的一个重要原因。他看了廉广的画，差点笑出声来，赵县尉见李县令面露轻蔑之色，也撇着嘴对廉广说道：“廉先生，你画的这是什么呀？”

廉广红着脸说：“我画的是两……两军……对垒……”

李县令和赵县尉哈哈大笑起来。李县令指着画笑得上气不接下气:“你这是两军对垒?你画的是鬼军对垒吧?”

廉广的脸更红了。李县令正笑着,突然脸上的表情凝固了,目光直直地盯向墙上的画,赵县尉不明就里,随着他望去,顿时也惊得瞪大了眼睛,他们在两面墙之间看来看去,神情越来越惊恐。只见那墙上的士兵一个接一个地跨出了墙面,站在地上,个个面如鬼怪,龇牙咧嘴,目露凶光,还发出低沉的咆哮声。两面墙下来的士兵相向而行,一方举着长矛,一方举着盾牌,彼此越来越逼近,眼看就要打起来了。

“鬼兵……”李县令喃喃自语,额角上冒出一层冷汗,“这真的是鬼兵啊!”赵县尉已经钻进桌底,抱着脑袋,光顾着发抖,出不了声。

廉广抱歉地说道:“两位大人,我是真的不会画画,画得不好……不小心画成鬼了……”

李县令嗷地一声撒腿跑了出去,赵县尉从桌子下面爬出来,紧随其后逃之夭夭。大堂上只剩下廉广和两伙画出来的“鬼兵”。那些鬼兵们很快走到一处,开始厮杀,堂上刀兵铿锵,血肉横飞,乱作一团,不一会儿就分出了胜负,拿盾牌的士兵拖着同伴的尸体,狂奔回到了东墙上,拿长矛的士兵乘胜追击,也追进了东墙,在墙面上,两边士兵还在继续打斗。

躲在一边观望的廉广这时赶紧跑到东墙前,提笔画了一个大笼子,把所有的士兵都圈在笼子里,这才慌忙逃离了县衙。

廉广知道中都县待不下去了。他回到家,急忙收拾行李,带着家人又踏上了逃亡之路。他逃到了下邳郡,忐忑不安地藏身在郡城中。

过一段时间，中都县发生的事终于传到了下邳郡，街头巷尾议论纷纷，说一个叫廉广的神人在中都县衙墙上画了两队鬼兵，鬼兵跑出来交战，把县衙都打烂了，中都县令命人将画着鬼兵的墙铲掉一层，毁了墙上的画，这才平息了祸事。下邳郡守对这个传闻非常好奇。他不知从何处得知这个叫廉广的神人就在本地，便到处寻访，终于找到了廉广，把他叫到郡守府，也让他画一幅画。

廉广这次说什么也不肯画，他对郡守苦苦哀求道："大人，我真的不会画画，平日不过是借助神赐之物，画点钱粮，贴补一下生计而已。我若是画活物，必定作妖，您就饶了我吧。"郡守满不在乎地说道："你画鬼兵，当然会作妖啦，你画点祥和的东西不就没事了吗？这样吧，你画个龙。"廉广都快哭了，但郡守不依不饶，非要他在郡守府墙上画龙。不得已，廉广只好在墙上草草画了条龙，刚画完，只见满室乌云翻涌，电闪雷鸣，龙脱出墙壁，破窗而去。随后，下邳郡全境一刻不停地下起了大雨，连下了好几天，各处山洪暴发，水淹城池，惨不忍睹。

郡守大怒，逼令廉广终止大雨，但廉广只有画物成形的本事，别的都不会，根本无计可施，郡守更生气了，把廉广关进了大牢，说他行妖法，要处死他。廉广在牢里越想越伤心，哭着祈祷神灵救命。夜里，他在睡梦中又见到了当初遇见的山中人。那人对他说道："你用我给你的笔画一只巨鸟，就可以逃生了。"廉广一觉醒来，天已经蒙蒙亮，他忙用笔在墙上画了一只很大的鸟，鸟从墙上跳下，廉广骑了上去，喝了一声"飞"，大鸟双翅一振，带着廉广直冲云霄，向泰山的方向飞去。

大鸟飞到泰山，盘旋而下。廉广看到那个山中人正站在山巅，对他招手示意。鸟落在那人面前，那人笑着说：“我是泰山神，当初赠你神笔，只是看你生性纯良，没有贪婪之心，想赐给你一些福运，没想到，却让你遭遇了这么多灾祸，是我考虑不周。不过，还要怪你自己，没能保守住神笔的秘密。事到如今，我也不给你找麻烦了。你把笔还给我，回去做一个普通人吧。”廉广忙将怀中的神笔拿出来，双手捧给泰山神，泰山神取了笔，又一次在他面前融化成一股轻烟，消失了。廉广望空拜了三拜，一身轻松地走下山去。

廉广从此不能画物成形。他仍然喜欢画画，只是闲来无事画着玩，消遣时光。他觉得这样的生活快活得多，想画就画，再也不用躲着人了。

至于下邳郡的大雨，廉广交还神笔的那一刻，他画出来的龙便化作一团泥浆，从天上坠落地面，雨也应声而止。

（本故事改编自唐代李隐《大唐奇事·廉广》）

灶王爷是哪位爷

灶君、灶神，道教尊为“司命菩萨”“灶君司命”，是我国传统家宅保护神之一。对一个家庭来说，灶神是非常重要的。他平时保佑全家大小平安，过年的时候上天对玉帝报告一家人一年中的善恶功过，玉帝会根据他的汇报，直接调整这家人的来年运气，好事做得多，福气就大，坏事做得多，也就多灾多难。所以，老百姓对灶神是又敬又怕，心里觉得甚为亲切，又时时处处怕得罪了他，感觉就像是家中一位严厉而慈爱的长辈，都敬他一声“灶王爷”。

说起这位灶王爷，在中原地区，还流传着一个催人泪下的故事呢。

传说古时候，在今天的河南固始县的桑河畔，有一个郭家庄，郭家庄里有个年轻美丽的姑娘，名叫郭丁香。丁香姑娘不但有着花容月貌，而且心灵手巧，吃苦耐劳，不管是家务还是农活，样样都做得特别好，村子里没有人不夸她的。

丁香十八岁的时候，家里为她张罗婚事，说媒的踏破门槛，求亲的堵住了大门，闹得郭家不得安宁。丁香的父母都是老实人，被这些人折腾得心神不宁，就稀里糊涂应了一桩婚事，把丁香许配给了北山洼张家的儿子张万良。

这张家自称家财万贯，儿子知书达理，说丁香嫁过去肯定享福。丁香对这个张万良一无所知，只好偷偷祈求老天爷保佑自己能嫁一个有情有义的郎君，不求锦衣玉食，但求夫妻恩爱。

很快到了成亲的日子，丁香被一顶花轿抬到了张家，热热闹闹地拜了堂。洞房花烛夜过后不到三天，她就知道自己被骗了。张家根本没有什么家财万贯，穷得叮当响，家里只有张万良和他母亲两个人。那张万良也不是什么识文断字的读书人，他大字不识一箩，种田本事更差，人又懒又浪荡，每天睡到日上三竿都起不来，更别说干活了。

丁香失望至极，可是她已经嫁到这里来了，也就只能硬着头皮跟张万良过下去。她看家里没有田地，就劝张万良跟她一起去开荒，可是张万良却说："为了能风风光光地娶你进门，我家已经把所有的积蓄花了个精光，现在一个铜板都没有，拿什么去买锄头和犁铧来开荒？别说笑了。"

丁香听他这么说，便拿出自己陪嫁的首饰说道："你别泄气，你看，我这些金簪子银钗子，既不能充饥也不能取暖，留着也没有用。我们把它们卖了，不就有钱了吗？"

张万良见妻子连压箱底的嫁妆都拿了出来，也不好再推脱。两人卖了首饰买了几样农具，就上山去开荒了。荒地常年板结，泥土极硬，每锄一下，握着锄把的手都震得火辣辣地疼，没干几天，两人手上就长满了血泡。

张万良哪儿受得了这个苦，找了个借口钻进旁边的小树林就躺下，再也不肯拿锄头了。只有丁香一个人，坚持不懈地把荒地都翻耕了一遍，种上了庄稼。她还觉得不够，又种了一片桑林，养了好些牲畜，整天不是在田里忙种忙收，就是在家里喂蚕、喂猪、喂鸡、喂鸭。

就这样过了三年，丁香起五更睡半夜，里里外外忙活，把家操持得有模有样，张家日子也宽裕了。可是张万良却一点没有长进，整天在外面闲逛，把妻子挣的钱都花在赌场青楼里。他仍不满足，还总嫌丁香配不上他，老想再找个知情识趣的女人，一起快活。有一天，他去姑妈家拜寿，遇见外号“花花二海棠”的表妹妙香，两人臭味相投，就这么勾搭上了。

自从有了外遇，他回家看丁香就怎么都不顺眼，不是打就是骂，最后，写了一纸休书，要把丁香休了。丁香和婆婆都哭求张万良不要休妻，可是张万良王八吃秤砣，铁了心要把家拆散，看这婆媳二人都哭得泪人一样，也不为所动，干脆抢过老母亲的拐杖，毫不留情地把丁香打出了家门。

无辜被弃的丁香痛不欲生地在山野里走着，前路茫茫，不知道该往哪里去，越想越伤心，恨不能跳进桑河，一了百了。这时，天快黑了，她看到路边有座亮灯的房子，就上前敲门。门一开，里面出来一个慈眉善目的老太太，一看郭丁香这副憔悴的样子，忙问道：“姑娘，你这是怎么了？”丁香含泪说道：“大娘，我是北山洼张家的媳妇郭丁香，我丈夫变了心，把我休了，我没有脸面回娘家，眼看天要黑了，你能不能收留我一晚？”

这户人家姓范，家里也只有老太太和儿子两个人。范老太太连忙把丁香拉进门来：“可怜的孩子，你要是没地方去，就在这儿安心住吧。”

范老太太的儿子范二郎与丁香年纪相似，还没娶妻，他看见丁香，心里很喜欢。听说丁香被丈夫休了，他便爽快地问道：“丁香姑娘，你愿意跟我过吗？”丁香一愣，再看这小伙子，长得斯文俊秀，说话和和气气，是个好人，点点头就答应了。

从此，丁香就和范二郎成了夫妻，两人都很勤快能干，很快就发了家，过上了小康的日子。

又过了三年，丁香生了一个儿子。办满月酒那天，来贺喜的客人络绎不绝，范家的酒席摆了好几桌，还有好多附近的叫花子上门来道喜讨钱。丁香正在家门口忙着招呼大家吃喝，一个叫花子走了过来，朝她连连鞠躬说道：“恭喜奶奶，贺喜奶奶，今天是您家小少爷满月，您大喜之日，行行好赏我一口饭吃吧！”

丁香觉得这人有点眼熟，仔细一看，这不就是自己的前夫张万良吗？只见他头戴一顶破毡帽，身上的衣服都成了碎布条，一手拄着一根打狗棍，一手勾着一个柳条筐，头发脏得打着绺，没穿鞋的脚丫子黑得看不出本色，人瘦得都没形了。丁香心想，自己在张家时给他置下了不少家业，才不过三年，怎么他变得这么落魄？

她发现张万良并没有认出自己，就说道：“那你跟我到厨房来吧，我给你找点吃的。”张万良千恩万谢，点头哈腰，跟着丁香来到厨房。他蹲在灶台边，看丁香点火给他煮面，越看越觉得这位“奶奶”似乎在哪里见过。

丁香做好了面，递给他：“吃吧。”

张万良无暇多想，端过面风卷残云一般吃起来。

丁香站在一旁，看他吃相，大概饿了好几天了。她问道："你是哪里人？"

张万良趁着抹嘴的功夫答道："回奶奶，我家住北山洼。"

"姓什么呀？"

"姓张。"

"北山洼的张家不是挺富裕的吗？你怎么落到这步田地了？"

"咳，奶奶听我慢慢道来。我家本来是挺好的，家里有好多地，都是我的前妻郭丁香开荒开出来的，也有好多牲口，都是我的前妻郭丁香从小崽一点点养起来的。后来……我鬼迷心窍，看上了我的表妹'花花二海棠'，就把郭丁香给休了，娶了'二海棠'进门。那'二海棠'好吃懒做，不干活光花钱，家里钱粮都被她差不多败光了，她还不知悔改，半夜起来炖肉吃，又不知道看火，灶里的火星燎着了柴堆，发了场大火，家全烧没了，我老娘和'二海棠'都被烧死，就剩下我一个人，到处乞讨，这不听说奶奶家里小少爷过满月，我就想来讨点吃的，实话跟奶奶说吧，我都忘了自己几天没吃饭，眼看快饿死了……"

丁香手里紧紧捏着一根烧火棍，本想像他当年打自己那样把他打出去，听他这么说，手一松，把烧火棍放下了，叹了口气说道："张万良呀张万良，你休郭丁香的时候，可曾想过有朝一日，坐在她家灶台边，一声一声赶着叫她'奶奶'？"

张万良愣住了，他抬起头看着丁香，终于认出了她，脸上露出羞愧的神情，光张嘴说不出话。他眼前好像又看见自己是怎么举着老母的拐杖，一下一下狠狠打在泣不成声的丁香身上，把她生生赶出家门的。那时丁香苦苦哀求的声音，被打得连连惨叫的声音，又回荡在耳边，震得他头疼欲裂，胸口也一阵阵剧痛，就好像有把磨得雪亮的刀子，一刀刀直戳他的心。这时他才知道什么叫报应。

张万良左右看看，这厨房里没处躲没处藏，就看见火光熊熊的灶门开着，他一咬牙，一跺脚，脑袋冲着灶门就冲了过去，钻进了灶火里。丁香惊叫一声扑上去想拉住他，可已经来不及了，火焰完全吞噬了张万良。她只抓到了他身上的一片碎布，还有一条腿。

张万良死后，到了玉帝跟前，玉帝也敬他以死谢罪的勇气，决定封他为神。他是在灶台里烧死的，于是就封他为灶神。丁香扯出来的那块布，成了擦灶台的抹布，那条腿，成了掏火的通条。这两样东西，都是后世灶上必备的物件。

（本故事改编自相关民间故事）

秦女弄玉

春秋时期，秦国的国君秦穆公是春秋五霸之一，他在秦国的历史上，也是著名的比较贤明的君主。

历史记载，秦穆公有五个女儿，都被他以政治联姻的目的嫁给了晋国的晋文公。这五个女儿中，以妻子身份出嫁的怀嬴，为了实现父亲与晋国巩固关系的心愿，甚至嫁了两次，第一次嫁给在秦国做人质的晋国公子圉。后来圉逃回晋国，就与怀嬴分离了。第二次，秦穆公又把怀嬴嫁给了在秦国流亡的晋国公子重耳。重耳是圉的叔父，也就是说，秦穆公不惜让自己的女儿先嫁侄儿再嫁叔父，一定要她成为晋国王后。秦穆公的目的确实是达到了。重耳后来在秦国的扶持下归国，打败了圉，登基为王，他就是春秋五霸之首晋文公。怀嬴也被重耳亲自迎娶入晋。有个成语“秦晋之好”，指婚姻关系，就是出自秦晋联姻的典故。

不过，在民间传说中，秦穆公还有一个女儿，没有嫁晋国公子，也没有嫁别的什么王侯公子，而是嫁给了一个平民百姓。秦穆公的这个女儿名叫弄玉，她美丽聪慧，喜爱音律，尤其擅长吹奏一种叫箫的乐器。那个时候的箫与现在有些不同，并非单管，而是很多箫管联排在一起，也就相当于我们现在所说的排箫。古箫大的有二十四根管，小的有十六根管，形状很像展翅的凤凰。弄玉吹箫的水平，在秦国无人能及，能够与她合奏的人根本就找不到。这让弄玉有些惆怅，一个人吹箫，吹得再美，也只有一重旋律，显得很孤单。

秦穆公了解了女儿的心思，便暗中派人出去打探，看哪里有同样擅长吹箫的人。不久，去打探的人回来报告说，在国都的集市上，有这么一个人，每天吹着箫飘然来去，他这箫声与众不同，不吹乐曲，吹的是鸟雀之声，惟妙惟肖。别人问他吹的是什么鸟的叫声，他说，这是鸾凤和鸣的声音。

秦穆公觉得这个人挺有意思，竟然说自己能用箫吹奏出鸾凤的鸣声？可是谁见过鸾凤呢？更不用说听过鸾凤是怎么叫的了。这人怕不是在胡说八道吹大牛吧？

出于好奇，秦穆公便让人去把这个吹箫的人带到宫里来。此人名叫萧史，看起来也就二十多岁，长得清秀挺拔，气质十分不凡，面对国君没有一丝畏缩的神色，特别从容。秦穆公一见他，就从心底里觉得喜欢。他和颜悦色地问道："萧先生，听说你身怀绝技，吹箫能作鸾凤之声？"

萧史微笑着回答："不敢，并非什么绝技，只是雕虫小技罢了。"

"寡人还没听过鸾凤如何鸣叫呢，先生能不能为寡人吹上几声，让寡人也长长见识呢？"

萧史从袖子里拿出箫，躬身说道："遵命。"随即吹了起来。说来也奇怪，他吹的确实不是乐曲，可不知为什么，听在耳中却优美无比，轻柔的啁啾声与高亢的嗥鸣声穿插出现，仿佛在朝堂上展开了一幅画卷：蓝天中，如丝如缕的云彩随风飘拂，成群的大雁凌空而过，一行行白鹭扶摇直上；大地上，到处是摇曳的绿树和野花，树枝花丛间，俏丽的莺燕展翅穿梭，清脆悦耳的啼声随着它们活泼的身影四处播撒，忽而在此，忽而在彼。

突然，几只白色仙鹤从天而降，落在了庭前，挥动翅膀跳起了舞，秦穆公揉了揉眼睛，确信自己没有眼花，也不是幻觉，这是真的仙鹤，而且真的在跳舞，他正在疑惑，又有几只翠绿的孔雀飞来，也落于庭前，齐刷刷展开了华美的雀屏，人们被这景象震撼了，一回过神来，都激动地鼓掌喝彩："太美了！太美了！"

萧史放下手中的箫，箫声一停止，仙鹤与孔雀便飞了起来，绕着庭院转了几圈，好像在向秦穆王致意，随后飞向远处的青山，消失不见了。

秦穆王好久都说不出话，过了一会儿，他站起身走到萧史面前，上下端详。萧史自从进了宫，一直都很淡然，这会也被他看得有些不好意思。秦穆公问道："萧先生可有家人？"

萧史摇头说道："在这世间，我是孤身一人。"

"那可有婚约？"

萧史一愣："没有。"

"太好了！"秦穆公一把拉住他的手，"萧先生，实不相瞒，寡人小女弄玉喜爱吹箫之艺，已经到了痴迷的境地，我为了她的终身大事，都快愁死了，先生如果不嫌弃，我想为小女求个亲。"

萧史沉默了一会儿，说道："大王，我只是一个山野村夫，与国君之女岂能匹配？"

秦穆王摆摆手："萧先生，我看得出，你绝不是一个普通人，小女嫁你，那是高攀了。萧先生，你现在就在我秦国的国土上，若你不肯娶我的女儿，只怕你永远也走不出秦国。"

萧史看着秦穆公，好像在想什么，片刻后他便笑着说："既然大王如此垂爱，小民不敢回绝了。"

秦穆公一拍手："那就这么说定了，我这就为你们准备婚事！"

几天后，萧史和弄玉就举行了婚礼。弄玉没想到，父王会突然把自己嫁给一个从民间找来的男人。再怎么说自己也是国君之女，别说她现在并不想嫁人，就是嫁人，怎么也应该嫁给一个士大夫吧？这个萧史，听说就是会学几声鸟叫，他有什么资格跟王女结婚？然而她无力反抗父王的决定，哭了一场，只得委委屈屈地做了新娘。

洞房之夜，萧史看着神情低落、久久无语的弄玉，说道："我知道你并不愿意嫁给我。你父王只是因为看到我吹箫能招来白鹤孔雀，认为我是神仙，希望有朝一日能用上我的'法力'，才让我娶你。"

弄玉惊讶地问："那你是神仙吗？"

萧史说道："我不过是喜欢鸟、愿意与鸟做朋友罢了。"

"与鸟做朋友？人和鸟怎么做朋友？"

"万物有灵，人也不见得就比鸟尊贵，为什么不能做朋友呢？我听说你很喜欢吹箫。可你知道箫这种乐器，是如何来的？"

"如何来的？"

"天地之间，时节流转，光风雨雪，生死轮回，这一切，都是音乐。人们把芦管截成长长短短，插在土中，地气一动，便会吹奏出不同的旋律，告诉我们季节变化，这就是箫管之源。音律本于自然，也必然归于自然。最美好的乐声，就是自然的声音。"

弄玉听着萧史娓娓而谈，心中对他的戒备也渐渐消除了，她问道："你说自然的声音，是你吹出来的鸟鸣声吗？"萧史笑道："自然何其之大，又岂止于鸟鸣。"他从袖中拿出了箫，放在唇边轻轻吹起来，弄玉听出来了，他吹的是风声，一阵微风，一阵疾风，一阵携雨而来，一阵吹散花香；接着，他又吹起了流水声，溪水潺潺，河水泱泱，激流出山，平潮入海……高山，汪洋，草原，旷野，种种景色都在这箫声中浮现。弄玉情不自禁也拿起了自己的箫，配合着萧史的箫声吹出了优美的乐曲。

两人合奏的乐声飘出窗外，在秦王的宫殿间回旋，宫人们都停下手中的活计，凝神静听。秦穆王也听到了，他站在阑干边，望着女儿的闺房，心中想道："这个萧史一定不是凡人，他的箫声必有玄妙，如果他能帮我引来神兽灵禽，最好是龙，还有凤凰，那诸侯之中，谁还能比我更有底气说自己是仁德之君、天选的霸主！"这么一想，秦穆公不禁得意地笑了起来。

不久，秦穆公为弄玉夫妇修建了一座高耸入云、依山而立的凤台，让他们住在里面。萧史和弄玉的感情日渐深厚，弄玉向萧史虚心地学习吹箫技艺，慢慢地也掌握了吹出各种自然界声音的技巧。他们将这些声音融合在乐曲中，吹出来的和音宛如天籁。秦国人都以聚集在凤台下听他们夫妇吹奏箫曲为赏心乐事。

就这样过了十几年，虽然萧史和弄玉吹箫的时候，各种飞禽走兽都会聚集在凤台上啼叫舞蹈，但龙凤却不曾来过。秦穆公终于有些等不及了，诸侯再次会盟即将到来，晋国的晋文公已经当了多年霸主，无论如何，这次秦穆公也想要取而代之。他来到凤台，径直问萧史是否能用箫声招引来龙和凤，让天下人看一看秦国是多么强盛，能得到至高的神兽与灵禽的青睐。

萧史没有说能，也没有说不能，他沉吟片刻说道："大王，实不相瞒，萧史的确不是凡人，数百年前，我被一条金龙和一只彩凤送到了这里。那金龙和彩凤教给我一段音律，对我说，如果我想回到我自己的世界去，就用箫吹出这段音律，它们便会来接我。"

秦穆公听了大喜："我就知道，萧先生是仙人！那还等什么，你赶紧吹呀！"

萧史迟疑着说道："大王，我与弄玉成婚多年，情深意笃，如果我走了……"

秦穆公拦住他的话头说道："萧先生请放心，你走之后，弄玉我一定会好好照顾的，她是我的女儿，我绝对不会让她受苦，哦，你要是不乐意她移情别恋，我回头就把这凤台锁上，让她一辈子下不来，那就万无一失了。"

萧史怔住了，半天才说："大王，我不是这个意思，我是说，如果我走了，请您一定要找一个善良可靠的人娶弄玉为妻。"

秦穆公很意外，他握住萧史的手，用力晃着说道："我会的！"

这天晚上，萧史和弄玉照常坐在凤台上，仰望着天上的星河。萧史对弄玉说道："我教你吹的鸾凤声，你学会了吗？"弄玉点头笑道："早就学会了。"

"好，今日，我再教你一曲龙吟声。"

"龙吟？从未听你吹过啊。"

“我吹响龙吟之后，就会有龙凤从天而来。”

“龙凤？”

“它们是来接我的。”

弄玉愣住了：“你是说……你要走了？”

“我对你说过，时节流转，生死轮回，这些都是音乐，弄玉，我本是天地精灵，不知悲不知喜，只为体验人间音律中的情感而来，无意中与你成就夫妻因缘，现在一曲终了，因缘已尽，我该走了。”

弄玉不禁泪如泉涌：“难道你不留恋我吗？”

“我当然留恋你，不然我也不会现在才吹这曲龙吟，”萧史握住弄玉的手，深情地说，“但是我必须走了。这里有情，可也有太多的机谋算计，不是我应该停留的地方。”

说着，萧史拿起箫，吹响了一声呼啸，这一声无比清越，仿佛把四围的高山密林都吹得起伏飘动了起来。随着他一声接一声的吹奏，原本晴朗无云的夜空，涌起了一股股浓云。浓云遮蔽了半边天空，另一边则依旧晴空万里，明月高悬。

不一会儿，从云层遮蔽的一边天空，飞来了一条闪着金光的龙，而从明月朗照的一边天空，飞来了一只彩羽凤凰，一龙一凤飞到一起，相互盘旋着缓缓落下，悬停在凤台顶上。龙凤齐声说道：“萧史，人间一程，是悲是喜？”

萧史站起来，躬身施礼：“悲喜俱在心中。”

“你决定重归天地了吗？”

“决定了。”

金龙闻言，飞到他身边伏下。萧史翻身坐上龙背，回身望着弄玉。金龙腾空而起，彩凤紧紧尾随，它们带着萧史，很快就飞入云中，那片浓云翻滚消散，一切归于寂静。

弄玉在原地呆呆地站了片刻，倒在地上号啕大哭起来。

此刻，在凤台下，挤挤挨挨地站满了秦穆公召集来观看龙凤降临的秦人。有贵族，有平民，有别国的使臣，这些人都亲眼见证了金龙彩凤翔舞于凤台的景象，正欢声雷动不能自已，他们的呼叫嚣闹声，完全掩盖了凤台顶上弄玉的悲泣。

秦国有龙凤飞临的消息，很快传遍了诸侯国，传到了周天子耳中。周天子很高兴，下旨赐给秦穆公一面金鼓，许他西向称霸，与东部霸主晋文公成相持之势。

秦人传说，龙凤飞来的那天晚上，萧史和弄玉各乘龙凤，都升天而去了。秦穆公对这种说法未置可否，他闭锁了凤台，并在国都边上另造了一座凤女祠。凤女祠中，时常有美妙的箫声传出，但是谁吹的，没有人知道。

时光流逝，一千多年过去了。唐文宗太和年间，一位名叫沈亚之的诗人写了一篇文章，叫作《秦梦记》。在这篇文章里，沈亚之记录了自己在长安城外一家客栈里做的一个梦。

那是春天时候，当时他正在午睡，梦见自己穿越到了春秋时的秦国。他在那里认识了内史廖，廖向秦穆公推荐了他。秦穆公问他如何使国家强大起来，他回答得头头是道，秦穆公非常满意，重用了他。之后他为秦国立下了不少功劳。为了表示对他的欣赏，并留住他为自己效力，秦穆公要招他做女婿。沈亚之推辞不过，只好答应。

沈亚之娶到的公主，正是丈夫萧史已经离去的弄玉，秦国民间都叫她“萧家公主”。弄玉美如天仙，但很忧郁。她没有别的爱好，只喜欢吹凤箫，每次她登上宫殿的高台吹起乐曲时，乐声能传出很远很远，听到的人都觉得莫名悲伤，痛彻心神，甚至于浑身都失去力气。

沈亚之对弄玉很好，弄玉对他也并不讨厌，还会将他赠送的饰物系在自己的裙带上。但他们成婚两年，弄玉就去世了。死时身体上没有疾病，不知因何而死。弄玉死后，沈亚之伤心得大病了一场，很久才好。秦穆公说，看到他就会想起女儿，心里难受，便放他走了。沈亚之走到函谷关，送他的秦吏对他说："您在秦国的命数就到这里了，您去吧。"沈亚之刚想跟他道个别，便猛然惊醒，发现自己仍躺在客栈的床上。

沈亚之对这个梦念念不忘。他向一个熟悉历史典故的朋友讲起此事，朋友说，那家客栈就在古代秦国的橐泉宫遗址旁边，秦穆公正是葬于此处。可是，传说弄玉已经成仙，为什么在沈亚之的梦中却仍在人间，还死去了呢？他也百思不得其解。

（本故事改编自西汉刘向《列仙传》、唐代沈亚之《秦梦记》）

猴幻少年

某年，长安街头出现了一个衣衫褴褛的和尚，整天沿街叫卖一只小猴子。他这猴子倒也稀奇，能听从人的命令，指什么拿什么，灵性十足。这桩奇闻很快就传遍了长安。杨贵妃的姐姐虢国夫人听说了这件事，十分好奇，急忙派人把和尚和猴子都带到了自己的府里，细问他们的来历。

和尚回答道："贫僧在西蜀大山中住了二十多年。这小猴子就是山中偶得。有一天，一群猿猴从我住处路过，不知道什么缘故把这小猴子扔下了。我看它可怜，收养了下来，到现在也养了有半年了。我这小猴子聪明伶俐，天生听得懂人言，你让它做什么，它就做什么，在我身边跟一个徒弟也没什么差别。要不是我这次出门，刚到长安就把盘缠花完了，没钱回去，我还真舍不得卖呢！"

虢国夫人听了他的话，半信半疑，想试试这小猴，便招手叫小猴子过来，小猴子果然乖乖地走到她面前，蹲下身仰头，大眼睛眨巴眨巴地望着她。虢国夫人一看它这乖巧的小模样就被迷住了，对和尚说："我买下你的小猴子，给你五匹丝帛，你拿去换钱吧。"古时候丝织品是很贵的，五匹丝帛价值连城，皇帝赏赐自己最器重的大臣，出手也不过如此。和尚喜出望外，扛上丝帛，留下小猴子，千恩万谢地走了。

从此，小猴子就成了虢国夫人的新宠。她没事就抱着这小猴子逗弄，还叫它"宝宝"，走到哪儿带到哪儿，朝夕不离。喂养的食物更不用说，全是山珍海味，把个原本骨瘦如柴的小猴子养得油光水滑，小猴脸胖乎乎的，再穿上一身华丽的小衣服，谁看谁喜欢。

就这样过了半年，有一天，杨贵妃送了虢国夫人一株芝草，说是从蜀地进贡来的千年紫芝，采于大山深处，世间罕见，有仙气儿。虢国夫人得了这株宝贝，兴高采烈地回到府中，第一个就拿给小猴看，还对小猴说："这紫芝也是深山灵物，跟你一样呢！"没有想到，小猴乍一见到灵芝，好像突然间中了邪，手足颤动，直翻白眼，吱吱叫了两声之后，就倒在地上一动不动了。

这可把大家吓坏了。虢国夫人把芝草一抛，上前抱起小猴哭喊："宝宝！宝宝！你怎么了？快醒醒，可别吓我呀！"侍女们也都围上前来，跟着连哭带嚷呼唤小猴。

这时，奇怪的事情发生了，虢国夫人怀中的小猴慢慢地褪去了满脸满身的黄毛，尖耳朵长尾巴都消失了，头上长出了黑色长发，面庞上显现出清晰如画的眉目五官，分明变成了一个俊美的少年！虢国夫人和一众侍女都惊叫起来，慌忙把他放下，纷纷退避数步，紧张地盯着他看。过了片刻，躺在地上的少年扭动了几下，从地上坐起来，懵懂地打量周围。他看到虢国夫人，好像想起了什么，忙

起身跪拜道："夫人莫怕，我不是妖怪！"

虢国夫人哆哆嗦嗦地叱道："你……你刚才还是猴子，这会儿又变成人，如此诡异，还敢说自己不是妖怪！说，你是……是什么东西?！来到此处想干什么?！"

少年说："我本姓袁，跟随父亲在蜀山中采药三年，认得了那个卖我的和尚。那个和尚经常偷偷拿一种不知名的药草给我吃，我自幼有个怪癖，最喜欢吃药，因此都吃了下去，没想到，过了一段时间，我全身奇痒，遍体生出黄毛，手脚也变成猴爪，还长出了长尾巴，也说不出话来了，竟化为了一只猿猴。我父亲见此情景，大为恐惧，弃我而逃。那个和尚把我收养在他的庙里，命我做这做那，我只得听从他。不久后，他带着我千里迢迢来到长安，一进城就把我给卖了，这才到了您的府中。现在想来，我变成猴子，就是被他施药所害。我身为猿猴，无法言语，每每想对您说出实情，都无法办到。没想到，今天您无意中用这千年紫芝解了我身上的药毒，将我变回人身。我还想留在夫人身边侍奉，就不知夫人尊意如何?"

虢国夫人听他这番话，觉得入情入理，没有什么可疑之处，也就不再害怕了。只是小猴已经变成人，就不能再当宠物养，于是，她给那少年照着十四五岁男孩子的模样梳洗打扮起来，让他做了自己的贴身侍从，依然与他形影不离，对他宠爱不减。

又过了三年时间，少年长大了，从一个漂亮的小男孩，长成了一个帅气的小伙子，在虢国夫人的侍从里显得特别引人瞩目。好几次，虢国夫人带着他去见杨贵妃，都发现杨贵妃目不转睛地盯着他看。

虢国夫人开始担心起来，怕杨贵妃或是其他贵妇人把这个少年从自己身边夺走，思来想去，她决定藏起他来再也不给别人看了。于是，她把少年关在一个小屋里，不准他出去。因为这少年嗜好吃药，不喜欢吃饭，所以虢国夫人又命一个婢女专门为他送药。

不料，她最不愿意看到的事还是发生了。那送药的婢女性情温柔，与少年年貌相仿，两人每天都见面，彼此逐渐有了爱慕之情，常常趁着送药之机幽会。有好事之徒便将此事告到虢国夫人那里，虢国夫人勃然大怒，带着侍卫到少年所居的小屋问罪，意外地发现屋子里一个人影都没有，婢女和少年都不在，只有两只成年猿猴，依偎着蹲踞在屋梁上，一边互相撩着毛，一边似笑非笑地看着虢国夫人。

虢国夫人被这两只猿猴看得心里直发瘆，她一挥手："给我把这两个畜生射下来！"侍卫们应声拈弓搭箭，一阵弓弦鸣响之后，两只猿猴身中数箭，唧唧哇哇地惨叫着从梁上掉了下来，只听见"咚""咚"两声，重重地砸在地面上。

虢国夫人心跳如捣，勉强上前几步一看，不由得惊呼道："啊！妖孽！"

原来那落在地上的既不是人也不是猴，却是两截枯朽的木头。

（本故事改编自唐代李隐《大唐奇事·虢国夫人》）

崂山道士

某地有一个姓王的书生，兄弟排行第七，所以人们都叫他王七。这个王七原本也是个世家子弟，后来出于各种原因，家道中落了，他就从名门贵公子，变成了一个普普通通的老百姓。但这王七有个优点，他对世间名利非常淡泊，虽然是落魄了，自己倒很看得开，一点都没有要重振家声的意思。从小到大，王七只对一件事情感兴趣，那就是得道成仙；他平生也只有一个梦想——去修仙圣地崂山拜师求道。

有一年，王七终于做了决定，要抛家别舍去崂山寻仙拜师。妻子孩子哭得泪人一样，王七宽慰说："你们不要伤心了，我此番又不是出家，只是去学艺，等我得道成仙了，自然就回来了。"

妻子抽抽搭搭地说道："没听说过有人成了仙还能回来的。再说，世人都说天上一日地下一年，你要是真的做了神仙，就是回来，我们也都不在了……"

王七一想，妻子说的也有几分道理，可是好不容易下的决心，说不去就不去他也不甘心。一咬牙一跺脚，王七把装行李的包袱往背上一甩，转身就走了。

到了崂山，爬上山顶，王七看到了一座道观。道观在深林掩映之中，显得十分幽静神秘。王七想："这一看就是神仙住的地方。"再往里走，进了道观大门，庭院中一位老道长正在打坐，只见他披着一头雪白长发，脸色红润，神情爽朗，气质仪态都不像是凡俗中人。

王七上前向老道长施礼问好，老道长看王七是个生面孔，客客气气地回了礼，两人便攀谈起来。

王七和老道长聊了一会，听他言语玄妙，愈发认定自己遇到了世外高人，当即趴下来磕头，要求拜师。老道长看了看他，为难地说："到我这里来拜师的人，走的比留下的多，就因为学道太苦了。我怕你也受不了。"

王七斩钉截铁地说："我什么苦都受得了！绝对不会半途而废！道长收下我吧！"

老道长没有再说什么，起身高声命人撞钟，集合观里所有的弟子。不一会儿，庭院里就聚集了几十个年轻的道士。老道长对王七说道："你既来求道，我也不能随意拒之门外，你先在观中住下吧，做些粗活，以观其诚。"他让王七去跟其他人打个招呼，王七忙来到弟子们面前，口称师兄，认真地一一揖拜。一个道士笑着说道："你先不要叫师兄了，谁知道你能在这里待多久？"

王七有点不服气："我来都来了，还不得学成了神仙才能罢休？"

大家哄笑道："你呀，真以为成仙很容易呢？明天一早，你就知道厉害了。”

“明天一早？”王七不太明白，“明天一早会怎么样？”

第二天天还黑着，王七就被叫醒了，他迷迷糊糊睁开眼，看到屋子里所有人都已经穿戴整齐，围着他站着，每人手里握着一把明晃晃的斧头，齐齐盯住他看。王七吓得一激灵，坐了起来：“你们……你们要干什么？”

领头的小道士把握着斧头的手一扬，斧头便朝王七飞了过去。王七吓得一抱头，却觉得手中多了什么东西，拿到眼前一看，原来飞过来的斧子已经被他握住了。他还没来得及问，便被众人拉出了门，黑暗中有人塞给他一根扁担一捆麻绳，对他说：“砍足满满两担柴才能回来，别偷懒！”

王七这才知道，原来大家这么早起来是要去砍柴。他是个书生，虽说家境已经不如从前富裕，但还算小康，他在家从来都没干过这种活，也不会干。无奈之下，他只得跟着众弟子们上了山，看别人都怎么干，照着学。

砍柴看着简单，实则需要很多技巧，挑选寻找合适的枝条就已经很难，要把它们砍下来再捆成捆，再用扁担挑着，从崎岖的山路上走回去，简直难上加难。干了一天，王七只攒了一小把树枝，就这么点柴，挑在肩上，还是把他疼得龇牙咧嘴，摔得屁滚尿流。

接下来的一个月，王七天天都如此，天不亮就上山，砍柴砍到夕阳西下，饿了啃两口干粮，渴了只能喝山间泉水，更不用说蚊虫叮咬，咬得他浑身起包，红肿溃烂，一挠就是一个滋滋冒血的大肉坑。至于手脚上、肩膀上的血泡，更是惨不忍睹了，层层叠叠，磨破了又长起来，最后都变成了厚厚的硬茧。

王七哪里吃过这样的苦头，心里暗暗地开始后悔。原本以为学道不过就是打打坐讲讲经，没事盘腿坐在山顶上俯仰呼吸，吐纳一下天地灵气，谁能想得到要披星戴月天天砍柴呢？他在家里有吃有喝，舒舒服服，干嘛鬼迷心窍到这里来受这罪？

王七这么想着想着，就起了要回家的心思。不过他还有点犹豫。什么都没学到就下山，白砍了那么多柴不说，回去还不得被老婆笑死？

就在王七徘徊摇摆，不知该走还是该留时，他终于有机会见识了神仙和仙法。

一天晚上，弟子们砍柴归来，看到老道长正与两个人一起喝酒。天色已晚，观内还未上灯，老道长便用白纸剪了一个圆，用酒水沾湿了贴在墙上，一会儿工夫，这个圆就变得像月亮一样皎洁辉耀，映照得屋子里亮如白昼。

弟子们互相说道："今日有仙人来访，一会儿他们肯定要斗法了！咱们快去看热闹！"于是都围在门口伸着脖子往里看。王七也在人群里，还一个劲地往前挤，生怕漏看了老道长施展法术的精彩画面。

这时，一位客人看了看堵在门口的弟子们，笑着说道："如此良宵美景，怎能不与众同乐呢？"他拿起桌上的酒壶，嘱咐弟子们拿去，尽情地喝。王七想，我们这么多人，这一小壶哪儿够喝的？赶紧抢过酒壶先给自己灌了几大口，这才递给其他人，别的弟子也都轮着喝了几口，等到酒壶又转回到王七手中时，他惊讶地发现，酒壶的分量一点也没有减少，他打开壶盖一看，酒居然是满的。

王七还没来得及赞叹酒壶的神异，又听另一位客人说道："光是这么喝酒太没意思了，既然此间有明月相照，何不叫来月中嫦娥歌舞助兴？”说罢，他拈起一支筷子扔向贴在墙上的纸月亮，筷子飞入月中，随即一个长不足一尺、纤腰秀颈、身着舞衣的仙女从月光里浮现出来，翩然飞出圆月，盈盈落地的瞬间，便有一人多高了。

仙女边歌边舞，轻抛长袖，急旋彩裙，舞姿美如惊鸿，歌声清越高亢，众弟子沉浸在她的表演中，看得如痴如醉。

歌舞已毕，仙女纵身一跳，竟跳上了酒桌，在弟子们的惊呼声中，她又变回一支筷子，“啪”的一声掉在那位客人手边。

宾主三人哈哈大笑起来。前一位客人又说道：“在这里喝酒毕竟有些憋闷，不如我们移席到月宫去吧。”他们坐着的席子随即飞了起来，带着三人和酒桌飞到纸月亮里去了。弟子们连忙跑进屋，趴在墙上细细地看那枚纸月亮，只见老道长和两位客人在里面对饮，眉目清晰，纤毫毕现，就像镜子里照出来的人影似的。

又过了一会儿，纸月亮渐渐暗下去了，房内很快黑得伸手不见五指。弟子们连忙去端灯烛，回来却见老道长一个人坐着，那两位客人已经不在了。桌上的杯盘里还剩了些酒菜，墙上贴的依然只是一张圆形的白纸。

老道长望了弟子们一眼，问道：“今天你们都吃饱喝足了吗？”弟子们答道：“吃饱喝足了。”“好，那就早点去休息吧，别耽误了明天砍柴。”“是。”

夜里，王七躺在床上，回想着刚才看到的种种奇景，心情激动，怎么也睡不着。他告诉自己：再忍忍，再忍忍，不管怎么说，那么多让人眼花缭乱的仙法，总得学上一两样，才好回家呀。

于是，王七又苦苦支撑了一个月，每天仍是砍柴砍柴，不停地砍柴，虽说苦和累他已经有点习惯了，但这穷极无聊的日常生活比身体上的痛苦更令人无法承受，他现在拿起斧子就想吐，看到树杈，脑袋里就嗡嗡响。他比之前更想离开了。

一天，王七再也忍耐不下去，找到师傅，跪下哀求道："弟子思乡心切，不能再继续留在山上侍奉师傅了，望师傅谅解！只是我跋山涉水来此拜师学艺，十分不易，师傅不愿传我长生不老之术也就罢了，若能教我一点小法术，我总算没有白来一场。万望师傅成全！"

老道长笑道："我早就说你受不了这个苦，如何？我说的没错吧。我也不留你，明日你走就是了。至于所求小技，教你倒也不为难，不知道你想学哪一种？"

王七想了想，说道："我时常见师傅行走时穿墙而过，我学这个就好了。"

老道长点点头："那我教你一个口诀，你记住，然后去那边试试。"

王七记住了口诀，可是真要穿的时候，他就不敢了。老道长告诉他，念完口诀立刻穿，千万不要迟疑。王七勉强试了几次，终于成功了，穿过墙壁的瞬间，他感觉墙像空气一样毫无阻力，十分奇妙。

王七认为自己已经学会了穿墙术，立即兴奋地拜别了老道长，回去收拾收拾行李，便踏上了归乡之路。临行时，老道长送了他一些盘缠，并嘱咐他一定要多多修习穿墙术的口诀和身法，不要急着使用。他听在耳中，只是哼哼哈哈应付了几句，根本没往心里去。

一回到家，王七便把妻儿全都召集了起来。妻子和孩子本以为

他再也不回来了，见他平安归家，都很高兴。王七得意地告诉他们，自己学会了仙术，能在墙壁两边穿行来往，如若无物。可是家里没有一个人相信他的话。

王七急得指着家里的院墙说道：“我这就穿给你们看！”妻子拦住他说道：“咱家的院墙可是石头垒的，你还是别穿了吧！”“什么墙我都能穿过去，石头的更好，给你们看看我的本事！”说着，王七瞄准了石墙，后退几步，口念仙诀，朝着墙就冲了过去，撞出一声闷响，整个人立刻瘫倒在地上。

妻子赶紧跑过去把他扶起来，眼看着他的脑门上隆起了一个鸡蛋大的包，妻子实在没忍住，笑得前仰后合。王七恼怒不已，大骂老道长骗了自己。

其实，王七学穿墙术只学了一点皮毛，不过是尝试时偶尔成功了一次而已，根本就不是真的会了，他却以为自己已经掌握了这个技能，盲目自信，撞得头破血流也是他自找的。后来，王七还想再试试穿墙术，却屡试屡败，事情传了出去，人们都把他当成个笑话看。

（本故事改编自清代蒲松龄《聊斋志异·崂山道士》）

担生

很久很久以前，有一个心地善良的小书生，他走路去范县求学，半路上遇到了一条小蛇。他也不知道为什么那条小蛇会出现在这里，附近既没有山林也没有沼泽，只是一片土地贫瘠的平原，最近的湖泊在百里之外，这条蛇是怎么到这里来的？难道它会飞吗？

书生好奇地蹲下身，观察起来。这小蛇只有人的一根小拇指那么粗，只有一根老鼠尾巴那么长，应该是才出壳没多久。书生抬起头看了看天上的烈日，又低头看了看还在艰难蠕动的小蛇——再过一会儿，它就要一命呜呼了。

书生站起来拍拍身上的土，继续往前走。东郭先生与狼的故事他可是读过的。书上都说，救这样阴险诡诈的动物的性命，绝非智者所为，还是让它自生自灭的好。

走出去好几步，书生站住了，回身看着那条小蛇。这时，小蛇仿佛也意识到这是自己活命的最后机会，勉强扬起了头，用两颗大大的晶莹透亮的黄色眼珠直盯着他。

书生犹豫了一会儿，又走了回去，弯腰把小蛇捧了起来，端到面前，叹了口气说："好吧，我就带你走吧。可我有言在先，等到了范县，我就把你放到湖里，你自己找活路去。对了，你不是毒蛇吧？"

小蛇好像听懂了他的话，微微摇头。"那我就放心了。"书生说罢，拿出自己的水壶，给小蛇喂了几口水，将它塞进了自己的胸口，没一会儿工夫，小蛇可能是觉得闷热了，便从他的衣领里钻了出来，绕过脖子，盘在了他的肩上。书生被它爬得直痒痒，咯咯笑着说道："你喜欢被我拿肩膀担着呀？那我以后就叫你'担生'吧！担生，我急着赶路，你坐稳点儿啊！"

就这样，一人一蛇轻轻快快地上路了。书生一路走来都是一个人，多少有些孤独，这会儿有了一条蛇做旅伴，却也聊胜于无。他对担生说了好多话，说自己的家世，说父母兄弟，说同学朋友，说左邻右舍，说村中父老，担生好像都听得懂似的，书生说得高兴，它便跟着摇头摆尾，书生若是说起伤心事，它便静静地耷拉在书生的肩上，好像在跟着难过。

走了几天几夜，书生终于带着担生来到了范县。范县东城外有一个大湖，是这一带方圆百里唯一的水域。书生进城之前特意来到湖边，他找了块芦苇丰茂的水岸，把担生从肩上取下来，往泥地上放去："好啦，我这是送佛送到西了，这里有水有草，有虫有鱼，还有很多很多鸟，也会有很多很多的鸟蛋，你想吃什么都行，肯定会过得很快活的。千里同行，终有一别，咱们就在这里分手吧。"

担生突然反身缠住了书生的手臂，三下两下爬回了他肩上，头紧紧贴着他的脖子。书生着急了："喂，你干嘛呀？赖上我了？那可不行，我要是养了你，别人肯定会说我有毛病的。你是蛇啊，这世上哪有人养蛇玩啊。"

担生把身子卷成一团，抬起头可怜巴巴地看了看书生，又转头望向水边。书生顺着它的目光看过去，这才发现，在芦苇包围的一块岩石上，几只鹰隼正在栖息，时不时地朝他们射来凌厉凶狠的眼神。书生知道，这些鹰隼是在等着自己把担生放下。

担生弱小纤细的身体瑟缩在书生的颈窝里，书生轻轻摸了它一下，感到它在轻轻颤抖。"唉，既然如此，我就再收留你几天，等你长大了，不怕它们了，我再把你放生吧。"担生听他这么说，赶紧钻进了他的衣领，书生拍了拍它，转身向城门走去。

书生在范县县城里租了间房住下了。白天他去上学，就把担生藏在胸前，担生也很听话，从不乱动。晚上书生看书写文，担生在砚台边一盘，给他当笔架。渐渐地，书生也忘了要把担生放生到湖里的事了，他习惯了自己身边总是有一条小蛇，要么游来游去，要么依偎在他怀中。

然而，担生毕竟在不断地长大，很快，它就不再是一条细如手指的小蛇了。书生也没办法再把它藏在胸口，只得用袖子装了它去学堂，每天都要祈祷老天爷保佑，老师上课时，担生千万不要钻出来。

又过了一段时间，书生的衣袖也装不下担生了。担生长到了七八尺长，有人的手腕那么粗，鳞甲青黑发亮，遍体生着密密匝匝的花纹。它的眼睛也不再像小时候那么圆溜溜亮晶晶的，而是变成深邃幽暗的棕黄色，在巨大的三角形头部两侧一眨一眨地闪着寒光，偶尔吐出的蛇信血红血红，分叉的舌尖在它宽阔的嘴边扫来扫去。

担生变成了一条看起来特别吓人的大蛇。书生虽然不怕，但他很清楚，如果有人不小心看到自己屋里藏着这么一条蛇，肯定会吓得魂飞魄散。白素贞和许仙的故事他也读过的，蛇妖白素贞现出原形的时候，连她的丈夫许仙都被吓死了，万一担生真的吓死了人，他作为担生的主人，可吃不了兜着走。

想了好久，书生终于狠下心来，又把担生带到了东城外的那个大湖边。他刚把担生放在岸上，就听四周一片呼啦啦啦的响声，聚集在岸边大大小小的鸟都惊飞了起来，在半空盘旋，不敢落地。担生直起长长的身体，转动着黄色的眼珠环视了一下周围，扭身望着书生。书生说道："看样子，你在这个地方不会遇到什么危险了。你是蛇，终归不能跟人生活在一起，找你自己真正的同伴去吧。"担生好像入定了一样，就那么静静地立着，注视着书生。书生等了一会儿，问道："你是让我先走吗？"

担生点了点头。书生想要再说点什么，想想还是算了。他朝担生一拱手："那你多保重了。"说罢疾步而去。等他走出很远，站住再回头时，见湖岸上飘起了一层薄薄的水雾，担生已经没了踪影。

一年后，书生学成，离开范县回了家乡。他办了一间私塾，教授本乡的学童，因为教得好，渐渐小有名气。

转眼间，四十多年过去了，书生年逾花甲，虽然他还是没有考取功名，仍是一个白衣寒士，但教书育人的能力远近闻名。有人开出优厚的薪资，聘他去外乡开馆授徒。书生在老家也待腻了，便接受了邀请，过完了正月十五，他就动身了。

他需从范县坐船，横渡大湖，可是到了湖边，却找不到一艘愿

意搭载他到湖对岸的船。书生很奇怪，向当地的百姓一打听，大家都说这湖里有一条巨大的蛇怪出没。船若是走到湖中心，必遇风暴而翻沉，船上的人一落水，蛇怪就从湖底窜到水面上来，一口一个，吃得干干净净。

书生对这些乡野怪谈向来嗤之以鼻。他暗暗地想，必是这湖上出过几桩渡船遇到恶劣天气，以至于船毁人亡的惨事，这些愚夫愚妇们就臆造出了一个什么湖底蛇怪。再说，现在严寒季节尚未过去，就算这湖里真的有什么大蛇，这会它也该在冬眠才对，怎么可能出来吃人呢？书生又想到，答应新东家开馆的日子已经很近了，如果因为渡不了湖，耽误了时间，他岂不是失信于人，坏了自己的名声？情急之下，他开出了双倍的船钱。一个船夫犹豫再三，接下了这单生意。

船行了二十多里地，书生笑着对船夫说道：“这一路风平浪静，哪有什么蛇怪嘛。”船夫忙掩口小声说道：“老先生，你可别说啦，那蛇怪耳朵灵得很！”正说着，一阵黑云悄然从水天之间涌出，很快笼罩了天空和湖面，遮蔽了日光，仿佛黑夜突然降临，湖上的风越来越急，越来越乱，把小船吹得东摇西荡，在湖面上直转圈。船夫吓得脸煞白：“完了！蛇怪要来了！你这老头嘴太臭了！”他把桨一扔，双手抱头缩在船舱角上，大声喊道：“蛇爷爷，不关我的事啊！都是这个老头逼我过湖，都是他的错！你吃他，你吃他！不要吃我！”

书生本来不害怕，却被船夫的惨声大叫弄得心里发毛，他靠近船舷，趴下身子往水中细看，不看则已，一看，他头皮都炸了——只见水面下漂浮着一个什么东西，色黑如墨，非常庞大，看起来就像他们的船下面，有一艘山脉一般的黑色巨型船在潜行。书生惊惶地想着：这是什么？难道真的是百姓们传说的蛇怪吗？他们也没说这个蛇怪有这么大啊！

这时湖水像开锅一样翻滚起来，黑暗中，两盏发出黄色光芒的大灯笼从水中冉冉升起，飘飘摇摇升上半空。看到这灯笼出现，船夫吓得昏过去了，书生还算冷静，他眯起眼睛使劲地望着，终于发现那不是灯笼，而是一个小房子大小的蛇头上的两只眼睛。

那条巨蛇上半截身体挺立在水上，下半截身体在水中游动，保持平衡。它露在水面上的部分，有十几丈高。迷雾略散，蛇的形体更加清晰，它体色青黑，蛇躯上环绕着细小密集的花纹，蛇头是三角形的，眼睛是棕黄色的。

书生呆呆地看着蛇，蛇也定定地看着他，一人一蛇就这样对视了好久，书生终于抬起手指着蛇说道："担生？"

蛇往后退了退，接着又往前靠了靠，书生又说道："真的是你吗？担生？"

巨蛇上下晃了晃脑袋。书生怒道："他们说你吃人？！"巨蛇左右晃了晃脑袋。书生问道："那你为何要在这湖上兴风作浪？"巨蛇吐出蛇信，在书生头上舔了几下。

"你是在找我？"书生惊讶地说。巨蛇又上下晃了晃脑袋。

"你这孩子，糊涂呀！你看看你现在都多大了，冒出来一次就翻江倒海一次，那些船都被你掀翻了！造孽呀造孽呀！"书生痛心疾首地拍着大腿说道，"担生啊，你以后不要这样了，听见了吗？"

巨蛇正要上下晃脑袋，目光突然转向船舱一角。书生看了看，船夫还纹丝不动地趴在那里。

"他都被你吓晕过去了，"书生埋怨道，"快走吧！别惹事了！"

巨蛇又看了书生一会儿，轻轻地把身体沉进了水中，非常小心，没有泛起一片浪花，也没有发出响声。它刚消失，船夫就坐了起来："老先生，我这是怎么了？"

"没什么，刚才有一条蛇……"

"对了！老先生，我想起家里还有点事，我先回去一趟，再送你过湖吧！"书生还没来得及回答，船夫一边说一边操起桨，使出吃奶的劲儿奋力划起来，把船划得像飞一样。不一会儿，他们就回到了岸边。船夫跳下船，就边跑边喊起来："快来人啊！这个老头是个妖怪啊！湖里那吃人的大蛇就是他养的！他是蛇妖头子！大家快报官抓妖怪啊！"

书生愣在了原地，等他回过神来，已经被五花大绑推进了范县的县衙。范县县令听衙役们禀报，说抓到了湖底蛇怪的主人，赶紧升堂看的究竟。一看堂下跪着的是个头发花白、表情惊慌的老人家，怎么看都是个普通人。县令心想："本县湖底有一条大蛇怪的事，我刚上任就知道了，虽然没有亲眼见过，但听百姓们说起，也知道这蛇怪形如巨舟，性情残暴，吃人无数，这么可怕的一个妖怪，是眼前这个小老头养的？这怎么可能呢？"

不管怎么说，先问问吧，县令想到这里，便喝问道："你是什么人？为什么被扭送至此？"

书生一辈子也没见过官，还被绑着，心跳得像打鼓，紧张地回答道："大人容禀，小人是邻县的一个教书先生，因要去湖对岸一家新开的学馆任教，便请那位船夫送我渡湖。他走到半路，说家里有事，要先回来一趟，没想到，上了岸，他就叫来人把我给绑起来，送到县衙了。”

“那个船夫说你是湖里蛇怪的主人？”

“这……”书生额头冒汗，“大人，冤枉啊，贵县湖里的那条蛇，确实是我曾经养过的……但是我四十年前就把它放到这湖里了，以后再也没有管过它，直到今天才又见到……”

县令一听，他还真是蛇怪主人，立刻来了精神：“你说你四十年前就把它放进本地的大湖里了？”

“正是，此后再也没见过。”

“哼，本县见过这大蛇怪的人，十之八九都被它吃了，它从不留情。可你跟它相遇，却能活着回来，它不吃你，也没有打翻你的船，为什么？你现在的模样跟四十年前一点都不一样了吧？它怎么会认出你呢？”

“这……”书生不知道该怎么向县令解释他和担生之间的感应，他自己也说不清。四十年了，他和担生变化都很大，可不但担生能一眼认出他，他也一眼就认出了担生。

“你分明在说谎。你和这蛇怪一直都在一起，你就是在背后操纵这蛇怪作乱的人吧！”县令语气冷峻地说。

“不是的，大人，我真的是冤枉！我四十年来从未到过此地！”

“还想骗我！来人！”县令一声令下，“先把这妖人扔进大牢，明日活活打死示众，以绝蛇祟！”

衙役们一哄而上，把呼天抢地的书生拖进了县衙的监牢，给他上了镣铐枷锁，等着第二天处死。书生喊冤喊了大半夜，没有人理睬他。他哭得眼泪都干了，捶着墙哑着嗓子说道：“担生啊担生，自从我养了你，就一直怕你给我惹祸，没想到，过了这么多年，我都这把岁数了，还要被你连累，我真后悔呀，当初就不应该收留你！”

他正在哭着，突然听见一种奇怪的声音，好像有数以亿万计的野兽从四面八方狂奔而来，轰隆隆地震动着大地。他连忙站起身，扒着小窗口的铁栅向外张望，外面是沉沉的黑夜，他什么也看不清。这奇怪的声音持续到后半夜，才渐渐平息。书生倚靠着窗口，怀着恐惧，也慢慢地睡去了。

第二天早上，他等着衙役们来押他去刑场。左等右等也没人来，整个县衙大牢一点响动也听不到，静寂得可怕。书生忐忑不安地等到快午时，才有一个人蹒跚着走过来为他打开了牢门，卸下枷锁。

书生仔细一看，来的竟然是范县县令本人。他颤声问道：“是要打死我了吗？”

县令摇了摇头。

“怎么了？不是打死了？要砍我头？还是打死吧，求大人开恩，给我留个全尸……”

县令把枷锁扔在地上，说道：“外面有条船，请老先生自便。是下官失礼了，还请老先生不要怪罪。”他对着书生一躬到地，深深地作了个揖，默默地走了。

书生纳闷地走出了大牢，一出门就目瞪口呆。范县已全部消失，眼前只有一大片湖水，以及湖面下隐约可见的屋顶。县衙是唯一露出水面的孤岛。他向四周看了看，见县令和几个衙役都躲在远处，用畏惧恶魔般的眼神望着他。

书生忽然明白过来，昨夜范县被溃决的湖水淹没了。他眼前一黑，心头一阵绞痛——担生为了救他，竟然毁掉了整个范县，这个天大的罪孽，他怎么担待得起？恍惚中，他踏上县衙边停泊的一条小船，漫无目的地飘然远去。从此，再也没有人见过他，也没有人知道他去了哪里。

范县县令很快卸任，回乡养老去了。家乡的亲戚们发现他添了一个毛病：绝不坐船，也不靠近水边。人们都想，大概是那场水灾给他的刺激实在太大，等他把那件事忘了，自然就好了。

若干年后，他的外甥准备去京城做官，临行前，特地举办了一场告别家宴，盛情邀他参加。他到了约定的地方才知道，这场家宴竟是设在郊外湖上的楼船里。无奈，他只得硬着头皮上了船，战战兢兢地坐在桌边，浑身冒着冷汗。

众人酒酣耳热之际，谁也没注意到，船下面的水里悄然浮起了一条长长的庞大的黑影。不一会儿，毫无征兆的，前范县县令所乘的这条船就倾覆沉没了。船上的人全都落了水，大呼小叫着纷纷游上岸。清点人数时，外甥惊呼起来："舅舅呢？舅舅哪儿去了？"

人们连忙跑到岸边张望，湖上波平如镜，半个人影也看不见。

（本故事改编自北魏郦道元《水经注·浊漳水》）

白水素女

晋朝的晋安郡侯官县有一个少年，名叫谢端。这孩子命很苦，很小的时候就失去了双亲，家里也没有别的亲人，是好心的街坊邻居一家一口饭凑合着养大的。到了十七八岁，他该自立门户了，邻居们便凑钱为他置办了一间小屋，几亩田地，让他种田养活自己。

虽然命运对谢端很不公平，但他没有自暴自弃，也从来不为了生存去做犯法的事，一个人勤勤恳恳地劳作生活，每天早出晚归，把地里庄稼种得壮壮的。可是光顾着种庄稼，谢端就顾不了自己了，经常吃不上热饭，有时候连口热水也喝不着，在地里干完了活，回到家只有干冷馒头，就着冰凉的井水随便对付一下。尽管他年纪小，还挺健壮，但总这么吃，铁打的身体也受不了，一年到头小毛病不断。邻居们见他这样都很心疼，就张罗着替他娶个媳妇成个家，两个人互相帮衬着过，总比一个人硬扛强。不过说了几回媒，最终也没成。没别的，就是因为谢端是个孤儿，家里实在太穷了。

谢端心里清楚，自己这样确实不好找媳妇，他本来也不抱什么希望，不成就不成吧。日子还得照常过。

有一天，他下地回来，在路边捡到了一个大田螺。这个田螺之大，他从来没有见过，就像一把大酒壶，满满地抱了一怀。谢端心想："这世上真是无奇不有，田螺还有这么大个儿的！太神奇了，我拿给邻家大叔大婶们瞧个新鲜去。"于是他就把这个大田螺带回了家。给大伙儿看了一圈，所有人都说没见过这么大的田螺，真是开了眼界，谢端越发觉得这田螺是个宝贝，就把它养在门边水缸里。

谢端很早就自立了，性格比别的孩子要成熟得多，但在内心深处，他还是童心未泯，喜欢小动物。只是一直忙于生计，没时间也没有能力养什么小猫小狗，养个大田螺，算是他给自己找的一个乐子。

然而从谢端养田螺那天开始，奇怪的事情就发生了。谢端每天傍晚从田里回家，走在半路就看到自己家的屋顶上冒着炊烟，好像有人在烧火，等他进了家门，便看见桌上摆着刚做好的饭菜，还有一碗热气腾腾的汤。摸摸锅灶，还是热的。谢端想起最近农忙，自己确实没空做饭，饥一顿饱一餐，相距不远的邻居大婶每次见他都嚷嚷着说他瘦了，大概是她实在看不过眼，过来帮帮忙。他从小习惯被邻居照顾，心里自然很感激，但也不觉得是什么大不了的事，便坐下吃了。

第一天如此，第二天如此，第三天仍如此。就这样过了半个多月，天天如此，谢端坐不住了。邻居大婶就算再热心再同情他，也不必帮到这个程度吧？他怎么能给别人添这么大的麻烦呢，这人情可怎么还啊！于是他来到邻居家，一面道谢，一面请邻居大婶不要再去他家帮着做饭了，他有干粮吃就行。

邻居大婶的回答让他大吃一惊：“我没有去你家做饭啊！”

“没有？但是我这十几天，天天回家都吃现成的，不是您做的，那是谁做的？”

大婶笑了起来：“谁做的你还问我？你这孩子也学得不老实了，明明娶了新媳妇，不带来给我们相看相看，反倒藏在家里。这大好事，干嘛怕人知道呀？”

谢端更迷糊了：“大婶别说笑了，我哪来的新媳妇……”

“行了，还在骗我，”邻居大婶也有点不高兴了，“那天我从你家门口经过，有人在里面生火做饭，我隔着窗户望了一眼，一个姑娘正忙活着呢，我刚想进去打招呼，就看不见她了，肯定是听见我走进院子，她躲起来了。你是怎么跟人家姑娘说的？为什么她还怕见人呢？我们虽然跟你非亲非故，可把你从小拉扯大，难道还是坏人不成？为了你的婚事，我们一直操着心呢，你说你，娶妻了也不打个招呼……”

谢端见大婶越说越生气，不敢辩解，赶紧先含含糊糊地道了歉，溜回家去了。

回家路上，谢端想来想去也想不明白，如果饭是大婶做的，她没必要瞒着自己，还编出看见一个姑娘在他家做饭这种谎话，那大婶说的姑娘，是哪里来的？难道是有人在捉弄自己吗？应该不会有人用这样的办法来捉弄别人吧？

走到家时，谢端已经有了主意：明天他假装出去，再偷偷地提前回来，一定要亲眼看看，到底是什么人在自己家做饭！

第二天清早，谢端就扛着锄头出门了，临走时，他还在门口故意大声说了一句:“哎呀，今天农活特别多，怕是要很晚才回来呢!”说着，把门一关，大摇大摆地走了。到了比平时收工时辰稍早一些的时候，他一路放轻脚步回到了家。这时屋顶上没有炊烟飘出，房前屋后静悄悄的，看来那个“神秘人”还没开始做饭。

谢端躲在篱笆外面往屋里看，等了一会儿，他眼睛就直了，只见门边那个养大田螺的水缸的盖子突然自己挪动了挪动，“啪”的一声掉了下来，一只手伸出了水缸。谢端吓得差点叫出声，使劲忍住，再继续看，转眼间就有半个身子冒出了水缸口，随即是整个身子，很快，一个人从水缸里钻了出来，轻轻一跳下了地，径直来到灶台前，蹲下身收拾起地上的柴火。

那真的是个姑娘，虽是从水缸里出来的，身上却一点水也没沾。看她穿着打扮，不像普通的农家女，发髻间插着珊瑚发簪，耳朵上戴着珍珠耳环，身上的衣衫如云朵一般雪白轻柔又飘逸，谢端都看不出是什么料子。

趁姑娘在灶台前忙碌，谢端冲进了屋，正在生火的姑娘猝不及防看到他，一下子手足无措起来。谢端来不及跟她说话，先跑去看水缸，大田螺还在里面，但只是个空壳。他转过头看着那姑娘，姑娘环顾左右，好像不知道该往哪儿藏身，水缸她是回不去了，可跟谢端大眼瞪小眼地互相盯着，似乎也不妥。

两人冷场了半天，谢端终于先开口了:“不知姑娘是从哪儿来的?为什么在我家……做饭?”

姑娘这会儿也镇静了一些，回答道:“我是天河中的白水素女，奉天帝之命而来。”

“天河?素女?天帝?可我不认识天帝呀!”

“天帝可怜你自幼孤贫，又赞赏你为人恭谨，自守清白，所以派我来你家中料理家务，助你成家立业。本来我要在这里待十年的，可是……”

“可是什么？”谢端忙问道。

“可是你今天无故闯进来，看见了我，按照天庭的规矩，我既然已经显露行藏，就不能留在人间了。不过，我可以把这个田螺壳给你，你把粮食存在壳中，便用之不竭，常取常有。但你不可因此懒惰，依然要好好种田，勤恳度日，不然，这田螺壳可是没有用的。”

谢端这时才鼓起勇气仔细看了看这姑娘。看她眉清目秀，面容慈善，更有一双美丽温柔的眼睛，谢端心中有一丝不舍。他不是舍不得有人给他做饭，也不是舍不得家中住着个仙女，他只是想到，这姑娘若走了，以后他每天回家时，就再也不能远远望见自家屋顶上袅袅升起的炊烟了。虽然只有短暂的半个多月，但他心里真的很喜欢这种感觉——有个人在等着自己回家吃饭的感觉。

白水素女好像看透了他的心事，笑着说道：“放心吧，只要你还是你，不变初心，种好地，做好人，你很快就能娶到一个好妻子，有一个美满的家庭，一辈子都过得幸福平顺。好啦，我要走了，承蒙收留多日，缘尽别过，多保重！”

谢端刚想说一声“仙姑别走”，还未张口，窗外就卷过一阵风雨，原本晴明的天色瞬间阴沉了下来，屋内更是暗昧无光，谢端只能勉强看到白水素女的身影轮廓在轻轻地闪动，片刻之后，风雨又骤然停了，云开雾散，夕阳照了进来，而屋子里已经变得空荡荡的。谢端低头看着自己手中捧着的田螺壳，摸了摸，那壳光滑清凉，还带着一点湿润。

白水素女离去后，谢端为她设了一个神位，每逢年节都要认真地祭祀一番。他照着白水素女临走时的嘱咐，依旧非常勤劳，从不松懈，每天鸡鸣即起，戴月而归。除了原本的几亩地，他又开垦了很多荒地，种出来的粮食越来越多，不但自己吃饭没有问题，还渐渐地有了盈余，积攒出了一点家底。虽说谈不上富裕，也是比上不足比下有余。而那个田螺壳，其实他一直都珍藏在箱底，并没用过。因为他从来也没有缺过米粮。

几年后，终于有人愿意把女儿嫁给他了。他娶了妻，生了子，中年时还被乡里父老保举做了官，官不大，一县之长。

谢端供奉白水素女的事，慢慢传遍了晋安郡，很多人也跟着效仿，将这个信仰流传了下去。当地有一座素女祠，就是这样来的。

（本故事改编自东晋陶潜《搜神后记》）

承云府君

京城有一人，名叫董奇，年纪不大，尚未娶妻。他家庭院里有一棵大树，是他若干代之前的祖先手植，生长到现在，也有二三百年了，依然枝繁叶茂，葱翠宜人，夏送凉风，冬承瑞雪，是董家院落里的一处美景。董奇特别喜欢这棵树，经常给树除虫浇水，看护得非常精心，老树多年都没有生过什么病害，还长出了三条粗壮的新枝，生意盎然。

一个下雨天，董奇没有什么事，独自在家里闲坐，一边喝茶一边看书，十分自在。突然，一个穿着绿色官服、小吏模样的人走进屋里，对他施了一礼，恭恭敬敬地说："承云府君要来与先生相见。"董奇诧异地问："承云府君是哪一位？"小吏微笑道："您很快就会见到了。"

不一会，只听空中钟鼓悠扬，响起礼乐之声。小吏躬身说道："府君已至，先生请出门迎接吧。"

董奇懵懵懂懂地跟着他走到院子里，只见道道霞光瑞彩从天而降，一辆装饰华丽的马车停在院中，由一匹高头大马拉着，那马身披金色长鬃，足踏四朵祥云，身体两侧收拢着两个巨大的翅膀。董奇一看就知道，这是神仙下凡了。他慌忙伏地跪拜道："凡人董奇，叩见府君！"

只听一个悦耳的声音说道："东君请起。"董奇心里奇怪："为何叫我东君？"但是又不敢问，低着头站起身。一阵环佩声响，他感觉有人向自己走来，忍不住抬头一看，见一个头戴通天冠、身高八尺的俊美男子站在面前，脸上露出和善的笑容。

那男子伸手将董奇扶起来，和蔼地说道："东君切勿多礼，在下实不敢当。"董奇想："此人究竟是谁呢？何方神圣？"一边想，一边偷眼瞄着对方。

那人好像看透他的心思，笑着又说："在下方伯，与东君也是旧识了。东君不识我，我却识东君久矣。"

董奇红着脸说道："惭愧，我实在想不起在何处见过府君。"

"哈哈哈，不需想，你总有一天会明白的。"

"那……好吧……府君这次来，有什么见教？"

"无他，只是想跟东君见个面，顺便问候一下。另外，我的第三子才华超逸，与您年纪相当，东君如不嫌弃，你们二人不妨做个朋友。"

董奇想："他的儿子，那一定也是神仙，跟神仙交朋友，这事儿倒新鲜，只是不知有没有什么后患。"

那位承云府君像是回答他心里的疑问似的说道："在下与小儿都不过只是普通的世间生灵罢了，东君不必多虑。我们只会带来福运，

不会带来祸害。”

董奇吓得什么都不敢想了，忙说道：“谨遵府君之命！小人在此恭候三公子。”

“哈哈哈……”承云府君闻言十分欣慰，开怀大笑起来，董奇只听得院子里的老树好像被清风吹拂一般，哗啦啦地摇动起来。可是，四周并没有风。他正奇怪，承云府君一拱手：“那就告辞了，在下不日将前往东方拜谒青帝，不知何日返回，东君保重，后会有期。”他转身上了马车，那匹金鬃大马舒展双翼，四蹄一蹬，脚下祥云连成一体，带着马车飞上了天空，转眼不见了。

董奇愣怔怔地站在原地望天，绿衣小吏走过来施礼道：“先生，明日我家三公子就会来拜访。”说着，他把董奇往屋子里轻轻一推。董奇身子一歪，惊醒了过来，这才发现是自己做了一个梦，屋外雨还在下着，在雨声的环绕下，屋内静谧得有些吓人。

第二天吃过午饭，董奇正在庭院里站着，手里拿了一卷诗书看，有人拍了拍他的肩膀，他回头一看，一个和他年纪差不多的少年笑容满面地站在他身后，手里拿着一条翠绿的树枝。

“你是谁？”董奇惊讶地问道。

少年嘻嘻笑着搂住他：“哎呀，装什么呀，你不是知道我要来嘛？”

“你到底是谁啊？”

“我是谁，你猜呀！哈哈哈……我看看，你看什么书呢？好看吗？借我看看吧？你有什么吃的没有？我肚子好饿啊，随便拿点包子米饭都行，我吃素的，吃不穷你，我跟你说啊，我喜欢玩弹子，你跟我玩吧，玩嘛玩嘛好不好好不好……”少年喋喋不休地拉着董奇的衣袖，要跟他玩游戏。

董奇想起昨天梦里承云府君说自己的三儿子要来找他做朋友，就试探地问道："你是承云府君的三公子吗？"

少年这时却只一笑，没有回答。

从此，这个少年几乎每天都会在午饭后出现在董家庭院里，只要院子里没有人，他就把董奇拖到大树下玩棋戏玩弹子，或者读书聊天，有时候，他还管董奇要吃的，不过他吃的确实不多，也不吃荤腥之物。董奇父母早亡，没有兄弟姐妹，平时生活颇为寂寥，这个神秘少年的出现，给他带来了不少欢乐。他也就不再去想这个人到底是谁，是不是梦里那位承云府君所说的三儿子了。

董奇本是个身体孱弱的人，自从那少年来访，他逐渐健壮了起来，也不生病了。不但他不生病，他家里的几个仆人也都再没生过病。

就这样过了半年，董氏家族的长辈打算给董奇定一门亲事，但聘礼的钱，他们让董奇自己出。董奇也没有什么积蓄，只好带了三个仆人去自家的田庄，看看能不能变卖些产业筹点钱。

路上，那三个仆人劝他说："咱家的那棵树那么粗，肯定能卖个大价钱。不如把它砍了吧，这样您娶妻就不用变卖田产了。再说，现在田价这么低，就咱家那点薄田，能卖几个钱啊？如今京城贵人们都在造豪宅，木料才值钱呢。"

董奇为难地说："这棵树是先人留下的，就这样砍掉，有点对不起祖宗。"仆人说："那您娶不上媳妇，不是更对不起祖宗？"

董奇想到砍树，觉得很心疼，但想想自己毕竟到了该成家的年纪，娶妻生子是当务之急，考虑再三，也就同意了。

他们回到家中，仆人们一起动手砍倒了老树。他们很快找到买主，把砍下来的树给卖了，果然收益颇丰，付完了聘礼，钱还剩很多。

从砍掉树的那天起，董奇就再也没有见过那个神秘的少年。他等了很久很久，终于失望地意识到，少年不会再来了。因为他看着院子里的树桩，终于明白承云府君称呼自己为“东君”是什么意思。东君就是主人，承云府君就是他家里的这棵老树，而那少年，就是老树发出的新枝。

过了几年，院中的树桩彻底连根枯朽了。董奇的身体又开始变差，而且越来越差，百病丛生，家中仆人病的病死的死，家道也渐渐衰落下去。

（本故事改编自南朝宋刘义庆《幽明录》）

瞳人语

长安城有个读书人，名叫方栋，有点小才气，但人品很差，行为举止佻达无礼，人们提到他，都暗地里摇头。这个方栋轻浮到什么程度呢？他每次出门，只要在路上看到女子，便旁若无人地尾随挑逗，猥琐不堪，外人一看，这简直是斯文扫地，可他自己却一点都不在意，还自命才子风流，很是得意。

某年清明节前日，他到城郊闲游，看见一辆挂红纱帘幔的小车在路上缓缓行走，车内影影绰绰，似有女子。方栋禁不住老毛病又犯了，壮起色胆疾步走到车前，扭过头伸长脖子往里面窥看。只见半掩的车帘子后面，端坐着一个年轻女子，大约十六七岁模样，容貌妍丽，体态娇柔，穿了一身绫罗绸缎，头上插满珍珠翡翠，光彩夺目，美艳绝伦。

方栋哪里见过这样的美人，一下子礼义廉耻全顾不上了，腆着脸跟在车子旁边，一会前一会后，一会左一会右，傻笑着不停往里看，好几次差点把脑袋扎进人家的车里。他这样没皮没脸地跟了好几里地，车内的女子忍无可忍，叫过小丫鬟，大声吩咐道："把车帘子放下来吧，不知哪里来的痴汉，没完没了地偷看我，太叫人厌烦了！"

小丫鬟放下了车帘，走到方栋面前拦住他的去路，双手叉腰，怒目而视。方栋若无其事地摇晃着手里的扇子说道："小妮子何事挡道啊？"

小丫鬟啐了一口说道："我们是芙蓉城七公子的新娘子回娘家，又不是什么乡野村妇出来逛街，名门闺秀，也能由得你这破秀才乱看？！"随即一弯腰从车辙里抓了一把黄土，朝方栋脸上一撒。

方栋只觉得两眼好像被无数芒刺扎中，火辣辣的痛，怎么也睁不开。他心里一慌，连忙用手摸脸擦眼。等他好不容易能把眼睛睁开，那辆马车已经走了，路上来往行人，有看到刚才那一幕的，都面带嘲讽的笑容，对他指指点点。只有一个老和尚站在路边，面色凝重地看着他。见他睁眼，老和尚双手合十高声说道："心中有邪念，眼中生翳障。若要翳障消，六根须干净。施主谨记。"说罢扬长而去。

方栋听了这话，也不明白什么意思，心里又疑惑又有点害怕，游兴全无，便懒懒地回家了。到了家中，坐了半天，他始终觉得眼睛不舒服，隐隐作痛，看东西越来越不清楚，就叫来家人拨开他的眼睑看看是怎么回事。家人看了大惊，原来他的两眼瞳仁上各生了一块小小的白翳。问他为何弄伤了眼，他也不好意思说。心想忍一忍也许能好，谁知过了一夜，他的眼睛越来越痛，哗哗的流眼泪，根本止不住。眼中的白翳越长越大，越长越厚，左眼的白翳成了一个硬邦邦的圆壳，似有铜钱那么厚，右眼的白翳变成了一个形如螺丝的硬壳，也是极厚。两眼的黑眼珠完全被遮挡住了。家人到各处去请大夫，谁也说不清这是什么病，开了一大堆药方，口服外用全然无效，方栋就这样变成了一个盲人。

方栋心里终于明白那天路边的老和尚说的话了，也猜到那辆小车里坐着的女子并非凡人。一想到因为自己行为不检点，招来了鬼神的诅咒，方栋万分懊恼。没有办法，先好好地忏悔吧！他听人说念诵《光明经》能消灾解厄，便请人教他。于是，这位曾经的登徒子每天手拿一卷经书，打坐诵经，心无旁骛。这样坚持了一年，他内心果然平静了，再也没有了一丝一毫轻佻的想法。

有一天，方栋正静静地坐着，忽然听见左眼中有说话声，细如蚊蝇："黑洞洞的，闷死我了！"右眼里也有声音传出，同样细微："那我们出去玩玩吧，解解闷！"话音刚落，方栋就感觉鼻孔里痒痒的，好像有小虫子爬出去了。过了好一会儿，又有小虫子钻进鼻孔，蠕蠕爬动着回到眼眶里，紧接着眼睛里有声音说："许久没去花园里看看，珍珠兰竟然都枯死了。"

方栋很喜欢香气浓郁的兰花，所以在自家花园里种了许多，平时勤加打理，花都长得很好。失明后，他没心思去管那些兰花，很长时间都不过问了。现在听说兰花死了，他十分心疼，连忙去质问妻子。妻子这段日子也不太去花园，她觉得很奇怪，方栋双目已盲，从哪里知道花园里的事？方栋把刚才发生的事一五一十告诉妻子，妻子去花园一看，珍珠兰果然已经枯死了。

方栋和妻子大惑不解，便设下一计，让妻子悄悄躲在房里，等着看到底是什么东西从方栋的鼻子里出来。不久，妻子看见两个豆粒大小的人从方栋的鼻孔里爬出来，像两只青蝇般飞走了；过了一会儿，两个小人又手拉手飞了回来，跳到方栋的脸上，钻进鼻孔。方栋让妻子观察了两三天，莫不如此。

这两个小人每天飞出去玩一趟，回来就在各自的眼睛里隔着鼻梁聊天，方栋听得一清二楚。这一天，他听到左边的小人说："鼻子里面弯弯曲曲不好走，不如我们自己开个门，这样出入方便，咱们也能常见面。"右边的小人说："我这边壳子太厚了，不好开呢。"左边的马上说："我来试试，能行咱们就住一起吧。"方栋立刻感到左眼眶内有什么东西连抓带挠，突然眼前就亮了。方栋使劲看啊看啊，渐渐的，他面前桌几上的东西都浮现了出来。方栋又惊又喜，大叫着让妻子快来。妻子还以为出什么事了，慌慌张张跑进来，听他说能看见东西，也是悲喜交加，忙翻开他的左眼皮仔细看了看，发现那层白翳壳上出现了一个孔，大小如半粒花椒，里面是闪闪发亮的黑瞳仁。过了一晚上，方栋左眼内的白翳完全没有了，右眼的那个螺丝壳还在。最奇的是，他左眼里竟然有两个黑瞳仁。夫妻两个一琢磨，才想明白是这两个瞳人都到左眼眶里去住了，因此左眼视力更胜于前。

方栋右眼虽然依旧看不见，但他已经满足了。从那以后，他做人极其自律，一生再也没有行过非礼之事，终老之时，乡里百姓都夸他品德高尚，是个正人君子。

（本故事改编自清代蒲松龄《聊斋志异·瞳人语》）

水底弦歌

西汉开国时，汉高祖刘邦建了一座大宫殿，取名“未央宫”。这座宫殿恢宏华丽，从高祖之后，历代汉皇都在这里办公、生活。

到了汉武帝刘彻当政的时候，他对已有的未央宫规模有些不满意，觉得不够大，于是大兴土木，继续营造新的宫殿。为了满足他的欲望，全国百姓身上的土木劳役十分繁重，他们不得不夜以继日地砍伐森林，为建造新皇宫供应足够的木材。

有一天，汉武帝在未央宫里大摆酒宴，喝酒吃肉，不亦乐乎。酒酣耳热之时，他听到有人高声说道：“老臣要冒死上奏！”

汉武帝的怒火腾地一下就冒起来了，正吃得高兴呢，谁这么扫兴！他扫视着宴会上的人，可是看来看去，没看出来是哪个人喊了那么一嗓子，围坐在他周围的那些皇亲国戚嫔妃近臣们都在专心地享用美食，忙着胡吃海塞，都没有一个用眼睛瞧他的。

汉武帝上上下下寻觅良久，终于在大殿的房梁上发现了一个奇怪的老头。那老头身长只有八九寸，面皮枯皱，须发雪白，看样子年纪非常老了，手里拄着一根虬曲如龙的木头拐杖，正沿着房梁颤颤巍巍地向他走来。

汉武帝一想，这肯定不是凡人，没准是神仙呢，心里一阵激动——他做皇帝以来，最梦寐以求的就是能遇到神仙，讨一个长生不老的方子——赶紧站起来仰望着房梁恭恭敬敬地问道："老人家，你是谁啊？姓什么？住在哪里？有什么不满要向朕诉说呢？"

老头顺着柱子小心翼翼地溜到地面上，放下拐杖，跪倒在地，久久不肯抬头，也不说话。这时殿内的其他人也都看到这老头了，大家停下手中的杯箸，半是好奇半是害怕地看着他。

汉武帝又说道："老人家，你有什么想奏报给朕的，但说无妨。"老头还是不说话，他仰头看看屋顶，再趴下来指指汉武帝的脚，就不见了。

汉武帝愣了半天，心想，这到底是神仙还是什么？看看周围的那些人，个个目瞪口呆，显然问他们也是白搭。他挠了挠脑袋，想起了一个人："有了，去找他，他肯定知道！"便对身边的宦官说道："去，把东方朔给我叫来！"

不一会儿，一个身形瘦小枯干的白胡子老头被宦官带了进来。他就是汉武帝最喜欢的大臣东方朔。这个人学识渊博，博闻强记，天文地理无所不知，汉武帝不管遇上什么难题，找他来一问，他都能说出个子丑寅卯来。

东方朔听完了武帝的描述，回答道："臣启陛下，这个老头不是神仙，当然也不是妖怪，它乃是水木之精，名字叫作'藻'。它夏天在幽静的树林里筑巢而居，冬天则潜藏在深深的河底。陛下近日频

频兴建宫殿，砍伐了‘藻’的居处，所以它是来向您抱怨的。它仰头看屋，低下来指您的脚，脚就是足，它的意思是希望陛下把宫殿建到这里就满足了，不要再建了。”汉武帝听了，低头不语。东方朔看了看武帝的脸色，见他若有所思，不像是生气的样子，便顺势说道：“陛下，‘藻’虽然不是神仙，却也是水木集日月精气所聚化，是游于天地间的善灵，它的力量，可助万物生生不息，令陛下的江山生机勃勃，若得罪了它，怕是不太好哟。”汉武帝假装咳嗽一声，示意他不要再说下去了。东方朔连忙把嘴一闭。汉武帝沉思了一会儿，点头说道：“其实朕建造宫殿的计划已经完成了，哪里还需要砍伐树木？！来人，朕要颁布一道旨意，天下所有的土木劳役，即刻取消！”东方朔立即叩头高呼：“皇恩浩荡！吾皇万岁万岁万万岁！”

到了这一年的冬天，汉武帝闲来无事，到瓠子河游玩。他和群臣在水岸边铺下坐具，撑起阳伞，摆上桌案，一边饮酒一边赏景。忽然，他听见水底传来弹琴唱歌的声音，往水上看去，只见刚才还平静如镜的水面上，卷起层层白浪，从水下冒出来什么东西，纷纷往岸边移动过来。仔细一看，原来是一群人，领头的就是前时到未央宫来诉苦的那个小老头，他身后还有几个年轻人，这些人都只有八九寸长，只有一个身高有一尺多。他们都穿着红衣，束着白色腰带，身上披挂着各种光鲜的饰物，其中有的人还挟着乐器。虽然他们在河水上踏浪行走，身上的衣服却是干的，一点水渍都没有。

汉武帝请这些小人都到席上来坐，问他们：“刚才听见水底响起乐声，是你们在演奏吗？”老头说：“老臣上一次冒死向陛下申诉，幸得陛下施以天恩，平息了我们所受的砍斫之苦，使我们能保全住所，我们不胜欢喜，故在这里自弹自唱，庆贺一下。”武帝说道：

“机会难得，朕也想看你们的表演呢！”老头说：“我们带了乐器来，就是要为您作乐的啊！”他朝那个一尺多长的人示意，那个人就一边弹琴一边唱起歌来：“天地般的大德啊，降下了最深远的仁慈。哀怜我们这些幽魂啊，所以停止了砍伐。保住了洞窟里的家宅啊，庇护了卑微的小生灵，我们恭祝天子啊能享寿万年。”

这人虽长得小，歌声却和常人一样响亮，而且嗓音清澈高亢，余音绕梁不绝。接着又有两人吹奏箫管，乐声非常和谐动听。汉武帝听着这美妙的音乐，心中欢畅，就命人为这几个精灵斟酒，与它们觥筹交错，喝了起来。精灵们酒量惊人，每人都喝了数升酒，却没有一点醉意。喝完了酒，它们向武帝献上了一个紫螺壳，里面盛着牛油一样滑润润的膏脂。汉武帝说：“朕无知，不识此物。这是什么？”老头笑着说：“东方先生知道。”汉武帝又说：“你们还有什么更珍奇的东西能送给朕吗？”老头想了想，便对一个年轻人说道：“去取‘洞穴之宝’来。”那人立即起身，跳进深不可测的水里，瞬间即还，向汉武帝献上了一枚直径数寸、明耀非凡的大珠子。

汉武帝看到这个宝贝，眉开眼笑，爱不释手地摸个不停。那几个精灵见皇帝对礼物很满意，互相点了点头，又向汉武帝拜了一拜，便一个一个地消失了。

汉武帝抬头再看，精灵们已踪迹全无，河面上波声平缓，水光潋滟，就好像什么都没发生过，水底的弦歌之声也犹如一场梦，只有他手里的那枚明珠和桌上的紫螺壳还真切地存在着。

汉武帝惆怅地回到宫中，又叫来了东方朔，拿出精灵进献的宝物让他辨认。东方朔拿过来看了几眼，说道：“紫螺壳中的膏脂是蛟龙髓，用来敷脸，能让人容颜变美。女子若是难产，用了它就能化险为夷。”武帝又问：“那这颗大珠子呢？为什么叫它‘洞穴之宝’？”东方朔说：“瓠子河底有一个洞穴，深达数百丈，其中生有一只神奇的蚌精，其色如火，其大如盘，这颗明珠就是这蚌精所产。”汉武帝听了，赞叹不已。

后来，汉宫中的妃嫔遭遇产厄，都用蛟龙髓来救治，的确有神奇的功效。

（本故事改编自南朝宋刘义庆《幽明录》）

雨钱

山东滨州有一个秀才，性情甚为清高，平日里口不言钱，米价多少，盐价几何，多少钱能买一担柴，家里钱粮入不敷出了该去哪里借贷，这些事他问都不问，因为他觉得，凡是跟钱有关的事都特别俗，有辱斯文。乡邻们都知道，当着他的面不能提钱，不然必要遭他白眼。

这秀才每天晚上都在书房读书，一读就读到三更半夜，虽说他总也考不上举人，但肚子里还算是有点墨水的。有一天，他正在挑灯夜读，突然间有人敲门。这敲门声很轻，听起来彬彬有礼。秀才心想："子夜时分，万籁俱寂，谁会来叩我房门呢？真是奇怪。"

他打开门一看，门口站着一位老人，满头银发，面容清癯，装束古朴，长得就跟几百年前的画上走下来的人似的。秀才虽然不认识老人，但看他一身仙风道骨模样，又在这乌漆嘛黑的夜里出没，也能略猜到几分：这个八成不是人。他有点害怕，不过转念一想，既然这位“不知是何物”的老先生以一个垂暮老人的面目出现，想必不是冲着“色”来的，而自己家徒四壁，负债累累，经常吃了上顿没下顿，对方冲着“财”来的可能性也不大，那他还有什么好担心的呢？

于是秀才请老人进屋来，问道：“不知您老贵姓大名？何方人士？”老人也不藏头掖尾，大大方方地说：“鄙人名叫胡养真，乃狐仙是也。我别无嗜好，只喜读书，千年来手不释卷，只是一个人研学，终归是太寂寞了。久慕足下高才，所以冒昧前来拜访，如能与足下交个文友，实为鄙人平生幸事。”

秀才自视颇高，嘴上不说，心里暗想，狐仙搞学问，那肯定是野路子，跟我这正儿八经上过学、师从本乡名儒的秀才，如何能谈得到一块儿去？

胡养真好像看穿了他的心思，立即侃侃而谈，说起了种种经籍义理，言辞中颇有不少秀才闻所未闻的新见解，然而听在耳中，又觉得十分地有道理，令人信服。秀才不知不觉在他对面坐下，认真倾听起来，时不时插话询问，胡翁都能对答如流，进一步地启发出他的思路。两人聊着聊着，天都亮了，还意犹未尽。

从此，胡养真就经常造访秀才的书房，和秀才谈天说地。他活了千年，全用来读书了，知识自然是非常渊博，每次见面，都让秀才获益良多。日子一长，旁人都觉得秀才就好像脱胎换骨一样，讲学、写文章的水准都变得很高。人们纷纷来问他有什么诀窍，他只含含糊糊地说自己是埋头苦读见了成效而已。

随着时间推移，秀才和胡养真的感情渐渐深厚。胡翁把秀才当做自己的儿子一样看待，在学问上倾囊相授，在生活上也很照顾他，知道他家境贫寒，经常送来一些吃的用的。因为听说过秀才最讨厌钱，所以胡翁只接济他衣食，不敢赠与钱财。

刚开始得到胡翁的馈赠，秀才只是单纯的感激，慢慢地，他就有了别的想法。尽管他平时表现出两耳不闻窗外事的样子，其实，自己家里有多穷，他心里有数。米缸一个月要见底几次，妻子一年里为了借钱要哭几回，儿女多久没有置办过一件新衣，他都记得很清楚。以前他不敢面对这些，现在，身边就有个无所不能的狐仙朋友，为什么不能让他帮帮忙呢？

某天见到胡翁时，秀才终于鼓起勇气说道："胡公啊，你我交往多时，情谊甚笃，我就直说了。您看我这一家老老小小，经常是食不果腹，衣不蔽体，虽说我最厌恶铜臭气，可是那些老百姓说话，也不是全无道理，正所谓'一文钱难倒英雄汉'，我纵是有隔绝俗务专心治学的志向，也不能看着妻儿挨饿置之不理……"

胡翁听着他这一通语无伦次的话，不解地问道："你想说什么？"

"我想……我就是想，胡公您不是狐仙吗？你们狐仙肯定是有法术……有法术……那个……变出一些东西……"

"变出什么东西？"胡翁追问道。

"就是……比如说，变出钱啊什么的……"秀才小声说。

"变什么？"胡翁好像耳朵突然背了，提高了嗓门问道。

"变钱。"秀才一咬牙，也大声说。

胡翁愣了片刻，随即微微笑道："明白了，变钱很容易，不过需要十几个铜钱来做'母钱'。"

"这个有，这个有！"秀才看胡翁答应了，兴奋地两眼发光，"我特地查了很多讲你们狐仙法术的古籍，早就猜到了需要这个，都准备好了！”

他从口袋里掏出十个铜板，捧在手心里递给胡翁：“够不够？”

胡翁接过钱来，在手里掂了掂，说道：“够了。但有一事，我须讲明。”

“请讲！”

“这个世界上并没有无中生有的法术，我变出来的钱，也非凭空而来，是从别人那里搬运来的。即便如此，足下也还想让我施法吗？”

秀才想了一会，怯生生问道：“那么，如果失主追查，会找到我头上吗？”

“呵呵，那不会，钱都长得一样，又没有记号，若以法术瞬间挪移，了无痕迹，无从追查。”

秀才笑道：“那我就放心了。胡公请施法吧！”

胡翁点了点头，说道：“好，你先去把门窗都关严。”

秀才赶紧屁颠屁颠地把书房的门窗都关好，跑回到胡翁身边，眼巴巴地等着。胡翁把秀才给他的十枚铜钱布放在房间中央，然后围着这十枚钱缓步转起了圈，一边转，嘴里一边咕哝着什么，秀才一个字也听不懂，又不敢问，屏气凝神地在旁边观看。

胡翁念着咒语转了几圈，突然一枚铜钱当啷一声掉在地上，紧接着是第二枚，第三枚，第四枚，再接下去，便是十枚、二十枚，铜钱落地的声音不绝于耳，秀才脸上露出喜悦的神色，这时，胡翁停止了做法，回头问道：“这些钱够了吗？”

秀才一看，地上已经落了几百枚铜钱，薄薄地铺了一层。他讨好地说道：“胡公，再多些嘛。”

胡翁笑了笑，便继续做起法来，铜钱也继续地往下掉，噼里啪啦像下雨一样，眼看着地上的钱慢慢堆积起来，成了一座圆圆的小山包。

胡翁又停下了，问道："现在够了吗？"

秀才忙说："再多些！再多些！"

胡翁的嘴角轻轻一撇，看不出是笑还是无奈，又做起法来。铜钱更加落得急，刚才只是淅淅沥沥的小雨，这会变作了暴风雨，铜钱卷成的阵阵旋风，乒乒乓乓拍打着地面上那座已经堆尖的铜钱山，飞速地增加着山的高度。

秀才狂喜地盯着不断变高的铜钱山，浑身战栗，好像随时要扑上去。这时，胡翁再次停止了做法，他转身看着秀才，一字一句地问："够——了——吗——"

秀才用乞求的语气颤声说道："再多些……再多……"

胡翁面露怒色，厉声打断他："你觉得多少才够呢？"

"这……"秀才语塞了，从胡翁开始把钱"搬运"进来，直到现在，他的脑子里压根就没有出现过"够了"这两个字。一开始，他只不过是想让胡翁给他用法术变个百八十文，他可以去买点米、买点面，买点平时难得在饭菜里见到的肉，给孩子买些新衣新鞋，可是他没想到，当第一枚铜钱从天而降，落在他面前时，他的心就突然变了，变得满满地都是欲望，钱落得越多，他的欲望就越大。

他也不明白，仅仅是片刻之间，他怎么会有这么大的变化。

胡翁看他犹豫的样子，神色似有缓和，说道："不如……"

"不如再变一些吧！"秀才抬头急切地说道，"再变一些就行了！"

胡翁黯然转身摇了摇头，又念了几声咒语，秀才眼睁睁地看着那堆高高的铜钱山像泡沫一样，一层一层地崩裂消散，瞬间无影无踪，只有最初放在地面上的那十枚“母钱”，依然静静地躺在那里。

“我的钱呢？我的钱呢？”秀才惊叫道，“我的钱哪儿去了？”

“那不是你的钱。”胡翁冷冷地说。

“怎么不是我的钱！你答应给我的！你答应了！怎么说话不算话！你们狐仙都这么不讲诚信的吗？！都是这么戏耍人的吗？！”秀才气得大声叫嚷起来。

“哼，我本以为你是一个君子，想和你做个读诗书学礼义的朋友，现在看来，是我配不上你，你应该去和小偷盗贼做朋友！”胡翁说罢，把袖子一摆，便不见了。

秀才站在空荡荡的屋子里，望着那寒酸的十枚铜钱，觉得自己做了一个十分荒唐的梦。过了一会儿，他猛地推开房门对着外面怒冲冲地喊道：“是谁在我书房里丢了十个钱？如此肮脏之物，赶紧给我拿走！”

（本故事改编自清代蒲松龄《聊斋志异·雨钱》）

蛇悼母

南朝的会稽郡有一个叫谢祖的人，他的妻子某年分娩时，先生出了一个普通的男孩，而后竟生了一条小蛇。那小蛇一落地，就把接生婆吓得扔下水盆、剪刀等家什，飞也似的逃出了产房。在外面等候的谢祖觉得奇怪，走进来一看，也生生吓出一身冷汗。只见妻子身下的血泊里，一条琥珀色、约莫半尺长的小蛇正昂着头看着他，蛇头上两只金黄的大眼睛忽闪忽闪的，蛇嘴里还不时吐出浅红色的小蛇信。

谢祖与小蛇对视了片刻，一动都不敢动。谢妻等了一会儿，见他不说话，便用微弱的声音问道："怎么了？发生了什么事？为什么接生婆跑了？"

谢祖恼怒地低声问妻子："你不知道你生了个什么吗？"

"你这是什么意思？"

"你自己看看吧！"说着，谢祖抽出腰间的佩剑，谢妻听见剑出鞘的声音，坐起来惊愕地问："你为何拔剑？"

"哼，你生了一个怪物，我当然得马上把它杀了！"

"什么？怪物？！"谢妻慌忙爬起来，这才看见那小蛇，惊叫起来，"啊！这是什么呀？！"

小蛇听到她的声音，立刻回过头，盯着她看。

"这就是你生的东西！你生了一条蛇！这若是传了出去，叫我怎么做人！"

谢祖举起剑就要砍那小蛇。小蛇迅速朝谢妻游了过去，一下绕住了她的手，又抬起头依着她的手腕，用那双大眼睛望着她。

谢妻连忙用另一只手护住小蛇的身体，哀求道："它虽然是一条蛇，毕竟也是我十月怀胎生出来的，是我们的孩子，你不要杀它……"

小蛇似乎听懂了谢妻的话，眨巴眨巴眼睛，又扭头看着谢祖。

谢祖呵斥道："莫非你还要养活这条蛇不成？你要让会稽郡的人，天下的人，都知道我们夫妻生了一条蛇崽子？人家还不得以为我俩也是妖怪吗？"

谢妻无言以对，但仍牢牢把小蛇罩在手里，一时泪如雨下。她的泪水滴在手背上，也滴在小蛇的头上。小蛇伸出蛇信轻轻舔了舔那泪水，便游下了地，蜿蜿蜒蜒地从产房门出去了。谢祖挺剑要追，谢妻一把拽住他的袖子，谢祖使了半天劲才挣脱，待他奔出门外，已经不见了小蛇的踪迹。

谢祖找到那个逃走的接生婆，给了她一大笔钱，让她保守自己妻子生蛇的秘密。他们夫妇便以那个先出生的男婴为唯一的孩子，不但没有对别人，对这个孩子，他们也绝口不提落地即走的那条

小蛇。

谢祖的妻子怎么都想不明白，为什么自己会生出一条蛇。她也觉得这件事难以启齿，从不敢向人倾诉，但心里对那小蛇总不能释怀。她时常到集市上去，只要看见有人卖蛇，一定会买下来，送到城外的荒山上放生。放生时，她会问问蛇，认不认识一条蛇，是当年会稽郡谢家出生的。蛇当然不会回答，径直离去而已。

谢祖的儿子长到十一二岁的时候，有一次放学回来的路上，遇见有人耍蛇，就站在旁边看了一会儿热闹。回到家里，他用纸剪了一个蛇的样子，一招一式地学起耍蛇来，一边用小树枝抽打纸做的小蛇，一边开心得手舞足蹈。

突然，他的母亲冲过来，一巴掌把他打倒在地："谁教你玩这个的？！"谢祖的儿子立刻号啕大哭跑去向父亲告状。

到了晚上，谢祖的儿子一觉醒来，起床尿尿，听见父母正在争吵。只听父亲说道："你生的那条蛇根本不是我们的骨肉，不过是妖物借腹出世，它哪里会认你是母亲？你老是惦记它干什么？"母亲抽泣着说："我这辈子都见不到它了，心里惦记惦记也不行么？""世上没有不透风的墙，那接生婆虽然答应我不说出去，难保有说漏嘴的时候，你还天天上街买蛇放蛇，你以为别人看见不起疑心？你不怕丢脸，我和儿子怕！"

谢祖的儿子听了这些话，丈二和尚摸不着头脑。但听母亲的哭声那么悲伤，他也不由得难过起来。

第二天，他来到母亲面前问道："母亲，为什么父亲会说你生过一条蛇？"谢祖的妻子一愣，看看左右无人，便把儿子拉过来，一边哭一边把过去的事说给他听。

从此，谢祖的儿子也不再玩耍蛇的游戏了，街上来了耍蛇的，不管同学怎么叫他去看，他都不为所动。如果在路上遇见耍蛇人，他便立刻跑开。逢年过节，他会陪母亲去买蛇放蛇，放蛇的时候，他也学着母亲的样子，对蛇说："麻烦你遇见当年会稽郡谢家出生的那条蛇，帮忙捎个口信，就说它母亲和哥哥常想着它呢。"

就这样，日子一天天平静地过着。几十年过去了，谢祖的儿子娶妻生子，谢祖夫妇日渐衰老。谢家的生活和别人家并没有两样。

直到有一天，谢祖的妻子生了病，病势沉重，很快不治。举殡之日的清晨时分，谢祖带着儿子儿媳和孙子穿戴整齐来到灵堂，忽然听见一阵疾风骤雨由远而来的声音，抬头望去，只见原本晴朗的天空上，从西北角涌起一片厚重的乌云，迎着初升的阳光滚滚东来。

"要下雨吗？"谢祖的儿子对谢祖说。

谢祖凝望着那片乌云，脸色有些不对。

过了一会儿，天色已经变得极暗，一道闪电带着惊雷低低地滚过谢家的上空，与此同时，一条长长的黑影从门外窜了进来，人们借着灵堂里的烛光定睛一看，顿时吓得四散奔逃。原来，那黑影是一条十几丈长、足有两个人合抱那么粗的大蛇。

谢祖和儿子呆呆地站在原地没有动，看着那大蛇游动到灵柩旁边，围着灵柩转了好几圈，一边转一边用头"砰砰"地撞着棺木。

谢祖的儿子看不下去，大声喊道："别撞了！"

那蛇骤然停住，转过来游到他面前。谢祖的儿子战战兢兢地抬起头，看到蛇头上那双灯笼一样的金黄色大眼里正流着红色的眼泪。谢祖的儿子鼻子一酸，伸出手用袖子为它拭泪，大蛇缓缓伏下，把头放在他的肩上。

"妖孽！"谢祖在一边咬着牙喃喃说道。

大蛇又转头看着谢祖。谢祖指着蛇头恨恨地说道："你这妖孽，你生在谁家不好，偏要生在我家，害得我一辈子心惊胆战怕被人戳脊梁骨，我当年没有一剑砍死你，你现在竟然还敢来？"

大蛇被他一骂，有些不知所措，往周围看了看，见家中其他人都瑟缩在角落里恐惧地抱成一团，便回身向谢祖的儿子点点头，又游动到灵柩前，伸出蛇信舔了舔棺木，掉头出去了。

门外掀起一阵狂风暴雨，电闪雷鸣不断，过了片刻，风过雨收，谢祖的儿子连忙跑出去看，外面什么都没有，连地面都是干的，空中艳阳高照，天蓝云白，天气很好。

（本故事改编自南朝宋刘义庆《幽明录》）

驿亭鸡怪

古代的驿站是官府为公差、官员等外出时沿途住宿所设的馆舍，有时也接待普通的旅人。汉代规定“三十里一驿”，就是说，每隔三十里地，必须有一个驿站，所以有的驿站建在繁华城市，有的驿站则建在偏僻乡村。

汉代的代郡就有一个坐落在人迹罕至的荒村附近的驿站。因为地处偏远，馆舍破旧，又只有一个日常管理的老年驿吏，平日非常冷清，不知从何年何月起，就闹起了妖怪。时常有人在夜里看到驿站的房前屋后掠过一些奇怪的身影，或者传出一些诡异的音乐声。曾有几个胆子大的村民，在此埋伏到深夜，想看这种种怪事到底是什么妖物所为，可是他们一夜都没有回来，等天亮时人们去寻找，骇然发现这几个身强力壮的村民全都死在驿站的草丛里，头上脸上身上满是血痕。这样一来，再没有一个人敢靠近这座驿站了，不要说客人，就连驿吏自己都不敢住在这里。每到晚上，整个驿站就空旷无人，黑灯瞎火，远远望去，高高低低的几处房屋被一团漆黑吞噬，只剩下月光下淡淡的轮廓，四周飘着绿色的萤火，令人毛骨悚然。

一天傍晚，一个读书人来到驿站门外，要求在此住一晚。驿吏正要锁门，便劝他说："先生有所不知，这里夜间总有怪物出没，不宜止宿。你还是多走几步，去前面的那家驿站投宿吧。"读书人轻描淡写地说道："怪物出没怕什么，我自能除妖。"驿吏好奇地打量打量他，见这个读书人年纪在20岁上下，貌不惊人，穿着普通，眉宇之间流转着一股文弱气，身上背了一个旧书箱，腰上倒是挂了一把剑，可剑鞘破破烂烂，里面的剑身都露了出来，竟然锈迹斑斑，还有缺口，是一把残剑。怎么看，他都不像是能降妖除魔的厉害角色。驿吏摇头道："年纪轻轻，就是不知道天高地厚，从我这驿站路过了多少人，有的是武艺高强的军士、修行多年的道人，一听闹妖怪，跑得飞快，没有一个人敢说能除妖，就你？你用什么除妖？用你箱子里的四书五经，还是腰上这把破铁？"

"我用胸中的正气。"

"哈哈哈……"驿吏忍不住笑起来，"用正气，哎哟，我的天，你可逗死我了。"

"你笑什么？你没听说过邪不胜正吗？"读书人认真地说。

驿吏板起面孔来说道："行了行了，天就要黑了，我没工夫跟你磨牙。快走吧，趁还能看见路，我领你到村里去找个正经住处。难道你想露宿山林啊？到时候妖怪不吃你，狼也把你吃了。"

读书人执拗地说道："这里就是驿站，我就要在这里住，你是官府委任的驿吏，本该值守在驿站里，却把门一关自己跑了，成何体统！你要不给我开门让我进去，我就去告你个渎职擅离之罪。”

老驿吏怒道：“你这个书生，我可怜你是一条人命，叫你别送死，你反倒把好心当作驴肝肺。既然这样，那你进去吧，做了冤死鬼，不要来怪我就是！”他几下把驿站的门锁打开，将两扇门板一推，气哼哼地走了。

读书人走进驿站大门，来到院子里一看，满地茂盛的蒿草都长到腰间了。断壁残垣之中立着的几间房屋歪歪斜斜，好像马上就要倒塌似的，屋顶上瓦片不剩几块，窗纸全都破了，窗棂大多也是断折的，层层厚重的蜘蛛网把窗户盖得严严实实。透过蛛网的缝隙往里看，勉强能看见铺满尘土的桌椅和床榻，还有房梁上倒吊着的许多红眼蝙蝠。读书人摇头叹道：“好好的一个驿站，竟然被妖怪折腾成这样。”

读书人看来看去，见庭院中有一个亭子，勉强还能靠四根柱子支撑着直立起来，里面什么都没有，地板上光光的，倒还干净些，便进了亭子，把书箱放下，打开铺盖，准备在这儿凑合一宿。

到了晚上，读书人坐在亭中，点了灯火在看书，突然一阵风吹过，把灯焰吹得忽忽悠悠，照得亭子的四壁和天花板上黑影乱晃。读书人忙用手拢住灯，等躲过这阵风再一抬头，霍然看见一个鬼物坐在了自己面前。这鬼物身上覆着一层斑斑点点的羽毛，眼睛圆圆的，嘴巴尖尖的，一只手上拿着一支五孔笛，正歪着脑袋聚精会神地盯着读书人看。

读书人并不害怕，笑了笑，对那鬼物说：“你来了？来做什么呢？”

鬼物没想到这个人还敢跟自己说话，愣了一愣，随即答道：“来

吹笛子。”

读书人平和地说：“那吹吧。我闲着也是闲着，洗耳恭听。”

鬼物把笛子举到唇边，嘀哩嘀哩地吹起来。它只用一只手按笛子上的音孔，烛光太暗，看不清它另一只手放在哪里。

吹了一会，读书人扑哧一声笑了：“你吹的是儿歌啊？怎么听来听去就那么几个音呢？这也能叫乐曲吗？”

鬼物把笛子放下，很不服气地说道：“我还没吹到好听的地方呢，你就吵我，讨厌。”

书生指着它的手说：“你看你看，问题出在你的手上。你只有一只手，怎么够把笛孔按遍？难怪吹不出音来。你还是把笛子给我，我来给你示范一下正确的吹笛子姿势。”

鬼物嘿嘿冷笑道：“不就是手指头吗，你说要几根？我有的是！”它伸出了藏在羽毛里的另一只手，举到读书人眼前，那手上的手指不断地长出来，一会就长了十几根，新的手指还在不断地往外冒。鬼物得意地大笑道：“哈哈哈哈……你看你看，不就是手指头嘛，有什么稀罕，要多少我长多……”

它突然止住笑声，瞪大眼睛，低头看看自己的胸口，只见那上面露出一个剑柄。原来，读书人故意撩拨那鬼物让它分心作法，瞅准机会拔出自己的剑来，一下刺穿了它的身体。

鬼物全身战栗地站起来，嘴里喊道：“你骗我！你骗我！你……”声音逐渐不再是人语，变成了一串“咯咯咯咯”的惨叫。它在亭子里来回跳腾了一阵，摔倒在地，一动也不动了。

读书人走过来看了一眼它的尸体，笑着说道：“还以为是什么了不得的怪物呢，原来是这么个玩意儿。”

第二天，老驿吏回到驿站，见大门洞开，读书人已经走了。亭子里，一只猪那么大的花毛老公鸡躺在血泊之中，身上还插着那把锈蚀的残剑。

从那天起，代郡的这座驿站就再也不闹妖怪了，这里又变成了来往的客人夜宿歇脚的地方。

（本故事改编自南朝宋刘义庆《幽明录》）

宋定伯捉鬼

南阳郡有个小伙子名叫宋定伯，为人耿直，血气方刚，脑子还很好使。一天夜里，宋定伯出门去办事，本打算在路上的驿馆投宿一夜再走，可天擦黑时贪脚忘了，错过了第一个驿馆，所以只好赶夜路直奔下一个。

话说，本来古人是很少走夜路的，心里怕荒郊野岭有鬼祟出没。但我们这位宋定伯倒有些不一样，他从小胆子就特别大，不在乎什么妖魔鬼怪之说，因此走在路上，并不十分害怕。

这天是初一，月晦之日，天上只有一弯细如发丝的浅红色月影，四面山野黑黝黝的，几乎伸手不见五指。宋定伯深一脚浅一脚，走啊走啊，可总也望不到驿馆的灯光，心里有点急躁起来。这时，他偶然回头，看到有一团幽幽发绿的白光缓缓地一上一下飘浮着，好像正朝着自己的方向过来了。他定睛一看，原来那是一只白纸糊成的灯笼，隐约有一个纸片一样轻薄的身影在灯笼后面，看不清样子。

不过遇到同路人，宋定伯还是挺兴奋的，他连忙停下脚步等候着。

等到灯笼靠近了，宋定伯终于看清楚，这是一个穿着白衣披散着头发的男人。这个人看上去很轻巧，走起来好像脚不沾地，尖尖脸上两只眼睛像两个黑漆漆的洞，嘴唇雪白雪白的，好生吓人。宋定伯有点后悔等他，只是此刻再逃，已经来不及了。

这人看到宋定伯，好像也吃了一惊，站住了。两人互相打量了一番，提灯人便走到宋定伯跟前，客客气气地搭讪起来："您好呀。我是夜行的鬼。您又是哪位呢？"

宋定伯暗地里倒吸了一口凉气：这可如何是好？这不都是自找的吗？自己非要走夜路，遇到鬼也怨不得别人。如今只有硬着头皮装鬼了，不然只怕性命难保。

宋定伯打定了主意，面不改色地回答："我当然也是鬼呀！深更半夜还在外面晃荡的，除了咱们这些孤魂野鬼还能有谁呢？"

鬼一听这话，连忙问道："那您这是要到哪里去？"

宋定伯答道："我要到宛市去。"

鬼说："我也要到宛市去，咱们两个不如结伴而行吧？"

宋定伯心里叫苦，嘴上还得说好："太好了，我正愁这一路上太无聊了呢。"

搭伴走了几里远，鬼觉得有些不对劲。它发现宋定伯走得太慢了，它已经飘出去老远，宋定伯还在后面吭哧吭哧地走着。它不耐烦地对宋定伯说："你怎么走得这么慢啊！去宛市还要赶很长一段路，这样耽搁下去，估计天亮咱们都到不了，太阳一出来就麻烦了。要不这样吧，我们轮流背着对方走，我就不用总是等你，这样既不累，也可以加快速度，你说怎么样？"

“好啊！大哥你好聪明，这个办法真不错！”宋定伯拍着手说。

因为这是鬼的提议，所以鬼先背宋定伯。走着走着，鬼又犯嘀咕了。它奇怪地问：“你怎么这么重啊？咱们鬼都很轻的呀，你别不是鬼吧？！”

宋定伯眼珠一转，大大方方地回答说：“哎呀，这个你就不知道了，我刚死没多久，肉体凡胎的浊气还没褪干净，所以还很重。好了，你累了就放我下来，我背你走一段。”

鬼忙把宋定伯放下，蹭蹭几下爬到他背上。宋定伯暗暗好笑，这鬼轻的像一根羽毛，几乎没有重量，背起来一点儿都不费劲。就这样，他们互相轮换着你背我我背你，鬼被宋定伯累得直喘粗气，宋定伯却一点力气都没多用。他心里偷着直乐：“嘿嘿！今天运气还真不错，一文钱不花，倒找了个好脚夫！”

不过，宋定伯高兴归高兴，对鬼他还是很警觉的，他想：“老人说，鬼会害人，我应该想个办法，从这个傻鬼身上找找制服鬼的办法。”他琢磨了一会，就假模假式地对鬼说：“大哥，我是个新死鬼，什么都不懂，还得向您请教请教为鬼之道，您可别保守啊！”

鬼一边呼哧带喘一边说：“好说好说，谁不是从新死鬼过来的，老弟但问不妨，我一定言无不尽。”

“大哥真是古道热肠，小弟敬佩！那您能不能告诉我，鬼最怕什么？这样我以后才能保护自己嘛。”

鬼听了宋定伯几句恭维话，心里得意起来，兴冲冲地说：“世上只有人怕鬼，鬼可什么都不怕，只是唯独有一件事情，做鬼要小心，千万不要被人重重摔到地上，那样鬼就会变成羊，如果再被吐上人唾沫，就变不回来了，只能永生永世做牲畜。你记住了没有？”宋定伯边听边点头："记住了记住了，记得死死的，绝对忘不了。"

他们两个走啊走啊，来到一条河边。正好轮到宋定伯背着鬼过河。宋定伯过河时，脚下发出蹚水的哗哗声。鬼这下子又起了疑心："喂喂喂！你过河怎么会发出这样大的声响？你到底是不是鬼呀？告诉你，我们鬼有形无质，轻飘飘的，在水里根本激不起水花，更别说出水声了！"

宋定伯继续装腔作势地说道："我是新死鬼嘛，身体又重，腿脚又拙，哪能像大哥你这样灵巧哪！唉，我怎么这么笨啊，当个鬼都当不好！真没出息！"说着，他一撇嘴，好像要哭出来了。

鬼听了这话，也觉得自己太多心，伤害了宋定伯的感情，有些后悔，连忙宽慰说："老弟，别着急，慢慢来，慢慢来。"

接下来的路上，鬼再也不质疑宋定伯了。一人一鬼相安无事，有说有笑地走到了宛市的城门边。这时候天也快亮了。东方的地平线上已经被曙光渲染出了一道鱼肚白。城门也徐徐打开了。远处的路上，零零星星有了行人。太阳就要出来了。

鬼把白纸灯笼捧到脸前，噗地一口把里面的磷火吹灭，对宋定伯说："好啦，同行千里，终须一别，天下没有不散的宴席，我要到那边山上的乱葬岗去看个朋友，老弟，咱们就此别过吧。"说罢，它转身要走。

宋定伯突然大喝一声，抄起那只鬼顶在头上朝城门狂奔而去，鬼被吓得大叫起来："你干嘛呀！你发疯了吗？快，快放我下来！要不我让你吃不了兜着走！"

宋定伯也不管它怎么喊怎么挣扎，一直跑到宛市市中心的空地上。这里的集市刚开张，人们都牵着自家的猪羊在吆喝叫卖。鬼一

见这种场景，猜到宋定伯想干什么，吓得叫都叫不出声了。说时迟那时快，宋定伯把手中的鬼举起来，狠狠地往地面上一掼，鬼落地一瞬间，一道电光闪过，它果然变作了一只山羊，皮毛雪白，看起来还挺壮实挺漂亮的。

山羊摇摇晃晃站起身想逃跑，宋定伯马上朝这羊吐了一口唾沫。这下子，鬼变不回来了。宋定伯还不放心，呸呸呸地朝它连吐了好几口唾沫。鬼变的山羊彻底老实了，四蹄一跪趴倒在地上，耷拉着脑袋，斜眼看着宋定伯咩咩直叫，好像在说："人鬼殊途，两不相干，你为啥骗了我又害我呀？"宋定伯瞪了它一眼："我是人，你是鬼，我不骗你，你必害我！"然后他一把攥住羊角，高声吆喝："卖羊！卖羊！"

不一会儿就有一个人看中了这只羊，出价一千五百文钱。宋定伯一想，反正是捡来的，也不还价，立即成交，拿着钱高高兴兴办他的事儿去了。

宋定伯卖鬼这个新鲜事儿后来一传十十传百，很快就传到京城。京城里有个叫石崇的大富翁，听人讲了这个故事，笑得前仰后合，连连拍案叫绝。石崇这个人自视很高，认为自己是个经商的天才，永远胜人一筹。他怎么也想不到，这世上竟然有人比他还会做生意，把一个鬼就这么生生给卖了，凭空赚了一千五百文钱。他感叹道："这个叫宋定伯的小子，真是不简单啊！"

（本故事改编自三国魏曹丕《列异传》）

鬼盗谷

古时，琅琊郡有姓诸葛的两兄弟，家里穷得吃不上饭，只好离开家乡，在晋陵寄居。可是他们在老家就是出了名的懒汉，特别不愿意卖力气干活，看到城里有许多乞丐，不劳而能食，便也学着乞讨谋生。为了博人同情，他们俩一个装瘸子，一个装瞎子，还编了一套可怜的身世，到各家各户去敲门乞食。能给他们开门的，都不是什么高门大户，只是普通百姓。人们看这两个“残疾人”可怜，就把自己充当口粮的谷子匀出一点来施舍给他们。这两个身强力壮的小伙子，不稼不穑，不耕不种，不做生意不做工，却顿顿都能吃上饱饭。每天日上三竿才出门，太阳没下山就回家睡大觉，过得逍遥快活。

诸葛兄弟虽然懒，但还挺会过日子，也不浪费粮食。他们把讨来的谷子都存放在一个大竹圌（chuán，一种类似囤的盛粮器具）里。每天小心翼翼地计算好两口人三顿的食量，从圌里称出来，然后用封条把囤盖子贴上。

尽管他们这么精打细算，还是出了差错。不知从什么时候起，总是还没到算好该吃完的日子，囤里的谷子就没了。开始，他们以为是家里遭了盗贼，可是查验囤上的封条，却丝毫无损，屋子里连个陌生的脚印都没有。接着他们又互相怀疑，于是约定每次取粮食贴封条的时候两个人都得在场，你盯着我，我盯着你。到后来，两人睡觉都不踏实了，谁夜里起来，另一个人就马上睁眼看着。

然而在这样严密的戒备之下，囤里的谷子还是一直莫名其妙地减少。不管他们出去讨来了多少谷子，就是吃不到月底。而且谷子消失的速度越来越快，这两兄弟为了填补亏空，只好天天都出去乞讨，刮风下雨也不能歇，这乞丐当的，比种田打铁还累。

有一天，一个远房亲戚从老家来看他们，刚走到巷子口，就见有好多人挑着谷子从诸葛兄弟家门里出来，这些人穿得五花八门，有绫罗绸缎，也有布衣麻衫，看起来什么身份都有，但脸都是青黄青黄，气色不佳，挑担子倒是敏捷得很，步态轻盈，好像跳着走一样。

亲戚拦住其中一个问道：“请问，前面那户人家里是不是住着一对诸葛兄弟？”

那人站住，直愣愣地看着他。

亲戚以为对方没听清楚，忙提高了声音又问：“请问，琅琊郡的诸葛兄弟可是住在这里？”

那人眼珠缓缓地转了几转，灰黄色的脸孔上挤出一丝笑纹：“哦！你问……诸葛兄弟？对对，他们住在这儿。”

“他们在家吗？”

“在，都在，他们回来好一会了，眼下正在堂屋里坐着休息呢。”

“那你们是……”亲戚指了指周围这些挑担人。

那人诡笑了一下：“我们是来取货的。”

“他们兄弟做起生意来了？这倒新鲜，懒成那样的人也能做生意？”

“嘻嘻，是做生意，不过，是无本生意，他们无本，我们也无本，都是空手套白狼。”

“这是何意？”

那人正要回答，前面有人叫他：“什么有本生意无本生意，那是老天爷打算盘，该谁的不该谁的，一清二楚。不是他的东西，当然就会有人来拿！别跟他说废话了，快走吧！”

“来了来了！”那人朝那位亲戚一拱手，“我得走了，您回见吧！”说着，挑起担子大步跑了。

那位亲戚看他一溜烟跑远，便进了屋子。诸葛兄弟正瘫坐在椅子上，不知道是病了还是累了，耷拉着脑袋直打蔫。

亲戚笑着拍手说道：“二位贤弟，你俩真是出息了，要是我回去跟婶娘一说你们在晋陵买卖做得这么大，她做梦都要笑醒了呢。”

诸葛兄弟好像看疯子一样看着他：“你在说什么呀？”

“你们不是在做卖谷子的生意吗？”

“什么卖谷子的生意？我兄弟二人明明是乞讨为生——你见过讨饭的人起五更睡半夜吗？我们就是——每天困得眼皮都抬不起来，累死累活讨一个月的饭还得饿半个月肚子，就这样我们还做生意？哪有本钱做生意呀，你发什么梦呢？”

那亲戚一听觉得不对了：“我刚才看见很多人从这屋里挑了谷子

出去，不是你们在卖粮么？”

诸葛哥哥说道：“刚才？刚才我们一直坐在这里，哪有什么人挑谷子出去？”

弟弟说：“就是啊，这么长时间，就只有你一个人进来嘛。”

“这真是奇怪，难道我看花眼了？可是我还跟他们说话来着，”亲戚说道，“他们说是来取货的，还说什么，你们是做无本生意，他们也是做无本生意。我没听明白这话的意思。”

诸葛兄弟茫然地对视了一眼，突然“啊”地叫了一声，一跃而起，慌慌张张跑去看放谷子的粮囤。亲戚不明就里，也跟着去了。囤盖子上的封条还好好地贴着，打开一看，里面的谷子已少了十几斛。弟弟惊疑地问哥哥：“哥，那些把咱们谷子挑走的是什么人啊？”

哥哥说道：“我俩坐在屋里都看不见的，不用撕开这封条就拿走里面东西的，能是人吗？肯定是鬼啊！”

“鬼？哥，咱们没招惹过鬼呀，鬼为啥偷咱们的粮食？”

“你问我，我问谁去？”

那亲戚这时才明白，自己刚才跟鬼聊了半天，现在也有点后怕，听兄弟俩这么说，他想起鬼说过的话了：“二位贤弟，你们这谷子，怕不是正道上来的吧？”

“这……”诸葛兄弟语塞了，那是啊，这囤里连一粒正道上来的谷子都没有，都是他们装瘸子装瞎子向老百姓坑蒙拐骗来的——之所以被鬼悄悄地偷走，永远存不住，是因为那根本就不是属于他们的东西。

从那之后，诸葛兄弟不去乞讨了，老老实实做工挣钱养活自己。他们还一直用着那个大竹囤，但里面的粮食再也没有丢过。

（本故事改编自南朝宋刘义庆《幽明录》）

寿光侯劾鬼

寿光侯生在东汉时期，是一个非常有名的捉鬼法师。

他少年时，同村有一个女人，突然犯了一种奇怪的病，整日精神恍惚，时常疯疯癫癫，胡言乱语，晚上一看到丈夫就凶神恶煞一样地打他推他，不准他进房间。家人想尽了办法，也请了不少法师打醮驱邪，都没有什么用。寿光侯当时正在师傅那里学习画符，听说这件事后，他主动到那家人家里去，将一张自制的符从中间剪开，分别贴在女人卧室的两扇门上，又在房顶的梁上悬挂了一把雪亮的宝剑。

这天晚上，女人还是像往常一样，紧闭房门不让任何人进来。家人都不敢睡觉，躲在各自房中，想看看到底会发生什么。

深夜时分，平地起了一阵风，那风带了一股浓烈的腥臭味，呜呜怪叫着，绕过层层院墙，吹过扇扇纸窗，一路直奔女人的卧房而去。家人们谁也不敢出去，只得瑟瑟发抖地藏在门背后，耳朵贴着门板听外面的动静。只听得女人卧房的门开嘎吱吱地打开了，好像有什么东西进了房，接着，那房门又关上了。

房门相合的一刹那，两道灵符也合二为一，透过窗户，人们只看到一道明亮的血红光芒闪过，还伴随着一声巨响。随后，整座宅子变得静寂无声，再无一丝半点声音。

众人等了许久，见没什么异样，便纷纷走出来。这一出来可不要紧，所有人吓得魂飞魄散。他们看到女人卧室的门大开着，只见床前的地面上，一条几丈长的乌黑大蛇只剩下身躯，盘曲在血泊之中，而门外的青石板上，一个巨大的蛇头张口仰视天空，粗麻绳索一般的蛇信从蛇口中窜出来，耷拉在一边，那蛇头上的眼珠子是金黄色的，足有一个壮汉的拳头那么大，被砍断的蛇颈好似井口那么粗，还在往外飙着黑色的妖血。人们都猜想，大蛇是被挂在房中的宝剑砍死的，有眼尖胆大的往屋里一瞧，却见那口宝剑还好好地挂在原处，只是剑尖上正滴滴答答地往下淌血呢。

那女人木雕泥塑一般地坐在床上，看到家人走进了门，两眼一翻白，昏了过去。

她昏睡了好几天，醒过来睁开眼时，家人一一都能认识了，对丈夫的态度完全改变，恢复了过去贤妻良母的样子。不久，她身体也不再虚弱，可以下床操持家务了。

这件事传开之后，寿光侯名声大振。大家都知道有一个年轻的法师，法力特别高强，来请他除妖杀鬼的人也越来越多了。

后来，寿光侯把师傅的道术都学会了，立志除尽天下妖魔鬼怪，于是辞别父母云游四方，从此神龙见首不见尾。他行经之处，留下许多故事，个个都传得神乎其神。最有名的，是他杀树精的故事。

话说，某地有一棵十分妖异的大树。这棵树时常散发出一种恶臭，树干上总流淌着一道道黏稠的绿液，就像是某种怪物的唾液。无论白天还是夜晚，只要风一吹，树便幽咽如泣，声调又悲伤又阴森，令人生惧。

更可怕的是，这棵树还会杀人，如果有谁不小心站在它的树荫下，须臾即死。不单是人，就连飞鸟也不敢靠近这棵树，一靠近就会坠亡。

寿光侯找到了那棵妖树，围着树转了几圈，这树到底有什么鬼名堂，他心中就有数了。他在树的四周立了四块贴符的石碑，又在树上挂了一把宝剑。这天晚上，万籁俱寂，月光亮如白昼。突然，天上响起一声惊雷，石碑上的四道符发出夺目金光，齐齐照向宝剑，又反射到四面八方，把整棵树笼罩在强光之下，光芒幻化为万道剑影，雨点般的刺入树冠。树冠上顿时发出撕心裂肺的尖叫声和血肉迸裂的声音，好像有妖物被那密集的光剑刺穿了。

随着尖叫声渐渐平息，四道符的光芒也渐渐减弱，很快熄灭。大树静静地伫立在夜色中，清风吹过，满树枝叶摇曳的声音悦耳祥和，一点都不恐怖了。

第二天，有人从这棵树下经过，惊诧地看到一条已经死掉的大蛇软绵绵地垂挂在树杈上，而四面石碑上密布着一条条烧焦的痕迹。人们互相打听，才知道是寿光侯在此杀妖，为这里的百姓除了害。

寿光侯降妖的事迹传到了宫中。这时的皇帝是汉章帝，他一听民间有这么一位高人，心里便想，这人一定是天上的神仙下凡，何不把他叫来，讨教长生的秘诀？于是汉章帝传下旨令，让各地官府搜寻寿光侯的踪迹。

功夫不负有心人，汉章帝锲而不舍地寻访了好几年，寿光侯总算应诏来见他了。可是，当汉章帝兴致勃勃地去迎接寿光侯时，看见的竟是一个瘦小干枯的老头，这老头皮包着骨头，稀稀拉拉的花白头发勉强梳成个小鬏鬏顶在脑袋上，手里的拂尘也是秃的，身上的道袍也是破的，脚上的草鞋还露着好几个趾头，看起来惨极了，哪儿像个有道行的大法师啊。

汉章帝有些失望，就打算捉弄他一下，想了想便说道："朕这宫里闹鬼，每到半夜，就有几个蓬头散发遮住了脸的红衣人，手拿火把走来走去，直到天亮才消失。你能不能把它们捉住？"

寿光侯微微一笑，说道："陛下所见的这些红衣人，都是横死之鬼。因有夙愿未了，在人间游荡等待。既然他们影响了陛下的休息，我叫他们到别处去就是了。"

汉章帝看他说得有鼻子有眼，心中窃笑——原来他说的什么红衣鬼走来走去，全是临时起意瞎编的。寿光侯答得一本正经，汉章帝更确定他是个江湖骗子。于是，汉章帝让寿光侯下去歇息，然后叫来侍卫长，命他带几个人晚上扮鬼，好好地逗一逗这个老道士。

夜幕终于降临了，汉章帝坐在寝宫的龙榻上，自言自语道："我就要瞧瞧这老道怎么出丑。"正想着，宫门前掠过一阵旋风，早被洒扫得干干净净的台阶上突然多了几片枯萎的叶子，两只乌鸦不知从何处飞来，落在门外的地上，目光阴沉地往殿内看了看，又噗喇喇飞走了。

汉章帝突然感到一阵恶寒从脚底爬上来，一直蔓延到心口处，他不禁连打了几个寒战。他回过头，正想吩咐身后的两个太监倒点热茶来，却见他们脸煞白煞白，嘴唇青中发紫，身子颤抖不停。汉

章帝惊讶地问道:“你们为何这般模样?”一个太监怯怯地答道:“回禀陛下,我们也不知道怎么了,就觉得身上寒气难忍,不由自主就发起抖来了。”说着,太监偷眼看着汉章帝,极力掩藏着恐惧的神色。其实汉章帝这时若照照镜子就知道,他自己也是面如死灰,没一点血色。

三人正面面相觑,殿外脚步声响起,一个太监领寿光侯走了进来。说来奇怪,寿光侯一出现,汉章帝顿时觉得像晒着了正午的太阳,长舒了一口气,身上的寒冷感觉消失殆尽,通体暖洋洋的。他看看那两个太监,发现他们的神气也已经恢复正常。

此刻,月亮已升至中天,宫苑中满地白光,看起来分外凄清。远处敲响了三更鼓。寿光侯掐指一算,笑了笑,指着门外对汉章帝说道:“陛下请看。”汉章帝顺着他的手指看去,只见门外飘然走来一列鬼魅,正像汉章帝描述得那样:长发散乱覆面,身穿破破烂烂的红衣,手举火把,一个跟着一个,悠悠荡荡地跨过门槛来到殿中。数一数,共有七个。汉章帝认定那是自己的侍卫假扮的,倒不害怕,反而斜眼瞟了瞟寿光侯,想看这老道有没有被吓到。

寿光侯看上去真镇定,双目微闭,神态自若,嘴里念念有词。汉章帝心想,嘿,还挺像那么回事儿的,我让你演个够,到时候我的侍卫们把面具一摘,红衣服一脱,我看你如何收场。

说话间,红衣鬼登堂入室,把汉章帝和寿光侯团团围住。其中一名红衣鬼张开嘴,从唇间伸出一条猩红长舌,往寿光侯面门舔去。汉章帝见此情景,颇为纳闷,不知道侍卫从哪儿弄来这么精巧的道具,这游动的鬼舌,污血黏腻,看起来就跟真的似的。

寿光侯从容地用左手挽住长舌,往怀里一带,那鬼猝不及防,差点摔倒。后面一鬼见势不妙，将锋利的鬼爪伸向寿光侯的咽喉，寿光侯迎面一拳，鬼捂住脸急忙后退。就这样，寿光侯和群鬼你来我往打斗起来。没一会儿，红衣鬼就全被寿光侯打趴下了。寿光侯大喝一声，伸手从后领中抽出拂尘，迎风一晃，拂尘发出耀目的金光，群鬼顿时捂住眼睛，嚎叫连连。

汉章帝慌了神，硬起头皮对寿光侯陪笑道："道长，您的法力着实让朕大开眼界，只是这几个红衣鬼……他们……他们其实是我的——"他的话还没说完，寿光侯却朗声大笑起来，说："陛下还以为这些红衣鬼是侍卫吗？看门外来的是谁？"

汉章帝一抬头，从花木丛中走来一队人马，领头的那个高举着火把，虽然故意披头散发，还在脸上抹了红红绿绿的颜料，装扮得鬼模鬼样，可他还是认得出来，那正是自己的侍卫长。汉章帝心里不禁一颤，这才定睛观瞧那些伏在地上叫唤的红衣鬼，见它们衣袖里伸出的手、破靴子洞里露出的脚都只是枯骨，长发遮挡的那半是骷髅半是血肉的脸，筋骨毕现，血肉模糊，绝非面具。

呀！这真的是鬼啊！

汉章帝吓得一屁股从龙榻上摔下来了。门外的侍卫们见状，急忙扔了火把拔出刀剑冲进来："陛下！臣等护驾来晚了！"汉章帝有气无力地摆摆手："原来朕的宫中真的有鬼……真的有鬼呀……要不是寿光侯，朕差点要被鬼害死了！你们这群无用之辈，宫里有鬼出没都不知道！我要你们何用！"侍卫们被劈头盖脸一顿训斥，你看我，我看你，都不知该怎么办才好。

寿光侯淡淡地说道："陛下无须惧怕，这七只并非恶鬼，不过是无害的小魅而已。"

“小魅？可是宫里为何会有这种小魅？”汉章帝急切地问道。

“陛下可还记得，当年楚王一案，牵连甚广，涉案之人多有死在狱中或是流放途中。可是，他们中很多人并没有犯大逆之罪，是被冤枉的。这些冤死之人，缠绵于此，是因为心中愤懑，不甘心就这样离去。”

原来，汉章帝的父亲汉明帝有个弟弟名叫刘英，被封为楚王。刘英很喜欢结交道士、和尚之类的人，在自己的王府里养了很多僧侣方士，被人告发说有借助巫术的力量谋反的企图，汉明帝很生气，就把刘英的亲王爵位废黜，贬谪到丹阳郡去了。刘英气不过，自杀身亡。这个案子闹得很大，凡是跟楚王有过接触的人都没被放过，几千人被抓起来，死的死，流放的流放。

汉章帝听寿光侯这么一说，若有所悟，便问道：“那朕应该怎么做，才能……才能驱除这些鬼啊？”

寿光侯说道：“死者已矣，请陛下将那些还活着的人从流放地召回来，让他们与自己的家小团聚吧。如此，方能以宽和之气化解这些鬼魅的悲怨。”

红衣鬼们都仰起半肉半骨的脸，满怀期待地望着汉章帝。

汉章帝被他们这么一看，有点打怵。不过他心里明白，寿光侯说得有道理。他点头道：“朕……朕准奏！”

红衣鬼们听了这话，如释重负。他们对汉章帝郑重地磕了三个头，随后一一化作轻烟，大殿槛外一阵清风吹来，这一片轻烟便在风中消散了。

这时，一缕晨光从门外照入，寿光侯朝汉章帝微笑着深深一躬，甩了甩拂尘也不说话，转身大摇大摆地走了出去。汉章帝久久凝望着他的背影，只见那背影越走越远，越走越淡，直直地穿过宫墙，不见了。

汉章帝是东汉的第三位皇帝，他在位期间，废除了一人谋逆全家连坐的律法，禁止了许多用刑残酷的法条，政令宽厚，深得民心。三国时期的史学家薛莹赞扬章帝统治下的东汉社会，“阴阳洽和，而百姓安乐”。

（本故事改编自东晋干宝《搜神记》）

干将与莫邪

春秋时期，诸侯争霸不休，高超的兵器制造技术成为各国狂热追求的目标。在所有的兵器中，剑是无可争议的王者，它不仅象征武力，更象征权力和地位。最好的剑一定要用合金来打造，要想制出锋利的宝剑，掌握合金冶炼的秘诀至关重要。

当时，在吴越地区有一位顶级的铸剑师，名叫干将。吴越是铸剑水平最高的地方，这里有吴国和越国两个国家，明里暗里争斗多年，互有胜负。越国占下风的时候，曾送给吴国三把宝剑。吴王对这三把宝剑爱不释手，便召来干将，让他照着铸两把一样的。

然而，干将采集了好几个地方的矿石，在铸剑坊里炼了三个月，却怎么也炼不出令他满意的金铁材料。

一天，干将坐在炼炉前，沉默不语，好像在想什么。他的妻子莫邪来给他送饭，见他面色苍白，愁容不展，好像有很重的心事，便问他怎么了。干将对她说：“我炼不出用来铸剑的金铁，国君交给的任务完不成，我们一定会被杀头的。我死了不要紧，可我不想连累你。”说着，他不禁潸然泪下。

莫邪忙安慰道：“别着急，你那么擅长铸剑，一定能找到原因的。”

“原因……我知道……”干将语气更加沉郁了。

“你知道原因，还等什么，赶紧想办法呀！需要什么东西，咱们去跟王上要！”

“唉……”干将叹了口气，“越国赠送的这三把剑，是我师父铸的。当年我师父铸此剑时，一开始炼出的金铁也是这样，要么，在石头上撞几下就裂了，要么，沾一点水就锈蚀了，根本用不了。后来，他说……”

说到这儿，干将却停住了。莫邪追问道：“他说什么？”干将犹豫了一下，接着说道：“师父说，炼不出好的金铁，是因为炉神要人的身体来献祭。他带着师母一起跳进了炼炉。之后那一炉铁水真的炼出了世上最坚硬的金铁，造出了最锋利的宝剑。”

莫邪沉默了，她心想：铸剑就铸剑吧，这怎么还要搭上人命？她担心干将做傻事，想了想便说道：“炉神只是要人用身体来献祭是吧？那就让我来吧。”

干将一惊：“不！怎么能让你来呢？要跳炼炉也应该是我去跳。”

“我没说我要去跳炼炉，但是我有一个主意，先不告诉你，”莫邪神秘地说道，“你要办的事，是去向国君要三百个童男童女……”

“什么？莫邪，咱们不能干这种事，要遭报应的！”

“你听我把话说完嘛！”莫邪也急了，“我虽然不会铸剑，可跟你在一起这么久，多少也懂了一些铸剑之术。要铸得好剑，就须炼得好铁，炼铁的关键，其实就是一个火字，火要是烧得不够热，再好的原料也出不了好铁，对不对？”

“对。”

“你看看你的炼炉，干活的人太少了，他们还要干一会儿歇一会儿，鼓风时大时小，烧炉子的炭也总是续不上，这样火焰烧得不够热。我让你去跟国君要三百个童男童女，其实就是想要很多很多年轻健壮不怕累的劳力，让他们来轮流拉风箱，添木炭，把炉里的火烧得旺旺的。不过，我们要是把这话向国君说明白了，说不定他反要猜疑我们想偷懒，如果我们说，为了让炉神高兴，必须要让三百个童男、童女鼓风添炭，他就不会说什么了。”

干将恍然大悟：“莫邪，你真聪明。但是……光是鼓风提高炉温，我还是有点担心差了些什么。我师父说……”

莫邪赶紧打断他：“我知道，你师父说，炉神要人的身体献祭嘛。放心，都交给我。”

干将半信半疑，不知莫邪究竟想出了什么好主意，不用跳炼炉，又能做到“用人的身体献祭”。他自去向吴王请求三百个童男童女，果然如莫邪所说，吴王一听到他的话，脸马上就沉了下来，再一听说这么做是为了讨好炉神，便转怒为喜，满口答应了。

干将带着三百个从吴国各地征召来的少年回到铸剑坊时，莫邪也准备好了献祭的东西。干将一看，莫邪在炼炉前摆了十几个箩筐，里面都是一堆一堆的头发，仔细看，头发团儿里还掺杂着许多碎指甲。

干将纳闷地问道：“你这是……”

莫邪指了指这些箩筐：“这些都是人身上剪下来的呀，师父只说炉神要人的身体，没说要整个身体吧？为了收集这些东西，我可是跑遍了十里八乡所有的村子，腿都跑细了。”

干将笑了：“我真是服了你了，你这小脑瓜，转的真够快的。”

莫邪摸了摸头，笑着说：“其实我猜呀，不是炉神要人的身体献祭，而是这铁水的配方里需要某种东西，人的身体里有。所以，我们把头发和指甲加进去，应该就能成功了。”

干将点头道：“嗯，我听你的！”

就这样，他们让三百个童男童女通宵轮班干活，然后将箩筐里的头发指甲全部倒进了铁水中，又炼了几天几夜，终于把这锅寄托了最后希望的铁水炼成了。干将把出炉的铁水凝固成的宝剑坯形放在铁砧上锻造了一整天，莫邪也在门外焦急地等了一整天。

第二天天明时，干将捧着一大一小两把剑，热泪盈眶地走出铸剑坊，喊着莫邪：“莫邪，铸成了！剑铸成了！”

干将把铸好的剑献给吴王。吴王非常高兴，为了表彰干将夫妇，他把这两把剑命名为干将剑和莫邪剑，收藏于国库之中。从此，干将的名声传遍了春秋列国，上至国君，下至普通士人，人人都以得到干将铸造的宝剑为荣。

许多年后，楚王将干将莫邪请到了楚国铸剑。这一次，干将又遇到了难题，他怎么都配不好合金的比例，最终，整整花了三年时间，才把符合楚王要求的剑造了出来。

就在宝剑出炉的同时，莫邪也即将分娩了。干将一生都在与国君贵族们打交道，他深知这些诸侯的心胸有多么狭窄。他铸剑耗费的时间太长，楚王迟迟得不到宝剑，对他早就非常不满，就算他献上了剑，怕也是难逃一死。莫邪马上就要生产，他必须保护妻子和孩子。

于是，在去献剑的前一天晚上，干将把莫邪送上了逃离楚国的船。莫邪死死抱住他，哭着说道："要走一起走，不然我也不走。"干将说道："为了孩子，我得留下，你得走。"莫邪只得流着泪松开了手。干将凑近她的耳朵轻声道："莫邪，你生下的如果是男孩，等他长大了你就告诉他，窗外南山，有一棵松树在大石头上扎了根，把松树剖开，取出里面的东西，那是他父亲给他的。"说着，他一使劲，把小船推入江流，目送着船随波远去。

送走了莫邪，干将来到楚王宫中，献上一把宝剑。楚王冷着脸说道："你花了三年才造出这么一把剑来，让寡人等得好苦，该当何罪？"干将俯身跪拜，一言不发。这时，楚国的一个大臣探头看了看剑，阴阳怪气地对楚王说："大王，这剑不对啊。"

"哦，怎么个不对？"楚王立刻坐直了，瞪着眼睛问道。

"剑分雌雄，这是一把'雌剑'，必然还有一把'雄剑'。干将，你竟敢隐匿雄剑，只拿雌剑给我们大王？"那个大臣阴险地说。

"绝无此事。"干将立即大声否认道。

然而，楚王不相信他的话——天下人都知道，干将的作品中最有名的，就是一雄一雌的干将莫邪。

不管楚王如何威逼利诱，严刑拷打，干将始终一口咬定自己只造出了一把剑。最后，楚王也不耐烦了。他本来就没打算让干将活着离开楚国，这不仅是因为干将让他等了三年，更是因为，如果干将死了，他刚拿到的这把剑，其价值便会成百倍千倍地增加。至于说干将隐匿了雄剑，这只是给他提供了一个更合理的杀人理由罢了。

很快，楚王就处死了干将。与此同时，莫邪在故乡生下了他们的儿子，取名为赤。

赤从小便缠着母亲问父亲在哪里。直到他 15 岁那年，莫邪才告诉他：“你父亲为楚王铸剑，三年乃成，楚王怨怒，就把他杀了。”赤听了大哭起来，莫邪搂住他说：“你父亲要我告诉你，窗外南山，有松树生在大石头上，你把松树剖开，里面有一样东西，是他留给你的。”

赤连忙挣脱莫邪的怀抱，跑到庭院里往外看，可外面是一片平原，并没有山，他四下张望，突然发现堂前有一根柱子，底座是石头的，他上前摸了摸，这是一根松木柱子。赤一下明白了，用砍刀把这根柱子破开，柱子是中空的，内里藏着一个匣子。

赤取出匣子，打开一看，里面放着一把黑铁剑，花纹凝重，锋刃清寒，剑身宽厚，尽管多年未见天日，通体却还是亮锃锃的，毫无锈迹。

“这是……”莫邪惊呼起来，她立刻醒悟过来，一切如传闻所说，干将当年铸成的确实是两把剑，他交给楚王的是小一些的雌剑，而在送剑之前，他不知何时偷偷回了一趟家，把雄剑藏在了这里。

赤得到了干将留下的雄剑，便魔怔了一般，每天都抱着剑，坐在堂下若有所思。莫邪忍不住问他：“赤儿，你在想什么？”赤直瞪瞪地说：“我要杀楚王，为父亲报仇！”

莫邪大惊失色。她知道干将把雄剑留给儿子，绝不是想让他去送死的，当年为了救下他们母子，干将牺牲了自己，如今，又怎么能让赤去自寻死路呢？可是看一看赤的神情，莫邪便明白了，赤心意已决，拦是拦不住了。

这时出现了一个传言，说楚王连续几个晚上都梦见一个十几岁的孩子提着剑来砍他的头，要为父亲报仇。那个孩子长得很有特点，眉心特别宽。楚王不胜其扰，将梦中孩子的长相画下来，散布到各国，悬赏寻找。莫邪在街头无意中看到了悬赏的告示，急急忙忙地赶回家，把告示给赤看：“你就死了杀楚王的心吧，他已经有防备了，你接近不了他的。”

赤看着告示，皱起了眉头。原来，告示上画的人与他十分相似，尤其是宽阔的眉心，跟他简直一模一样。难道楚王梦中的少年真的就是他？或许这是巧合？又或许，是他太渴望报仇，灵魂进了楚王的梦境？

这些都难以探究了。赤只是明白，自己的确已不可能靠近楚王，更不用说杀他。他痛苦地抱着父亲的剑跑了出去，在野外踉跄地游荡，边哭边唱着歌，伤心极了。

走着走着，一个人停在了他面前：“少年人，你哭什么？遇到什么难过的事了？”赤抬头一看，此人貌不惊人，身材矮小，是个普普通通的旅人。他忧伤地说道：“我父亲被楚王杀了，我想报仇，可是楚王梦见我去杀他，他画了我的像，还悬赏捉我，我见不到他，报不了仇了！”一边说，他一边呜呜哭起来。

那个旅人平静地说道：“哦，就这么点事啊。楚王悬赏多少捉你？”

赤说道：“一千两金子。”

“那可真不少。我可以帮你报仇，不过需要两样东西。”

“什么东西？”赤忙问道。

“第一，我要你的项上人头，这样我就能以献上人头的理由见到楚王了。第二，我要你手中的宝剑，这是一把好剑，我见到楚王后，可以用这把剑斩杀他。”

赤大笑起来：“先生愿意帮我，太好了。”他举起手中的雄剑，轻轻一挥，头颅便掉落下来，无头的尸体站在原地，僵直不动，旅人收起了他的头，放进行囊，又拿过他手中的剑，佩挂在自己的腰上，对尸体一拱手，说道：“我一定不负所托。”

赤的尸体轻轻摇了摇，倒了下去。

旅人带着赤的头和雄剑来到楚国的国都，进宫求见，说自己已经杀了那个楚王梦中的孩子，是来取赏金的。楚王得到禀报，连忙跑出来看，一见那头颅，他就连连点头：“就是他就是他！”

旅人淡淡地说道：“这是一位勇士，就算砍了他的头，他的灵魂也会依然不屈不挠地缠着大王。”

楚王听了吓一跳：“什么？他没死透？”

“大王无虑，要想免除后患也很容易，只需将这头煮烂，制成白骨骷髅，那就没有什么危险了。”

“就如先生所说！”楚王立即命人用一个大鼎煮开水，把赤的头扔进了沸水中。煮了三天三夜，这个头毫无变化，颜色如生，眼睛还睁开了，甚至在滚水中跳上跳下，远远地对着楚王厉声大骂。

楚王早就吓得六神无主，强作镇定地问那位旅人：“先生，这是怎么回事？这个死孩子变成妖怪了吗？”

旅人依然平和地回道：“大王不必惊慌，只是这个头满含怨气，所以皮肉久煮不烂，如果大王上前看视一下，用国君的威严压制住他的怨恨，很快就能煮烂了。”

楚王有点犹疑，细细地观察了那旅人一番，见他从容不迫地站在汤鼎边，一点也不像是别有用心的样子，觉得可能是自己多心了，便慢慢地走了过去，伸出脖子，向汤鼎中观望。

就在这瞬间，旅人突然举起手中的剑，对着楚王的脖颈轻轻一划，楚王的脖子立即齐齐断开，头掉进了沸腾的汤水中，身体一软，倒在了火边，侍从和大臣们还没反应过来，旅人又回手拿着剑朝自己的脖子上一比划，他的头也掉进了汤鼎。待所有人奔到汤鼎边，想要把楚王的头捞出来时，只见沸水中跳跃着三个粘了一些熟皮碎肉的骷髅头骨，谁是谁根本就分不清了。

人们只好把汤鼎中所有的东西都捞出来，皮肉和头发分成三份，各归给一个头骨，勉强凑出三具残缺不全的尸体，然后建了座大墓，把他们一块下葬了。因为既不知道那少年是谁，也不知道那旅人是谁，这个大墓便被人们粗粗称为“三王墓”。

至于莫邪，赤死后，就再也没有人见过她了。

随着时间的流逝，人们逐渐地忘记了干将和莫邪是两个人的名字，只记得这是两把充满神异力量的宝剑。这两把剑在很久很久以前就消失了，只留下了一段悲伤的传说。

（本故事改编自东汉赵晔《吴越春秋》、东晋干宝《搜神记》）

一双美腿换臭脚

东晋这个朝代，社会上分士族和庶族两类人，士族就是世代贵族，庶族呢，就是祖辈都是普通人。那个时代特别看中人的出身，士族子弟什么都不用干，官职都是世袭的，所以，士族出身的人，很多都是不学无术，因为对他们这样的人来说，有没有学问根本不重要。

不学习不做事，每天就很闲，闲来无事做什么？当然就是吃喝玩乐了。士族子弟不但爱玩，而且特别讲究“风雅”地玩，要玩得有风度，玩得新奇别致。所以，他们身上有很多的习气，搁到现在来看，都是很古怪的。比如说，他们喜欢玩自己的手足，也就是双手和腿脚。这听起来匪夷所思吧？但是，在东晋时，确实有那么一些士族子弟，热衷于把自己的手和腿脚都料理得细嫩滑润——大家要注意，这说的可不是女子，而是男人。

晋元帝时，有一位士族出身的某甲，就是这样“善玩手足”的人士。尤其是他的腿，那是他最引以为豪的东西。某甲的腿的确很好看，曲线优美，肤如凝脂，为了保护自己这双腿，他天天都要在腿上涂脂除毛，用上好的玉石做成的小球滚来滚去，按摩腿上的皮肤，没事就坐在家里脱了裤子自我欣赏，摸着光溜溜的两条腿，心里美滋滋的。

天有不测风云，有一天，这个某甲突发暴病身亡，阴阳司的鬼吏来带他的魂魄去冥府。路途很远，他一辈子也没走过这么长的路，而且他活着的时候，绝对不会赤脚走哪怕一步，唯恐脚底磨出老茧。可是鬼吏哪管那么多，连穿鞋的时间都没给他，就把他一锁子带走了。

某甲咬着牙一步一瘸地走到了冥府，脚上生了好几个血泡，疼得钻心。他被带到公堂上，拜见掌管生死命簿的鬼官。鬼官问了他的姓名籍贯，翻开生死簿查找，找了半天终于找到了，鬼官的脸色却一下子难看起来。他朝鬼吏招招手："过来。"鬼吏走过来问："大人，什么事？"鬼官指着生死簿说道："你看，这儿写得清清楚楚，这个某甲还有二十多年的寿数呢，你怎么这会儿就把他给拘来了？"鬼吏吓得浑身冒冷汗，急忙说道："拘他的牌牒是您亲自签发的，您可不能拿我顶包啊。"鬼官狠狠地瞪了他一眼："趁尸身未坏，现在赶快把他送回去，才好瞒下这事。要不然，出了这么大的纰漏，你以为我拿你顶包，我就没事了吗？"鬼吏连忙说："那咱们就赶紧送他回去吧。"

商量定了，鬼吏过来对某甲说："算你走运，我们大人查过了，你阳寿未尽，现在就送你回人间去，跟我们走吧。"某甲一听就嚷嚷起来："什么？还走？我走了那么多路，现在脚痛得针扎一样，让我接着走，万万做不到！"他瘫坐在地上，拨浪鼓似的摇头，"我走不动，走不动！"

鬼吏们好说歹说，某甲怎么也不肯站起来。他是个娇生惯养的人，这一趟错被鬼抓来，吃尽苦头，心里那个委屈就别提了。加上腿痛难忍，因此憋着一口气就是不答应走。看这情形，鬼吏心里发愁，只好回去禀告了鬼官。鬼官想了半天说：“这么办吧——正好有个新来的某乙，正在西门外候着。这人寿数已尽，意外横死，身体没毛病，腿脚健壮得很，干脆把他的腿换给某甲好了。”

鬼吏领了命，去给某甲换腿。某甲问：“给我换谁的腿？”鬼吏指了指旁边站着的一个脚夫模样的人：“喏，就是他。”某甲一看，嚯，这人长得小山一样，浑身都是肉疙瘩，那两条腿，毛茸茸黑乎乎的，脚腕子都比他的大腿粗。某甲稍一靠近，就被那人的汗脚熏倒了。他爬起来捂着鼻子对鬼吏说：“臭不可闻！臭不可闻！你让我换这样的腿？那我宁可死！”鬼吏真急了：“你本来阳寿还有二十年，要是不换，那阳寿也不要了，你就一直留在这里好了。”某甲一想，二十年的寿命，就这么不要了也挺吃亏的，想想人间还有好些荣华富贵他没享受够呢。没办法，他只好咬着牙点头道：“我……我换！”

鬼吏让两人闭上眼睛，等某甲再睁开眼，就看到自己的美腿已经长到某乙身上去了，他知道现在自己身上的就是某乙那双毛腿，看也不敢看，像吞了苍蝇一样直犯恶心。

某乙的腿虽然丑，倒是健步如飞，某甲跟着鬼吏不到半刻就走到了家门前，鬼吏朝他背上一推，他趔趄几步扑倒在地，待起身时，发现自己正穿着寿衣坐在卧室的床上，周围横七竖八躺着一圈被他吓晕过去的亲友。

某甲死而复生之后，便把自己怎么被鬼吏抓走怎么知道被抓错了又怎么被放回来的经过详细地跟妻儿们说了。妻儿不信，他就给

他们展示了一下自己的腿，只见那腿上密密丛丛地长满了黑毛，皮肉又粗，脚味儿又大，妻儿们看得目瞪口呆，又害怕又好笑，只是不敢当着某甲的面笑出来。

自从换了腿，某甲整天惆怅不已，长吁短叹。他打听到那个某乙家住在茄子浦，尸体还没有出殡，便跑去看。某乙家里正在办丧事，他是个做苦力的，来吊唁的都是一些穷苦百姓，某甲穿着一身华服出现时，着实把大家吓一跳。某甲也顾不上跟丧主打招呼，急急忙忙进了屋。某乙的尸体被安放在一口薄板棺材里，他冲过去把尸体的下衣一撩，见某乙的腿，光光溜溜，白白净净，脚底上还有走去冥府时留下的大血泡，果然是自己的。一想到这双美腿就要跟着某乙葬身坟墓中了，某甲悲从中来，手扶棺材，拍着某乙的腿哭得伤心欲绝，旁边的人都跟着擦眼泪："这位一定是某乙的好朋友。瞧人家这感情，就是亲兄弟也不过如此啊。"

某乙有个儿子，开始他也以为某甲是父亲的朋友，后来才知道了事情的原委，也知道了某甲的腿是跟父亲换来的。这一下某甲的麻烦就来了。某乙的儿子非常孝顺，逢年过节，他就格外思念父亲，然后就会飞奔到某甲家中，抱住某甲的腿号啕大哭。有时候某甲走在路上被他看到，他也会扑上去抱着腿哭。某甲无奈，只好严加防备，出门在家都让几个大汉在身边警戒，以免被他偷袭。

某甲一直很嫌弃自己换来的这双腿，连洗澡都抬着头洗，坚决不看下半身。哪怕三伏天，他也要穿三重衣服，包得严严实实的，从来不把腿露出来，到死都是这样。

（本故事改编自南朝宋刘义庆《幽明录》）

鬼劝架

南朝的桂阳郡有李经、朱平二人，他们是好朋友，性情十分相投，就是有一点，两人都是火爆脾气，经常一语不合就吵嘴，好在吵过了气消了，也就和好如初了。

有一天两人在街上喝酒，都喝醉了，突然不知道为什么又翻了脸，你一言我一语吵得不可开交，可能是因为仗着酒劲，两人嘴上都缺把门儿的，这次吵得格外厉害，谁也不让谁。朱平嘴笨吵不过李经，一怒之下回家拿了一把大砍刀，要去找李经拼命。

刚走了几百步远，忽然一个鬼出现在朱平面前，那鬼身材高大，面青如墨，眼大如灯，披一头红发，还长了两个犄角，浑身毛茸茸的，看着很吓人，但是朱平这时候醉得完全失去理智了，根本就不害怕，反而边拿手拨拉那个鬼边说道："你是干什么的？走开走开！没看见我忙着找人打架吗？别挡着道！"

那个鬼涵养还不错，也没生气，低着头态度和蔼地对他说："我是来劝你不要做傻事的。今日李经命不该绝，你杀不了他。赶紧把刀收起来回去吧，否则你会受伤的。”朱平醉醺醺地骂道：“你这个丑鬼，管那么多闲事干嘛？什么李经命不该绝，今天他惹了老子他的命就绝了！快点给我让开！不然我一刀戳破你的鬼脸，让你丑上加丑！”

那鬼被他喷了一脸酒气，皱了皱眉头，让开了路，朱平哼了一声：“这还差不多！”就继续踉踉跄跄地往李经家去了。他没注意到，那个鬼一直飘飘忽忽时隐时现地跟在他后面。

朱平三步一跤五步一倒，好不容易才摸到李经家，一看李经正在院子里的竹榻上躺着呢。朱平火往上撞，指着他怒喝了一声：“李经！今天有你没我有我没你！你吃我一刀！”话音刚落，李经被惊醒了，可是没醒彻底，半睁着眼睛看看他，迷迷糊糊地问道：“朱平？你来找我喝酒啊？咱们不是才喝完吗？改日吧改日吧！”说完头一偏又睡过去了。原来他已经把刚才发生的事情忘得精光，根本就不知道朱平来做什么。

朱平一看他这样，更是气不打一处来：“好哇，你把我气得七窍冒烟，自己倒睡得死猪一样！我没你这样不讲义气的朋友，这就结果了你罢！”他正要举起刀，突然感到一阵麻痹的感觉从脚底下蔓延上来，很快到了手指尖，片刻工夫，他就动弹不得，好像被什么人用绳索结结实实地绑住了，手上的刀“铛”的一声掉在地上，莫名地反弹起来，刀刃正巧从他的左手一划而过，立时一股钻心疼痛，手上鲜血直流。

朱平心里叫苦不迭，身体却分毫不听使唤，从头到脚只有眼睛能动。他转着眼珠看看周围，看到那个个子高大的鬼袖着手站在院子的一角，露出一脸幸灾乐祸的表情，看着自己笑呢。

就这样，朱平在李经家的庭院里直挺挺地站了好长时间，李经一直在呼呼大睡。等到天黑时，朱平的身体才慢慢地能动了，但还是僵硬得好像不属于自己似的，动作稍微大点就拉扯得生疼。

他吃力地弯下腰，捡起地上的大砍刀，默默地转身离开。

那个鬼还在院子里待着，就跟着他一块走了出去，对他说："怎么样？不想杀李经了吧？"

朱平酒早就醒了，这时候对这个鬼有了些许恐惧，看了它一眼，不敢答话。那鬼笑道："别怕，我不是恶鬼，不会害你。"

朱平一听这话，又不服气了，他伸出自己的左手，给它看上面深深的刀痕："你不害我？我的手差点就被你砍掉了！"

"你冤枉我了，我只是在一边看，并没有动手。"

"那是怎么回事？为什么刀明明都掉地上了，还能跳回来砍中我自己？"

"我不是跟你说了吗？你杀不了李经，执迷不悟是会受伤的，这是天意，是天意在阻拦你，不让你做错事。你非做不可，自然要受到天意的惩罚。你要早听了我的话，也不至于白白吃这一刀了。孰是孰非，你自己好好想想吧！"说完，那鬼呵呵一笑，就消失了。

朱平的伤养了很久才好。经过这件事，他决意痛改前非，以后每次要发脾气的时候，就看一眼左手上的伤疤，怒气便能消掉大半。他也不再随意跟李经吵架了，一旦争执，他总是先让一步。李经在他潜移默化之下，逐渐也不再乱发脾气，两人互相宽容，互相尊重，做了一辈子的好朋友。

（本故事改编自南朝宋刘义庆《幽明录》）

红颜薄命陈阿登

汉代时，会稽郡句章城里有一户开小食店的人家。这家姓陈，家中有一个女儿，名叫阿登。这姑娘生的乌发红唇，美丽如花，性格却是格外的内向，平时寡言少语的，在父母的小食店里帮忙时，遇到客人调笑，她也不答话，只是低着头默默做自己的事。

乡里有不少人爱慕阿登的美貌，有的上门来提亲，有的遣人来做媒，还有富家子弟，出大价钱想纳她做妾。陈家夫妇去问阿登的想法，她却总是毫不犹豫地拒绝。她的母亲想，女儿年纪还小，倒也不着急出嫁，在家里还能打打杂，当个劳力用，便没有逼她。

有一天，阿登在小食店里洗着碗筷，两个少年走了进来。阿登抬头看了看他们，又继续洗她的碗。手上却慢了，洗着洗着，她又偷偷抬头看看那两个少年。阿登的母亲走过去问道："两位公子想吃什么呢？"

一个少年说道："请随便做点饭菜吧，吃完我这位兄弟就要出城去了。”

另一个少年微笑点头。

阿登母亲为他们拿来一盘麦饭、一碟肉和一壶酒，倒酒时顺口问道：“这位公子是要去哪里啊？”

“去东野。”

“东野？那可是要走很远的路啊。”

“是的，东野有一位大儒，我要去拜师。”

“公子远行求学，想必要很久才回来了？”

“至少三年吧。”

“祝公子万事顺遂，早日学成。”阿登的母亲笑眯眯地说了句吉利话，抱起空盘退下。

两个少年一边吃一边聊。阿登把洗干净的陶碗叠成一摞，捧在手里，走过店堂，一个少年说得兴起，把手一挥，正打中走过他身边的阿登，把那一摞陶碗稀里哗啦全打碎在地上。阿登不知所措地站在一堆碎片前，她母亲慌慌张张跑过来，一看这情形，气得叫骂道：“你这没用的孩子，怎么回事啊？家当都让你败光了！”

那个失手的少年站起来说道：“不怨这位姑娘，是我不小心把碗打落的。您别生气，我赔您钱。”说着，从袖中拿出几吊铜钱放在桌上。另一个少年拦住他：“喂，你要出远门，盘缠本来就不够，怎么能……”“损物赔偿，天经地义。盘缠么，我在路上省着点花就是了。”

阿登的母亲听他们这样说，也不好再说什么，对阿登没好气地说：“快把地上清扫干净，别妨碍客人走路！”随即抓起桌上的钱转身去厨房了。

阿登红着脸去拿笤帚，等她回来时，那两个少年已经走了。她呆呆地站在桌边，望着他们留下的杯盘出神。

三年后，去东野拜师的少年回来了。他在大儒门下修习文武，每天乐在其中，根本不想回家。这次是因为家中来信说，已为他礼聘了一位大家闺秀，让他赶紧回来成婚。少年不知道未来的妻子长什么模样，脾气秉性如何，因此归乡之路上，多少有些忐忑迟疑，竟错过了城门关闭前的最后一刻。

句章城外是一片荒野，天色越来越暗，看不见的丛林深处，传来虎狼狐狗之类野兽低沉的嘶鸣。少年尽管胆子并不小，这时也不安起来，只好沿着城墙下的一条小路边走边寻找人家。

忽然，他看见路旁出现了一幢小屋，屋子亮着灯，显然是有人居住。少年心中大喜，连忙来到小屋门前，轻轻敲了敲。过了片刻，屋中传来一个细柔的声音："何人叩门？"少年忙回答："我是路过的，天黑不敢露宿，想在贵府上借住一晚。"屋内的人沉默了一会儿说道："家中无人，恕难从命。"少年急切地哀求道："若不是林中有吃人兽类出没，我也断不敢相烦。"

他等了半天，仍不见里面的人来开门，只得心灰意懒地转身离去，没走几步，小屋的门吱呀一声开了，有人在他身后说道："请进吧。"少年回身一看，见门中站着一个亭亭玉立的年轻女子，羞涩地低着头，穿一身红衣白裙，长发垂在腰间。

少年连声感谢，跟着那女子进了屋。屋子里陈设简朴，看来只是普通人家。屋角摆着一张箜篌。

女子铺了席，请少年坐下，然后推门出去了。少年等了半天，见她领着一群年龄跟她差不多的姑娘回来。姑娘们一进门就围着少年，叽叽喳喳地问个不停，“你从哪里来？”“你是句章城里的人吗？”“你多大了？”“你怎么找到这儿的啊？”“你叫什么名字？”少年招架不住，不知所措地看着那个女子。女子轻声说：“姐妹们，不要打扰这位公子了。我们到那边去坐吧。”一个姑娘立刻说：“那你要给我们弹琴唱歌！”女子点头答应：“好。”

姑娘们便纷纷走到摆着箜篌的地方坐下来。女子对少年说道：“她们是我的邻居，我请她们来跟我做伴，免得你我……”少年忙点头：“我知道，我在这里，你一个人颇不方便。给姑娘添麻烦了。”

女子躬身施了一礼，就到女伴们那里去了。她坐在姑娘们中间，拿起箜篌，开始一曲一曲地弹唱，歌声婉转动人，姑娘们都抱着膝陶醉地听。少年在屋子的另一角，也忍不住侧耳倾听起来，没过多久，他就睡着了。他做了一个梦，梦中他好像回到了很久以前，坐在街头的一家小食店里，偷眼看店家的美丽女儿弯腰洗碗，心怦怦直跳。

天快亮时，少年醒了。屋内已经空无一人，只有一盏仙鹤铜灯的火焰明灭不定。他站起来走了出去，看到那女子怀抱箜篌坐在门外空地上，脸庞被黎明的微光映照得清纯秀丽。少年向女子告辞，女子不说话，只是欠了欠身。

少年鼓起勇气问道：“不知姑娘可有名字？”女子抬头看着他，想了想，便弹着箜篌唱道：“连绵葛上藤，一缓复一絙。欲知我姓名，姓陈名阿登。”唱罢，她起身走进小屋里，将门一关，再也没有了动静。

很快天光就大亮了。少年进了城，回到家中，见家中上下一片喜庆。他觉得没自己什么事，就去找他三年前离别的那个朋友。两人来到在集市上的一个小食店里坐下。老板娘走过来问道：“两位公子，要吃点什么？”

少年心中一动：“您还记得我吗？”

老板娘摇了摇头：“抱歉，公子，我这里客人很多，不能每个都记住。”

少年忙说：“没关系。对了，您有个女儿吧？她……嫁人了吗？”

老板娘脸色一变，没有回答，转身走开了。

少年的朋友一推他：“你这三年到底读了什么书，怎么变得如此孟浪。干嘛打听人家女儿嫁没嫁人？”

少年说：“我并非有轻薄之意，只是疑惑。我昨天没来得及进城，在城外一户人家投宿，遇到一位姑娘，怎么看都觉得眼熟，刚才想起来，分明很像这家人的那个女儿。”

“只是容貌相似吧？你不知道，这家的女儿已经……”朋友轻声说道，欲言又止。少年没有听见，自顾自地说：“对了对了，那位姑娘告诉我，她的名字叫陈阿登。”

他话音未落，就听见一声惊呼。两人回头一看，小食店的老板娘面色惨白地站在一旁，声音颤抖地说道：“陈阿登……陈阿登……阿登……那是我的女儿啊！她死了一年了！我可怜的阿登，只能孤零零地一个人躺在城外那片荒冢中啊！”

（本故事改编自东晋陶潜《搜神后记》）

换子悲剧

晋朝升平年间，会稽郡的剡县有个有钱有势的大财主，名叫陈素。陈素娶妻多年，夫妻俩一直没有孩子。古人讲究“不孝有三，无后为大”，陈素自然是很着急，便想纳个小妾，跟妻子说了，妻子嘴上不敢说不，心里很不舒服。于是，陈妻日夜祈祷，求老天保佑自己能生个孩子出来，绝了丈夫纳妾之心。

不知道是精诚所至，还是顺其自然，没过多久，陈妻就怀孕了。她高兴地把这个消息告诉陈素，陈素却没那么开心，反而对她说：“你年纪这么大才怀了头胎，若这一胎不是儿子，想必你以后也怀不上了。”陈妻一听，心凉了半截，照丈夫这个意思，要是这次她生的是女儿，还是拦不住小妾进门。

陈妻不甘心，坐在家里绞尽脑汁地想，可是想不出好办法。生儿生女，那不是她自己说了算的。正在她愁得茶饭不思的时候，她的贴身丫鬟走进门来，对她说道：“夫人，咱们家隔壁住着一户人家，男的是个打短工的，一年到头挣不着什么钱，家里可穷了。我刚听说，那家的娘子也刚怀上孩子。”

“你想说什么呀？”陈妻听不懂这丫鬟的话，好好地为什么提起隔壁人家？

丫鬟说道：“您想啊，您一个人生孩子的话，生男生女各占一半而已，但如果是你们两个人生孩子，生儿子不就更容易了吗？”

陈妻被她说糊涂了：“我生的是我丈夫家的孩子，她生的是她丈夫家的孩子，就算她生的是儿子，跟我有什么相干？”

“夫人哪，本来是不相干，可您要跟她说好了，不就相干了吗？”

陈妻这才明白了丫鬟的意思：“你是说，万一我生了女儿，而隔壁家的娘子生了儿子，就让她把儿子换给我？”

“对喽！当然，您也不能白换，怎么的也得给人家一些好处。反正他们家穷得很，有个仨瓜俩枣也就够了。”

陈妻想了想：“倒是个好主意。”

于是，陈妻让丫鬟悄悄把邻家的女主人请到家里来。那女人虽然住在陈家隔壁十几年，但两家家境云泥之别，他们两口子不要说跟陈素夫妇来往，就连认识都不认识。这次被陈家的夫人特意请进来坐，她有些受宠若惊，手脚都不知该放在哪儿了。

陈妻满面笑容，握着她的手亲热地说道：“姐姐，你看，你和我现在都怀了子嗣，算算月份差不多呢，真是有缘啊。”

邻家的女主人低头说道：“夫人，您有事就请说吧。”

“那我就直说了。姐姐你想要个男孩还是女孩？”

“我们小门小户的，生男生女也没什么差别，男孩长大了都要去做贩夫走卒，女孩长大了都要嫁给做贩夫走卒的。哪像您家里，生个公子要当官，生个小姐必是贵夫人。”

“姐姐别这么说，我呀，命苦啊，嫁进陈家十几年，肚子不争气，没有生育，我家老爷正在怪罪我，准备要休了我再娶呢。还好现在我有了身孕，老爷略有缓和之意，就怕将来临盆之日，生出来的是个女儿，我就要被扫地出门了。”

“还有这样的事？”邻家的女主人惊讶地说，“那夫人该怎么办呢？”

“所以要求姐姐帮忙啊！”

“我？如何帮？”

陈妻说道：“要是老天保佑，我生了儿子，自然就不劳烦姐姐了，若是我生了女儿，姐姐你生了儿子，那我们就交换孩子吧。”

邻家的女主人一下子就慌了：“这怎么使得？孩子哪能随便换啊？”

陈妻回头看了看丫鬟，丫鬟会意，从柜子里取出一个包裹，放在邻家女主人的面前。

陈妻一边拭泪一边继续说道：“姐姐说的是，谁的孩子不是身上的骨肉，岂能随意交换，我要是有一点办法，也说不出这样的话。可是，我这不是一点办法也没有了嘛……姐姐，这点小小的心意，若不嫌弃，拿去做身新衣裳也好。”她轻轻把包裹向对面推了推。

邻家女主人看了看那个包裹，犹犹豫豫地伸手打开，里面是几锭白银。银子可是稀罕物，她丈夫做一年苦力，也不过赚几吊铜钱，何曾见过这白花花的银两？

她眼睛盯着银子说道：“那……那……那就如夫人所愿吧！”

到了生产的日子，邻家的女主人先生了一个男孩，三天后，陈素的妻子生了个女儿。按照约定，丫鬟悄悄把女婴抱到隔壁，把那家的男婴抱了回来。这段日子，陈素正好出门做生意去了，对此一无所知，回家之后，见得了个大胖儿子，高兴得不得了，丝毫不觉有异。

一晃十三年就过去了。到了第十三年的头上，陈素想，自己的儿子已经长大，该让他进祠堂跟着祭祖了。所以这一年的祭祖仪式格外隆重，家里张罗了许多供品，三牲皆备，还有各色的点心、素果和酒水，到处红烛高照，热闹非凡。陈素带着儿子在祠堂里一板一眼地行礼进香，恭请祖先们来享用儿孙供奉的美酒佳肴。

陈家有一个婢女，从小就在家里做粗活，现在年纪大了，干不了什么，陈素念旧，没有赶她走。这个婢女总说自己能看到鬼，大家都道她是老糊涂，也不管她，随她说去。这时陈家父子正在祭祖，这个老婢却急急忙忙跑到祠堂里，跳着脚大喊大叫道："老爷！老爷！可不得了啦！"

陈素被她惊得差点把手里一束香给撒了，即使念这老婢年纪大，祭祖的时候捣乱，也不能饶，他板着脸说道："来人哪，把这个疯婆子给我捆了扔柴房里去！"

老婢跪下大声说道："老爷老爷！您供的不是咱们陈家的祖宗啊！"

陈素气得差点一脚把她踢翻："胡说什么！快给我捆了！"

"老爷啊，我看得真真的，刚才您家的祖先们都来了，走到咱家门口就停下了脚，往里面看啊看啊，就是不肯进来，可是，又来了一群穷人打扮的鬼，登堂入室，就到咱家里来啦！喏喏喏！它们就

在这儿呢！大吃特吃，大吃特吃啊，那猪啊、羊啊、牛啊，果子啊，这些好东西全被他们吃光啦！”

陈素越听越不像话，正要发火，眼睛无意中瞟了一眼站在一边的妻子，却见她脸色吓得发白，身体颤抖，她身旁的贴身丫鬟，也是一脸恐惧的样子。陈素脑筋一转，便没再让人捆那老婢，而是让人叫来了管家。他在管家耳边小声说了几句，管家点点头就走了。

过了一会儿，管家领着一个人匆忙回到祠堂：“老爷，这位就是剡县最有名的巫师，我给您请来了。”陈素看了看那人，一身黑衣，一头白发，颇有几分仙风道骨。他再瞧瞧妻子，筛糠一样地抖着，都快站不住了，还在那里强作镇定。

陈素问那巫师道：“您可能通鬼神？”

那巫师淡淡地回答道：“能。”

“那么，请您看看，我这祠堂里，可有来享用供品的祖先？”

巫师闭上眼睛，口中念念有词，再一睁开，四下看看，嗤地一声笑了。

“先生笑什么？”

“我听说陈家是剡县一等一的大户，没想到您家的祖先却是一群鹑衣百结的乡巴佬，哈哈哈哈……”

陈素看了儿子一眼，又看了妻子一眼，阴沉沉地说：“我祖上乃是颍川郡陈氏，是王族门第，我家在剡县传家二十多代，家道兴隆，从没有穷过，到这堂上来飨宴的祖先，怎么可能是平头百姓？你说呢？”他盯着妻子问道。

巫师说道：“陈老爷请息怒，我只是实话实说。”

陈妻腿一软跪倒在地。陈素上前一把揪住她的头发，逼问道：

"这到底是怎么回事？"

陈妻哀求说："老爷别生气，是我错了……十三年前，我生了一女，因怕你嫌弃，就……就跟邻家的主妇换了……换了一个儿子来……"

陈素从腰间抽出佩剑就要砍妻子，他的儿子扑过来抱住母亲哭喊道："父亲大人，请饶了母亲吧！"

陈素把剑一扔喝道："别在这儿乱叫父亲母亲，你这草民的野种，滚回你自己家找你自己的父母去！"

当夜，陈素就把隔壁家的夫妇俩叫来，将儿子交还给了他们，要回了自己的女儿，还给了他们一笔钱，作为养大女儿的报酬。剡县的百姓知道了这件事，四处传颂说，陈家的老爷通情达理，以德报怨，是个大善人。连官府都听说了，知县还跑来送了一副匾，表彰陈素品德高尚。陈素开心地把这副写着"高山仰止"的大牌匾挂在堂屋的正中央。

陈素的妻子自知理亏，每日郁郁寡欢。接回家的女儿对她甚为衔恨，任她百般讨好，也不愿意搭理她，这让她更加郁闷。

有一天，她出门散心，来到城门边，看见一群服劳役的老百姓正在干苦力。她抚养了十三年的那个儿子赫然在其中，原本白白嫩嫩的脸已经变得黝黑枯瘦，身上遍布着鞭打的痕迹。她心疼却不敢相认，忍泪往回家的方向走，经过集市时，她看到路边有个算命摊子，摊主正是那天到家里来的"巫师"。她走过去问道："你还认得我吗？"

摊主抬头看了看，说道："认得。"

"你那天真的看到祠堂里有很多穷鬼在吃供品？"

“没有啊，我只是个算卦的，也没长着阴阳眼，哪里能看到鬼。”

“那你为什么说看到了？”陈妻大惊失色地问。

“找我去的人给我一锭银子，叫我这么说的。”

“这是……这是为何？”陈妻顿时呆若木鸡。

算卦人微微一笑：“鬼自心生，人人心里都有鬼，你有，我有，他也有。”

陈妻失魂落魄地回到家中，不久就死了。陈素很快娶了一个新妻，生了一个儿子。

（本故事改编自南朝宋刘义庆《幽明录》）

女鬼赠罂

我国古代有崔、裴二姓，皆为贵族，世代通婚。崔氏祖居于清河郡，裴氏则生活在河东郡。两家虽距离遥远，但仍然互相约婚不辍。

崔氏有一人名叫崔茂伯，他将女儿许配给裴氏家族的裴祖之子为妻。两个年轻人自幼定亲，但从未见过面。崔茂伯的女儿在 16 岁那年的春天染上时疫，药石无救，不幸死去了。崔茂伯夫妇过于悲伤，竟忘了将此事告知远在异地的亲家。

到了暮春的时候，某一天的黄昏，在河东的裴家，裴祖的儿子结束了一天的功课，正悠闲地坐在廊下，看从檐角伸过来的一枝海棠花。清风频频吹过，海棠花瓣片片凋零，落在他的衣袖上。他拈起一枚花瓣，闻着那淡雅的芳香，心中暗想道："不知道此刻崔家的庭院里，是否也有正在落花的海棠呢？"

突然，随着一阵花雨，他眼前出现了一个白衣女子，看起来年纪不大，因为她还梳着少女的双鬟发式。

那女子背对着微弱的夕照，面容不甚清晰，手里抱着一个什么东西。

裴祖的儿子以为是家中女眷，站起身来仔细看了看，却认不出来，只好问道："您是哪一位？"

女子轻声回答："我是清河崔府君的女儿，小时候就听说父母把我许配给了您，但是我自己命运不济，又不爱惜身体，没有福气等到与您成婚的那天，就得了疫病，竟至夭亡了。虽然您郑重其事地为我下过聘礼，我却再也不能履行对您的承诺。我只是一个普通的女子，有生之年，从未离开闺阁半步，也不曾读过书，没有见识，粗鄙之至，竟能得到您的垂爱，愿娶为妻子，每思及此，总在心里感念您的恩情。所以，我是来报答您的。"

说完，她把怀中抱着的那个东西轻轻放在地上，向裴祖的儿子施了一礼，转身走了。裴祖的儿子愣了片刻，才想起去追她，疾走了几步，那女子就在他眼前失去了踪影。

裴祖的儿子彷徨四顾了一番，才折返廊下，看到一只罂（古代大腹小口的酒器）立在地上，几乎已经完全黑下来的天色里，罂体发出金灿灿的光。他走过去拿起罂来才发现，原来那是纯金制成的。

裴祖的儿子怎么也想不明白这是怎么回事，便带着那金罂匆匆来到父亲堂上，一五一十把刚刚发生的怪事说了一遍。裴祖也纳闷地说道："你说你见到了崔府君女儿的幽魂？可我并没有得到崔家传来的任何消息呀。"

他儿子呈上金罂说道："这只金罂实实在在地在这里，并非幻觉，那女子倏忽不见，我也是亲眼目睹。这件事真的不是我杜撰出

来的。”

裴祖接过金罂，翻来覆去看了一通，还是一头雾水：“此罂的确不是我们府中的东西，如此贵重的东西，也不会被谁随意拿来做恶作剧。太奇怪了，真是太奇怪了。看来，我得派个人到清河郡去查访一下，看看崔家女儿到底怎么了。”

“父亲，从小我就与崔氏订了婚，虽我尚未迎娶，也没有见过她，但我毕竟早就认定她是我的妻子。我相信她也认定了我就是她的丈夫。否则，今日我和她也不可能有这样的感应。要去，必须我亲自去。”

裴祖想了想，觉得儿子说得有道理，便点头说道：“好吧，那你就去清河郡走一趟，向你崔世伯问个清楚。不过，我要提醒你，夫妻之约，就算海誓山盟，坚比金石，也只在生人之间。若崔氏女真的已经不在人世，她和你就没有任何关系了。你把那个金罂还给崔家，就赶紧回来，不要耽搁。”

“是，孩儿遵命。”

裴祖的儿子立刻收拾了一些简单的行李，骑一匹快马日夜兼程赶往清河。数日之后他终于到了崔家门前，急急忙忙拍门求见。

崔家的仆人把他的名帖送进去。崔茂伯一看，大吃一惊：“他怎么来了？快请进来。”仆人把裴祖之子领到崔茂伯面前。崔茂伯看看他一副风尘仆仆的样子，问道：“贤婿，你这是从哪里来？”

“岳父大人，我从河东快马加鞭，一刻未停，疾驰而来。”

“为什么？你裴家出事了吗？”

“裴家并未有事，但……”裴祖之子犹豫了一下，还是决定如实相告，“我来，是因为前几天令千金出现在我家中。”

崔茂伯失声惊呼道："你说什么？"

裴祖把他见到崔氏女的整个经过讲述了一遍，从背囊里拿出那个金罂，递到崔茂伯面前："这就是她说要送给我的东西。"

崔茂伯双手颤抖地接过金罂，看了看瓶底，不禁老泪纵横："这……这……这是我女儿的陪葬之物啊……"

裴祖之子心一沉："您说陪葬之物？"

"唉，都怪我，这些日子以来，我与夫人失女之痛未平，思虑不周，故而没有来得及向贵府报丧。我的女儿，你的未婚妻，已经在数月前……生急病猝然亡故了。"

裴祖之子听他这样说，一时间不知怎么回应才好。与自己自幼订婚的人，连见都没有见过就死去了，虽然他并不觉得悲伤，却也十分失落。何况，那个向他赠送金罂的，现在已经可以确认就是崔氏女的鬼魂。她弱质纤纤的一缕孤魂，从清河郡山水迢递走到河东郡，就为了给他留下一个信物，这份心意，即使知道了对方已经不是活着的人，他也还是受到了深深的感动。

崔茂伯想到远来是客，忙擦了擦眼泪问道："贤婿……啊，不，如今你我已无翁婿的缘分了，贤侄，你长途跋涉，想必很劳累了，就请歇息下来，如果没什么事，过了今晚，你就回河东郡去吧。"

裴祖之子耳边响起父亲临行前的嘱咐——"若崔氏女真的已经不在人世，你就赶紧回来，不要耽搁"——迟疑了片刻，说道："我想到令千金的墓前吊唁一番再走，不知大人是否同意？"

崔茂伯说道："贤侄有心了。那等到明日，我带你去。"

夜里，裴祖之子躺在床上辗转反侧。他实在睡不着，便索性起身走出房门。院落里，溶溶月光似水似霜地洒在地上，这里果然也有几树海棠，在夜风中一阵阵播撒落花。裴祖之子背着手站在花前，脑海中浮现出崔氏女活着的时候曾站在这里看花赏月的情景。他不知道崔氏女到底眉目如何，只记得那天见到的鬼魂，身姿轻盈，声音婉转，想来是一个文静娇羞的女孩子。

裴祖之子长久地沉浸在对崔氏女的想象里，竟没注意到月亮已经消隐在西方，天很快就要亮了。

清晨，崔茂伯如约领着裴祖之子去访女儿的墓。一行人向城外策马而去。春夏之交，风和日暖，远望有青翠的山麓连绵不断，近看杨柳枝头已是点点新绿。马蹄踏在硬泥路上，清脆的嗒嗒声此起彼伏，犹如歌唱。只是坐在马背上的人，心情却不像这风景一样舒爽美好。崔茂伯想到女儿的孤冢泥土未干，忍不住又掉起眼泪来。裴祖之子不知如何安慰，只好沉默不语。

走到离墓地不太远的地方，已经可以看得到圆圆的坟茔和墓石。裴祖之子突然问崔茂伯："大人，令千金墓前的那是何人啊？"崔茂伯一愣，放眼望去，那片墓地上静寂空旷，不要说人，连飞鸟的影子都没有。他狐疑地看了裴祖之子一眼："你看见了什么？"

裴祖之子说道："我看到一个女子，穿着一身白衣，梳着双鬟，正在墓前徘徊。"他说着，自己也呆住了，一身白衣头梳双鬟的女子，那不就是他曾见过的崔氏女的鬼魂吗？

等他们走到坟墓边，崔茂伯和其他人还是什么都没看见，但裴祖之子却清清楚楚地看到了那个白衣女子就站在墓旁，看到他们过来，她略低着头，双手绞在一起，好像很紧张。

现在是阳光明媚的时候，裴祖之子终于看清了她，尽管面色很苍白，却清秀端庄，神态娴雅。裴祖之子一见便心生喜欢，几乎忘了她是一个鬼，身不由己地跳下马，走到她的面前，上下看了看，问道：“你……是崔家的女儿吗？”

崔氏女点点头。

“那天，到我家来送那只金罂的，是你？”

“正是。”崔氏女一开口，崔茂伯也听见了她的声音。他有些惊慌地四下看看，但只看到裴祖之子好像在跟谁说话一样站在墓前，两眼盯着前方，可是他对面什么都没有。崔茂伯不敢出声，定定地注视着裴祖之子的一举一动。

“你为何要送我金罂？”

“想报答您。”

“这只金罂是你的陪葬之物，怎可赠我？”

“我只活了16年，除了我自己，这世上并无什么是属于我的。本来我早已决定，要对您以身相许，不料命运弄人，我竟少年身死，背信弃约，心中很是惭愧。这只金罂，是父母送给我最后的礼物，我在地下，并无用处，就想送给您，聊表一点心意。难道您不愿意接受吗？”

“我……”

“莫非您嫌弃这是鬼魂所赠？”

“我……”

崔氏女抬头望着裴祖之子，含泪说道：“抱歉，是我忘乎所以，没想到自己已是地府的阴魂，不该冒昧打扰，请您原谅我。”

她后退了几步，向裴祖之子深深施了一礼，裴祖之子伸手想抓住她，就在这一瞬间，她纵身一跃，跳到坟墓顶上，随即无影无踪。

崔茂伯忙问：“怎么了？怎么了？我女儿呢？女儿，你还在吗？”

裴祖之子摇了摇头:“令千金已经走了。”

崔茂伯失望地叹了口气:“也罢，人鬼殊途，走了也好。早知道能再听一听她的声音，我应该让她母亲也来的。唉，贤侄，是我女儿福薄，不能与你做夫妻。你就不要再想此事了，趁早回家去吧。”

裴祖之子好像没有听见他的话，只是望着崔氏女消失的地方出神。

第二天，裴祖之子返回了河东郡。走之前，他请求崔茂伯把那个金罂送给他，崔茂伯一开始拒绝了，想以他物相赠，裴祖之子都不要。经不住他一再坚持，崔茂伯只好把金罂给了他。

他回到家中，将此番清河之行的前情后果都禀告给了父亲，但和崔氏女在墓前的那番对话，他却没有说给任何人听。他把金罂放在自己书桌上，每天都要细细擦上几遍。裴祖看到他这样，心里不太高兴，劝过他几次，他只是笑笑，依然故我。

半年后，裴祖之子生起病来，逐渐卧床不起。裴家请了许多名医来诊治，可是既查不出病因，也不见好。裴祖暗中命人把那个金罂拿到外面去毁掉，然而好几个人把书房和整个裴家都翻遍了，连金罂的影子也找不到。

不久，裴祖之子终于病死。临终时，他十分平静，只提了一个要求，想与崔氏女合葬。裴祖既伤心又无奈，写信给崔茂伯。崔家答应了。

裴家将裴祖之子的灵柩送到清河郡，崔家为他们打开了崔氏女的墓。灵柩下葬时，人们赫然看到那只金罂好端端地在墓室的角落里立着，灿然如新，就像有人时常在擦拭它一样。

（本故事改编自南朝宋刘义庆《幽明录》）

陈庆孙不信鬼

南北朝时，颍川有一个叫陈庆孙的人。他是个普普通通的农夫，和所有的农夫一样，以种田为生。家里有老有小，妻子贤良淑德，儿子听话懂事，生活虽不富裕，却也和美。

他家后院长着一棵树，不知是什么人在什么时候种下的，树干有十几个人合抱那么粗，树冠的浓荫能遮蔽数间房屋。因为这棵树太古老了，村里人便传说它已经变成了神仙，能保佑人，因此经常有人来向这棵树祈福，说是有求必应。日子一长，关于这棵树的传说也越来越神，人们甚至为它在村里建了一座庙，叫天神庙。庙里供奉树神，尊称为“天神”。

陈庆孙自己并不跟着村人一起供奉这棵树。他总是说：“那就是一棵寿命很长的树罢了，何以见得有神灵？再说，就算真有神灵，想必也不会保佑坏人，伤害好人，我只要做好人不做坏人就行了，没必要刻意去跪拜烧香。”所以他对待家里这棵老树，还和过去一样，每天从树下走来走去，别说顶礼膜拜，连看也很少看一眼。人们都说他如此不敬，早晚被树神惩罚。

陈家最值钱的是一头黑牛。这头牛矫健魁梧，皮毛油黑发亮，牛眼光彩照人，额上顶着一对弯弯的犄角，走起路来四蹄沉稳，威风凛凛，就像个大将军。这牛干活更是得力，陈家的几亩地全靠它拉犁。每年开春，它都被选作"春牛"，披红挂彩在村里巡游，神气活现的。村里人人都知道，这黑牛是陈庆孙的宝贝。

有一年春天，某日干完农活的陈家人正在院里的大树下吃晚饭，空中突然传来一个恶狠狠的声音："我就是树上的'天神'，我看上了你家的这头牛，你赶紧把它宰了送到天神庙来。你要不照办，下个月二十我就把你儿子杀了。"说完，声音就消失了。四周死寂无声，阴风阵阵。陈家人再看那大树，好像真的有灵异似的，树冠黑沉沉地压在头顶上，让人喘不上气来。

陈家人惊慌失措，陈庆孙的妻子更是吓得大哭，一把抱住儿子，哀求陈庆孙赶快杀牛送祭。陈庆孙却心平气和地说："人生有命，命不由人。老天爷定的事，我们哪里管得了，顺其自然吧。"说罢端起碗来继续吃，一点都没当回事。

到了下个月二十那天，陈庆孙的儿子竟然真的得暴病死了。正当陈庆孙夫妇悲伤哭泣、全家人惊恐不安的时候，那个自称"天神"的声音又凭空出现了。这次，这声音里透着得意，比上一次更加凶恶，调门也变高了："陈庆孙，现在你知道我的厉害了吧？你不给我牛，到了五月我就杀你老婆！"

陈庆孙仍旧是置之不理。家人们都劝他还是把牛宰了，已经死了儿子，难道眼睁睁看着老婆也送了命？可他还是说："人命自有定

数，岂是这莫名的鬼祟说了算的？”

到了五月，他妻子也病死了。这下，村里人对那“天神”已经是深信不疑。他们悄悄议论，说陈庆孙其实也是相信的，他就是舍不得拿那头黑牛祭天神，在他眼里，那牛比自己的妻子儿子都金贵，真是一个狠心的吝啬鬼。陈庆孙听到这些闲言碎语，也不作分辩。有时出门去，别人在他背后指指点点，他连头都不回，每天照常过自己的日子，该种田种田，该吃喝吃喝，什么事都不耽搁，活得分外坦然。

又过了几个月，有一天晚上，陈庆孙躺在床上，那“天神”又显灵了。听声音有点气急败坏，它怒冲冲地对陈庆孙说：“好哇，你敢瞧不起我是不是？我告诉你，我可不是吃素的！我再警告你一次，你再不给我牛，到了秋天，我就杀了你！你到阴曹地府去跟你老婆孩子团圆吧！”

陈庆孙冷笑了一声，翻个身把眼睛一闭，任凭那声音在耳边哇哇叫，自顾自地睡着了。他到底还是没有把牛送到天神庙去。家人们也不敢再劝了，只好胆战心惊地等着秋天办丧事。

日子过得很快，一转眼到了秋天，一转眼又到了冬天，再一转眼，第二年的春天也来了。陈庆孙却活得好好的，照常拉着他的大黑牛去春耕。村里人一看，他四体康泰，脸色红润，一点异样都没有。人们又开始窃窃私语：“这是怎么回事啊？难道天神发善心放过他啦？”

这天，陈庆孙牵着牛回到家，一进门，那个声音就再次出现了，可是这回，它没了之前那蛮横的劲头，哆里哆嗦带着哭腔说道：“陈先生，我真是服了您了！像您这样心地方正不怕鬼的人，真是少见！我错了，我真的错了，我求求您，不要把我干的这件事说出去，万一让天地诸神知道，我必受重罚呀！其实我就是一个阴司小鬼，偶尔偷看到判官的文牒，知道了您夫人和儿子的寿终时日，以为有机可乘，想从您这儿骗点肉吃。我并没有坏心，也不曾害过您的夫人和儿子，请您念我一时糊涂，饶恕我吧，千万千万不要去告发我呀！”接着，地上就有磕头的声音，咚咚咚咚的，特别响亮。

陈庆孙好像什么都没听见一样，牵着他的牛走开了。后来，他的生活一直很太平，无病无灾地活到 83 岁，才安然去世。

（本故事改编自南朝宋刘义庆《幽明录》）